Anne
E A
CASA DOS SONHOS

LUCY MAUD MONTGOMERY
Anne
E A CASA DOS SONHOS

Tradução
Rafael Bonaldi

Ciranda Cultural

© 2020 Ciranda Cultural Editora e Distribuidora Ltda.

Traduzido do original em inglês
Anne's House of Dreams

Texto
Lucy Maud Montgomery

Tradução
Rafael Bonaldi

Preparação
Karoline Cussolim

Revisão
Mariane Genaro
Fernanda R. Braga Simon

Produção editorial e projeto gráfico
Ciranda Cultural

Ilustração da capa
Beatriz Mayumi

Dados Internacionais de Catalogação na Publicação (CIP) de acordo com ISBD

M787a   Montgomery, Lucy Maud

Anne e a Casa dos Sonhos / Lucy Maud Montgomery ; traduzido por Rafael Bonaldi ; ilustrado por Beatriz Mayumi. - Jandira, SP : Ciranda Cultural, 2020.
256 p. ; 16cm x 23cm. – (Ciranda Jovem)

Tradução de: Anne`s House of Dreams
Inclui índice.
ISBN: 978-65-550-0198-3

1. Literatura infantojuvenil. 2. Romance. I. Bonaldi, Rafael. II. Mayumi, Beatriz. III. Título. IV. Série.

2020-735

CDD 028.5
CDU 82-93

Elaborado por Vagner Rodolfo da Silva - CRB-8/9410

Índice para catálogo sistemático:
1. Literatura infantojuvenil 028.5
2. Literatura infantojuvenil 82-93

1ª edição em 2020
www.cirandacultural.com.br
Todos os direitos reservados.
Nenhuma parte desta publicação pode ser reproduzida, arquivada em sistema de busca ou transmitida por qualquer meio, seja ele eletrônico, fotocópia, gravação ou outros, sem prévia autorização do detentor dos direitos, e não pode circular encadernada ou encapada de maneira distinta daquela em que foi publicada, ou sem que as mesmas condições sejam impostas aos compradores subsequentes.

SUMÁRIO

No sótão de Green Gables 9

A casa dos sonhos 15

Na terra dos sonhos 21

A primeira noiva de Green Gables 29

A chegada ao lar 33

O capitão Jim 37

A noiva do diretor da escola 43

A senhorita Cornelia Bryant faz uma visita 53

Uma tarde no farol de Four Winds 65

Leslie Moore 76

A história de Leslie Moore 83

A visita de Leslie 93

Uma noite fantasmagórica 96

Dias de novembro 101

Natal em Four Winds 105

Véspera de Ano-Novo no farol 113

O inverno de Four Winds 119

Dias de primavera 125

Amanhecer e entardecer 132

Margaret desaparecida 138

Barreiras que caem 141

A senhorita Cornelia resolve as coisas 148

A chegada de Owen Ford 154

O Livro da Vida do capitão Jim 159

Escrevendo o livro 166

A confissão de Owen Ford 170

No banco de areia 175

Assuntos variados 181

Gilbert e Anne discordam 188

A decisão de Leslie 194

A verdade liberta 200

A senhorita Cornelia discute o assunto... 205

O retorno de Leslie.. 209

O barco dos sonhos chega ao porto 214

Política em Four Winds.. 220

Beleza em vez de cinzas 227

A novidade surpreendente da senhorita Cornelia 235

Rosas vermelhas 240

O capitão Jim cruza a barreira 245

Adeus à casa dos sonhos.. 249

Para Laura, em lembrança aos velhos tempos.

NO SÓTÃO DE GREEN GABLES

– Graças a Deus, não tenho mais que aprender ou ensinar geometria – disse Anne Shirley, com uma sutil expressão vingativa, jogando um volume surrado de Euclides[1] em um grande baú de livros. Ela então bateu a tampa triunfantemente, sentou-se em cima dela e encarou Diana Wright do outro lado do quarto do sótão de Green Gables, com os olhos acinzentados como o céu matinal.

O quartinho do sótão era um lugar fresco, sugestivo e aconchegante, como todos deveriam ser. Pela janela próxima à Anne entrava a brisa doce, quente e perfumada das tardes de agosto; lá fora, os ramos de álamos farfalhavam ao vento; para além deles estavam o bosque, que abrigava a encantada Travessa dos Amantes, e o velho pomar, que ainda ostentava seus frutos róseos de maneira sublime. E, ao Sul, havia uma grande cadeia de montanhas de nuvens brancas no céu anil. Através da outra janela podia-se vislumbrar o distante mar azul de cristas prateadas: o belo golfo de São Lourenço, no qual flutua, como uma joia, Abegweit, cujo nome indiano e mais singelo foi há muito esquecido em prol do título mais prosaico de Ilha do Príncipe Edward[2].

---

1   Euclides de Alexandria, mestre, escritor de origem provavelmente grega, matemático da escola platônica e conhecido como o Pai da Geometria. (N. E.)
2   Os primeiros residentes da Ilha do Príncipe Edward (Canadá) foram os *Mi'kmaq*, povo que viveu na ilha cerca de dois mil anos atrás. Estes chamaram a ilha de 'Epekwitk', que significa "descansando nas ondas". Os colonos europeus pronunciavam o nome como 'Abegweit'. (N. E.)

Diana Wright, três anos mais velha do que da última vez em que a vimos, havia ganhado ares matronais. Todavia, seus olhos ainda eram tão negros e brilhantes, suas bochechas tão rosadas e suas covinhas tão charmosas como nos dias de outrora em que Anne Shirley e ela juraram amizade eterna no jardim de Orchard Slope. Nos braços, Diana segurava uma criaturinha dorminhoca de cachos pretos, que há dois anos felizes era conhecida pelo mundo de Avonlea como a "Pequena Anne Cordelia". Todos sabiam de onde ela tirara o nome Anne, obviamente, mas "Cordelia" os intrigava. Nunca houve uma Cordelia nas famílias Wright e Barry. A senhora Harmon Andrews achava que ela tinha tirado o nome de algum romance barato e se perguntava por que Fred não a impedira. Diana e Anne sorriram uma para a outra. Elas sabiam como a Pequena Cordelia ganhara esse nome.

– Você sempre detestou geometria – recordou Diana, com um sorriso. – Imagino que também esteja contente por não ter mais que lecionar.

– Ah, sempre gostei de ensinar, com exceção de geometria. Esses últimos três anos em Summerside foram muito bons. Quando voltei para cá, a senhora Harmon Andrews me disse que com certeza eu não acharia a vida de casada muito melhor do que ensinar, como eu esperava. Evidentemente, ela é da mesma opinião de Hamlet: é melhor aceitar os males conhecidos do que buscar refúgio em outros ainda desconhecidos[3].

A risada de Anne, alegre e irresistível como sempre fora, com um tom adicional de doçura e maturidade, ecoou pelo sótão. Marilla preparava compotas de ameixa na cozinha logo abaixo quando a ouviu e sorriu. Em seguida, ela suspirou ao pensar que ouviria muito pouco aquela risada querida ecoar por Green Gables nos próximos anos. Nada na vida jamais lhe proporcionara maior felicidade como a notícia de que Anne iria se casar com Gilbert Blythe; contudo, cada alegria traz consigo a sombra de um pesar. Durante os três anos em que morara em Summerside, Anne viera com frequência passar as férias e os fins de semana. Só que, agora, apenas duas visitas por ano se podia esperar.

---

3 Referência à peça *Hamlet* (ato III, cena I), do dramaturgo inglês William Shakespeare (1564-1616). (N. T.)

ANNE E A CASA DOS SONHOS

– Não dê importância para o que diz a senhora Harmon – disse Diana, com a confiança serena de quem está casada há quatros anos. – A vida conjugal tem seus altos e baixos, é claro. Não espere tudo ser sempre um mar de rosas. Mas posso garantir, Anne: é uma vida feliz quando se está com o homem certo.

Anne refreou um sorriso. A vasta experiência com a qual Diana sempre falava a divertia. "Agirei da mesma forma depois de quatro anos de casada, eu suponho", pensou Anne. "Só espero que o meu senso de humor me salve."

– Já decidiram onde vão morar? – perguntou Diana, acalentando a Pequena Anne Cordelia com um gesto maternal inimitável que causava no coração de Anne, repleto de sonhos e esperanças intocados, um misto de prazer puro e uma dor estranha, etérea.

– Sim, é isso que eu queria lhe dizer quando telefonei para vir aqui hoje. Aliás, mal posso acreditar que agora temos telefones em Avonlea. Soa tão ridiculamente avançado e moderno para este lugar velho, tranquilo e adorável.

– Foi graças à Sociedade de Melhorias de Avonlea (SMA) – disse Diana. – Não teríamos conseguido a linha se os membros não tivessem insistido no assunto. Palavras de desencorajamento não faltaram. Mas eles não desistiram. Você fez algo esplêndido por Avonlea quando fundou a sociedade, Anne. Como nos divertíamos nas reuniões! Nunca me esquecerei do salão azul e dos planos do Judson Parker de pintar anúncios de medicamentos nas cercas dele.

– Não sei se sou grata à SMA pelo telefone – disse Anne. – Ah, admito ser muito conveniente, muito mais do que nosso antigo sistema de chamarmos uma à outra com luz de velas! E, como a senhora Lynde diz, "Avonlea deve seguir o ritmo da procissão, é isso o que é". De alguma forma, porém, não gostaria de ver o vilarejo arruinado pelo que o senhor Harrison chama de "inconveniências modernas", quando quer bancar o espertinho. Gostaria de mantê-lo como sempre foi nos bons e velhos tempos. Isso é tolice, sentimentalismo. Então, devo, imediatamente, começar a ser o mais sensata e prática possível. O telefone, como o senhor Harrison reconhece, é "uma coisa estupenda", mesmo sabendo que meia dúzia de pessoas estão ouvindo na linha, provavelmente.

– É a pior parte – suspirou Diana. – É tão irritante ouvir o barulho do gancho quando ligamos para alguém... Dizem que a senhora Harmon mandou instalar o telefone na cozinha para poder ouvir sempre as chamadas sem ter de tirar o olho do jantar. Hoje, quando você me ligou, pude ouvir distintamente o relógio dos Pyes. Com certeza, Josie ou Gertie estavam ouvindo.

– Ah, então, por isso você disse: "tem um relógio novo em Green Gables?". Eu não fazia ideia do que estava falando. Ouvi um clique apressado em seguida. Suponho ter sido na casa dos Pyes. Bem, deixe-os para lá. Como a senhora Rachel diz: "os Pyes sempre foram e sempre serão os Pyes enquanto o mundo for o mundo, amém". Agora quero falar de coisas agradáveis. Já decidimos onde será o nosso lar.

– Ah, Anne, onde? Espero que seja perto daqui.

– Não, essa é a desvantagem. O Gilbert vai atender em Four Winds Harbor, a cem quilômetros daqui.

– Cem! Poderia ser cem mil – lamentou Diana. – O mais longe de casa que posso ir agora é até Charlottetown.

– Você tem de nos visitar em Four Winds. É o porto mais lindo da Ilha. Existe um vilarejo em seu extremo chamado Glen St. Mary, onde o doutor David Blythe, tio-avô de Gilbert, pratica medicina há cinquenta anos. Ele vai se aposentar, e Gilbert vai assumir seu posto. Só que o doutor Blythe vai continuar morando na casa, então nós teremos que encontrar outro lugar. Ainda não sei como será nem onde fica, mas tenho uma casinha dos sonhos toda mobiliada em minha imaginação: um pequeno e adorável castelo na Espanha.

– Para onde vocês vão na lua de mel? – perguntou Diana.

– Lugar nenhum. Não faça essa cara de espanto, querida Diana. Você fica parecendo a senhora Harmon Andrews. Sem dúvida, ela comentará em tom condescendente que pessoas sem condições de bancar uma lua de mel são prudentes em não viajar; então ela contará mais uma vez que Jane foi para a Europa por causa dela. Eu quero passar a *minha* em Four Winds, na minha própria casa dos sonhos.

– E você decidiu não ter madrinhas?

– Não sobrou mais ninguém. Você, Phil e Priscilla me deixaram para trás no quesito matrimônio; e a Stella está lecionando em Vancouver. Não tenho mais nenhuma "irmã de alma" e não quero mais ninguém como madrinha.

– Mas você vai usar um véu, não vai? – indagou Diana, ansiosa.

– É óbvio. Não me sentiria uma noiva sem um. Lembro-me de dizer a Matthew, naquela tarde, quando ele me trouxe para Green Gables, que eu nunca tive expectativas em ser uma noiva, pois eu era tão feia e ninguém jamais iria querer casar comigo… Talvez algum missionário estrangeiro quisesse. Eu pensava que os missionários estrangeiros não poderiam ser exigentes com beleza se quisessem uma garota para arriscar a própria vida entre os canibais. Você deveria conhecer o missionário com quem Priscilla se casou. É tão lindo e misterioso como aqueles galãs com quem fantasiávamos em nos casar; é o homem mais bem-vestido que já vi na vida e venera a "beleza etérea e dourada" de Priscilla. Mas, é claro, não há canibais no Japão.

– Seu vestido de noiva é um sonho – suspirou Diana, deslumbrada. – Você parece uma verdadeira rainha nele, sendo tão alta e esguia. Como você mantém a boa forma, Anne? Estou mais gorda do que nunca e logo não terei mais cintura.

– As mulheres parecem predestinadas a serem robustas ou magras – disse Anne. – Pelo menos a senhora Harmon Andrews não vai lhe dizer o mesmo que disse para mim quando voltei de Summerside: "Bem, Anne, você continua magrela como sempre". Parece muito romântico ser "esguia", mas "magricela" é outra história.

– A senhora Harmon tem falado do seu enxoval. Ela admite ser tão belo quanto o de Jane, embora tenha dito que Jane se casou com um milionário e você esteja se casando com um "jovem médico sem um tostão".

Anne riu.

– Meus vestidos *são* lindos. Eu amo coisas bonitas. Lembro-me do meu primeiro vestido bonito; era um marrom de seda, dado por

Matthew para eu ir ao recital da escola. Antes disso, tudo que eu tinha era feio. Foi como se eu tivesse adentrado outro mundo naquela noite.

– Foi a noite em que Gilbert recitou o poema *Bingen on the Rhine* e olhou para você durante o trecho "há outra, e *não* é uma irmã". E você ficou furiosa porque ele colocou sua rosa de papel no bolso do casaco! Você nem sequer imaginava que iria se casar com ele.

– Ah, bem, é outro exemplo de predestinação – riu Anne, enquanto desciam as escadas.

A CASA DOS SONHOS

Em toda a sua história, nunca houve tanta animação em Green Gables. Até Marilla estava tão empolgada que não conseguia disfarçar – e isto era um tanto extraordinário.

– Nunca celebramos um casamento nesta casa – ela disse para a senhora Rachel Lynde, como se estivesse se desculpando. – Quando eu era criança, ouvi um velho ministro da igreja dizer que uma casa só era um lar depois de ser consagrada por um nascimento, um casamento e uma morte. Já ocorreram mortes aqui: meu pai, minha mãe e o Matthew faleceram nesta casa. E também um nascimento. Muito tempo atrás, logo após nos mudarmos para cá, tivemos um empregado por pouco tempo cuja esposa deu à luz aqui. Mas nunca houve um casamento. É tão estranho pensar em Anne se casando. De certa forma, ela ainda é a garotinha trazida por Matthew há catorze anos. Ainda não me dei conta de que ela cresceu. Nunca vou me esquecer de como me senti quando vi Matthew trazendo uma *garota*. Pergunto-me o que aconteceu com o garoto, o qual teríamos adotado se não tivesse acontecido um engano. Pergunto-me qual foi o destino dele.

– Bem, foi um feliz engano – disse a senhora Rachel Lynde. – Houve uma época em que eu não pensava assim, como na noite em que viemos conhecê-la e ela aprontou aquela cena. Muitas coisas mudaram desde então, é isso o que é.

A senhora Rachel suspirou e depois recuperou o ânimo. Quando casamentos estavam para acontecer, ela permitia que os mortos enterrassem seus mortos.

– Vou presentear Anne com duas das minhas colchas de algodão – continuou. – Uma marrom e outra com desenhos de folhas de macieira. Ela me disse que estão voltando à moda. Bem, na moda ou não, penso não existir algo mais lindo para uma casa de hóspedes do que uma bela colcha com folhas verdes, é isso o que é. Não posso me esquecer de lavá-las. Guardei-as em sacos de algodão após a morte do Thomas, e com certeza devem estar com uma cor péssima. Ainda falta um mês, e alvejá-las sob o orvalho fará maravilhas!

Somente um mês! Marilla suspirou e, então, disse com orgulho:

– Vou presentear Anne com aquela meia dúzia de tapetes trançados guardados no sótão. Nunca achei que ela fosse querê-los; são tão antiquados, e hoje em dia as pessoas parecem interessadas apenas em tapetes bordados. Mas foi Anne que os pediu, dizendo não querer outra coisa para decorar o piso. Eles *são* lindos. Eu os trancei com as tiras dos melhores trapos que encontrei. Foram ótimas companhias nos últimos invernos. Vou preparar para ela um estoque de compota de ameixa suficiente para um ano. Há três anos aquelas ameixeiras não davam frutos, e eu achei que teria de cortá-las. Então, na última primavera elas ficaram tomadas por flores brancas, e eu não me lembro de ter visto uma colheita tão farta em Green Gables.

– Ainda bem que Anne e Gilbert vão mesmo se casar. Sempre rezei por isso – disse a senhora Rachel, como se tivesse a mais absoluta crença de suas preces terem sido atendidas. – Foi um grande alívio quando ela terminou com aquele sujeito de Kingsport. Ele era rico, obviamente, e Gilbert é pobre... ao menos por enquanto. Mas ele é um garoto da Ilha.

– É o Gilbert Blythe – disse Marilla, com satisfação. Ela preferia morrer a colocar em palavras o pensamento que lhe ocorria sempre que olhava para Gilbert quando ele era criança; pois, não fosse pelo orgulho dela há muito, muito tempo atrás, ela poderia ter sido mãe *dele*.

ANNE E A CASA DOS SONHOS

Marilla sentia que, de alguma forma estranha, o casamento dele com Anne corrigiria aquele erro do passado. Algo de bom havia nascido daquele rancor ancestral.

Já Anne estava tão feliz que quase chegava a ter medo. Os deuses, segundo as antigas superstições, não gostavam de ver os mortais alegres demais. E, certamente, alguns seres humanos também não. Dois exemplares desse tipo foram visitar Anne em um entardecer púrpura e fizeram o possível para estourar a bolha de euforia na qual ela se encontrava. Se Anne achava ter tirado a sorte grande com o jovem doutor Blythe, ou se imaginava que ele ainda era apaixonado por ela como no início, era o dever delas apresentar-lhe os fatos sob um ponto de vista diferente. No entanto, as duas respeitáveis damas não eram inimigas de Anne; pelo contrário, elas realmente a estimavam e a defenderiam como se fosse uma filha se alguém a atacasse. A natureza humana não tem a obrigação de ser coerente.

A senhora Inglis, cujo nome de solteira era Jane Andrews, segundo o periódico *Daily Enterprise* –, viera com a mãe e a senhora Jasper Bell. A bondade humana de Jane ainda não havia azedado em consequência dos anos de rusgas matrimoniais. Seus comentários eram agradáveis. Apesar do fato de ter se casado com um milionário, como diria a senhora Rachel Lynde, seu casamento era feliz. A riqueza não a estragara. Do quarteto de meninas, ela ainda era a mesma Jane de bochechas coradas, plácida, amigável, que se contentava com a felicidade da velha amiga e se interessava por cada mínimo detalhe do enxoval de Anne, como se ele pudesse rivalizar com o esplendor de seda e pedras preciosas do dela. Jane não era brilhante e provavelmente nunca havia feito um comentário digno de atenção na vida; mas ela nunca dizia algo que pudesse ferir os sentimentos dos outros, o que pode ser um talento igualmente negativo, raro e invejável.

– Então, Gilbert não deu para trás, afinal – disse a senhora Harmon Andrews, esforçando-se para parecer surpresa. – Bem, os Blythes geralmente cumprem as promessas, não importa o que aconteça. Deixe-me ver, você está com vinte e cinco anos, não está, Anne? Quando era jovem, os vinte e cinco eram um grande marco. Mas você ainda aparenta ser muito jovem. Os ruivos costumam ser assim.

– Cabelos ruivos estão bem na moda. – Mesmo tentando sorrir, Anne falou com frieza. A vida a obrigara a desenvolver um senso de humor que a ajudou a superar muitas dificuldades; entretanto, as referências aos seus cabelos ainda a incomodavam.

– Que seja... Que seja – concedeu a senhora Harmon. – Não dá para prever as loucuras da moda. Bem, Anne, suas coisas são muito bonitas e muito adequadas para sua situação de vida, não é mesmo, Jane? Espero que seja muito feliz. Torcerei por você. Um noivado longo nem sempre termina bem. Mas, no seu caso, não havia outra alternativa, é claro.

– O Gilbert é muito novo para um médico. Receio que as pessoas não terão muita confiança nele – lamentou a senhora Jasper Bell. Em seguida, comprimiu os lábios, como se tivesse cumprido com seu dever e agora estivesse com a consciência limpa. Ela pertencia ao tipo que sempre tinha uma velha pluma preta no chapéu e cachos desarrumados no pescoço.

O prazer superficial de Anne por seu enxoval foi temporariamente enevoado; todavia, as senhoras Bell e Andrews não podiam alcançar as profundezas de sua felicidade, e as ferroadas delas foram esquecidas quando Gilbert chegou mais tarde e a levou para um passeio em meio às bétulas ao longo do riacho, que eram meras mudas quando Anne viera morar em Green Gables, mas agora estavam altas como colunas de marfim em um palácio das fadas formado pelo crepúsculo e pelas estrelas. Sob as sombras das árvores, Anne e Gilbert conversaram enamorados sobre o novo lar e a nova vida juntos.

– Encontrei um ninho para nós, Anne.

– Ah, onde? Não no vilarejo, espero. Eu não vou gostar nem um pouco.

– Não. Nenhuma casa estava disponível no vilarejo. Descobri uma casinha branca na orla do porto, no meio do caminho entre Glen St. Mary e Four Winds Point. É um pouco afastada, mas, quando conseguirmos um telefone, isso não importará. O lugar é lindo, de frente para

ANNE E A CASA DOS SONHOS

o pôr do sol e para o grande porto azul. As dunas de areia não ficam muito longe, sendo alvo da espuma e da brisa que sopra do mar.

– E a casa em si, Gilbert, o *nosso* primeiro lar?

– É grande o suficiente para nós. Há uma sala deslumbrante com uma lareira no primeiro andar, uma sala de jantar com vista para o porto e um pequeno cômodo onde será o meu consultório. A casa tem cerca de sessenta anos, é a mais antiga de Four Winds. Mas está em bom estado e passou por uma reforma quinze anos atrás: as telhas e os pisos foram trocados, e o reboco interno foi refeito. É uma construção muito firme. Ouvi dizer sobre uma história romântica envolvendo a sua construção, mas o homem que a alugou não a conhece. O capitão Jim é o único que sabe contar essa lenda, ele disse.

– Quem é o capitão Jim?

– O responsável pelo farol de Four Winds Point. Você vai amá-lo, Anne. O facho de luz é giratório e brilha como uma estrela magnífica pelo entardecer. Podemos vê-lo pelas janelas da nossa sala de estar e pela porta da frente.

– Quem é o dono da casa?

– Bem, agora ela é de propriedade da Igreja Presbiteriana de Glen St. Mary, e eu a aluguei com os seus administradores. Até recentemente, pertencia a uma mulher muito idosa, a senhorita Elizabeth Russell. Ela faleceu na primavera e, como não tinha parentes próximos, deixou a propriedade para a igreja. A mobília dela ainda está na casa. Comprei boa parte por uma mixaria, pois é tão antiquada que os administradores não viam a hora de conseguir vendê-la. Os habitantes de Glen St. Mary preferem brocados felpudos e aparadores com espelhos e ornamentos, imagino. Só que os móveis da senhorita Russell são muito bons, e tenho certeza de que vai gostar deles, Anne.

– Até agora, tudo me parece bom – disse Anne, assentindo com a cabeça em uma aprovação cautelosa. – Mas, Gilbert, as pessoas não vivem somente de mobília. Você ainda não mencionou uma coisa muito importante: tem alguma *árvore* ao redor da casa?

– Muitas delas, ah, minha ninfa dos bosques! Há uma grande alameda de pinheiros atrás dela, duas fileiras de choupos-da-lombardia ao longo da estradinha da entrada e um anel de bétulas brancas ao redor de um jardim maravilhoso. A porta da frente abre-se diretamente para ele, e há outra entrada por um pequeno portão fixo entre duas árvores. As dobradiças estão fixas em um tronco, e o trinco no outro. Seus ramos formam um arco suspenso.

– Ah, que ótimo! Não conseguiria viver em um lugar sem árvores. Algo vital dentro de mim esmoreceria até a morte. Bem, creio que seja tolice perguntar se há algum riacho por perto. *Isso* seria esperar demais.

– Mas há um riacho; inclusive, corta um dos cantos do jardim.

– Então – disse Anne, com um longo suspiro de satisfação suprema –, a casa que você encontrou é a minha casa dos sonhos, e ponto final.

NA TERRA DOS SONHOS

– Já decidiu quem você vai convidar para o casamento, Anne? – perguntou a senhora Rachel Lynde enquanto bordava a bainha dos guardanapos de pano com uma eficiência industrial. – Já está na hora de enviar os convites, mesmo que sejam informais.

– Não pretendo convidar muita gente – disse Anne. – Só queremos nossos entes mais queridos assistindo à cerimônia. A família de Gilbert, o senhor e a senhora Allan, e o senhor e a senhora Harrison.

– Houve um tempo em que você dificilmente incluiria o senhor Harrison entre seus amigos mais próximos – comentou Marilla, secamente.

– Bem, ele não foi muito simpático quando nos conhecemos – admitiu Anne, rindo da lembrança. – Mas ele melhorou com a convivência, e a senhora Harrison é um encanto. E também tem a senhorita Lavendar e Paul.

– Eles decidiram vir para a Ilha neste verão? Achei que iriam para a Europa.

– Eles mudaram de ideia quando escrevi contando que vou me casar. Recebi uma carta de Paul hoje. Ele virá ao meu casamento, e a Europa pode esperar, disse.

– Aquele menino sempre a idolatrou – comentou a senhora Rachel.

– Aquele "menino" já é um homem de dezenove anos, senhora Lynde.

– Como o tempo voa! – foi a resposta brilhante e original dela.

– Charlotta IV talvez venha com eles. Ela pediu para o Paul me avisar que virá, se o marido deixar. Pergunto-me se ela ainda usa aqueles laços gigantes e se o marido a chama de Charlotta ou Leonora. Adoraria tê-la em meu casamento. Charlotta e eu já comparecemos a uma cerimônia, há muito tempo. Eles devem chegar a Echo Lodge na semana que vem. E também quero convidar a Phil e o reverendo Jo...

– É horrível ouvir você falar de um ministro da igreja dessa forma, Anne – reprovou a senhora Rachel.

– A esposa o chama assim.

– Pois, então, ela deveria ter mais respeito pelo santo ofício dele – retrucou a senhora Lynde.

– Já ouvi você criticar alguns ministros de forma bem severa – provocou Anne.

– Sim, mas com muito respeito – defendeu-se. – E você nunca me ouviu colocar um *apelido* neles.

Anne conteve um sorriso.

– Bem, tem também a Diana e o Fred, o Fred Júnior e a pequena Anne Cordelia, e Jane Andrews. Gostaria que a senhorita Stacey, a tia Jamesina, a Priscilla e a Stella pudessem vir. Mas Stella está em Vancouver, Pris está no Japão, a senhorita Stacey casou e se mudou para a Califórnia, e a tia Jamesina viajou para a Índia para explorar o campo de missão da filha, apesar do pavor de cobras. É espantoso como as pessoas se espalham pelo mundo.

– Esse nunca foi o plano de Deus, é isso o que é – disse a senhora Rachel, autoritariamente. Quando eu era jovem, as pessoas cresciam, se casavam e moravam onde nasciam, ou não muito longe. Ainda bem que vai continuar na Ilha, Anne. Eu tinha medo de que o Gilbert a arrastasse para algum fim de mundo depois de se formar.

– Se todas as pessoas permanecessem onde elas nascem, os lugares logo ficariam lotados, senhora Lynde.

– Ah, não vou discutir com você, Anne. Não tenho ensino superior. Que horas vai ser a cerimônia?

– Decidimos que será ao meio-dia em ponto, como dizem os colunistas sociais. Isso nos dará tempo para pegar o trem para Glen St. Mary no fim da tarde.

– E vocês se casarão na sala?

– Não; a menos que chova. Queremos nos casar no pomar, sob o sol e o céu azul. Sabe onde eu gostaria de me casar se pudesse? Seria ao amanhecer: um amanhecer de junho, com um glorioso nascer do sol e rosas florescendo nos jardins. Eu desceria e me encontraria com Gilbert, e nós iríamos juntos para o coração do bosque de faias; e lá, sob os arcos verdes formando uma esplêndida catedral, nós nos casaríamos.

Marilla bufou com desdém, e a senhora Lynde parecia chocada.

– Isso seria terrivelmente esquisito, Anne. Ora, não sei nem se seria legítimo. E o que a senhora Harmon Andrews pensaria?

– Ah, aí está o problema – suspirou Anne. – Há tantas coisas na vida que não podemos fazer por medo do que dirá a senhora Harmon Andrews. É uma verdadeira lástima, esta é a verdade. Quantas coisas deliciosas nós faríamos se não fosse pela senhora Harmon Andrews!

– Às vezes, eu simplesmente não consigo entender você, Anne – reclamou a senhora Lynde.

– Anne sempre foi romântica, você sabe – disse Marilla, como se estivesse se desculpando.

– Bem, a vida de casado provavelmente vai curar isso – reconfortou-se a senhora Rachel.

Anne riu e esgueirou-se para a Travessa dos Amantes, onde Gilbert a encontrou; nenhum dos dois parecia ter medo, ou esperança, de que a vida de casados fosse curá-los do romantismo.

O pessoal de Echo Lodge chegou na semana seguinte, e Green Gables vibrou de alegria. A senhorita Lavendar havia mudado tão pouco desde a última visita à Ilha que era como se os últimos três anos tivessem passado em uma noite; mas Anne ficou admirada com Paul.

Aquele homenzarrão de um metro e oitenta era o pequeno Paul da escola de Avonlea?

– Você realmente me faz sentir velha, Paul – disse Anne. – Ora, tenho de erguer a cabeça para olhar para você!

– A senhorita nunca envelhece, professora – disse Paul. – Você e a mamãe Lavendar são duas dos afortunados mortais que encontraram e beberam da fonte da juventude. Saiba que, depois de casada, eu *não* vou chamá-la de senhora Blythe. Você sempre será a "Professora" para mim. A professora que me ensinou as melhores lições. Quero lhe mostrar uma coisa.

A "coisa" era um livro de bolso cheio de poemas. Paul havia colocado em palavras algumas de suas belas fantasias, e os editores de revistas não foram tão indiferentes como costumam ser. Anne leu os poemas de Paul com um verdadeiro deleite. Eram fabulosos e promissores.

– Você ainda será famoso, Paul. Sempre sonhei em ter um pupilo de renome. Eu o imaginava como um reitor de faculdade; contudo, um grande poeta é ainda melhor. Algum dia poderei me gabar de ter castigado o distinto Paul Irving. Se bem que eu nunca lhe dei uma palmatória, não é mesmo, Paul? Puxa, oportunidade perdida! Acho que já o retive durante o recesso, entretanto.

– A senhorita também pode ficar famosa, professora. Li vários de seus trabalhos nos últimos três anos.

– Não. Conheço o meu potencial. Posso escrever lindos contos que as crianças adoram e pelos quais os editores mandam cheques muito bem-vindos. Porém, não sou capaz de fazer algo grandioso. Minha única chance de ser imortalizada é ser citada nas suas Memórias.

Charlotta IV havia abandonado os laços azuis, mas as sardas continuavam as mesmas.

– Nunca achei que eu me casaria com um ianque, senhorita Shirley, madame. – Mas não dá para adivinhar o futuro, e ele também não tem culpa de nada. Ele nasceu assim.

– Você agora é uma ianque, Charlotta, já que se casou com um.

– Senhorita Shirley, madame, eu *não* sou! E não seria nem se me casasse com uma dezena de ianques! Tom até que não é nada mal.

ANNE E A CASA DOS SONHOS

Além disso, achei melhor não me fazer de difícil, pois talvez ele fosse a minha única chance. Tom não bebe e não reclama por ter de trabalhar entre as refeições, e, no fim das contas, não tenho do que reclamar.

– Ele a chama de Leonora? – perguntou Anne.

– Deus do céu, não, senhorita Shirley. Eu não saberia dizer quem ele está chamando. É claro que, quando nos casamos, ele disse, "eu a recebo, Leonora"; juro, tive a sensação horrível de que ele não estava falando comigo, e eu não estava casando de verdade. Então, vai se casar, senhorita Shirley, madame? Sempre quis me casar com um médico. Seria muito útil quando as crianças tivessem sarampo ou uma tosse brava. Tom é um mero pedreiro, mas tem um bom temperamento. Quando eu disse: "Tom, posso ir ao casamento da senhorita Shirley? Na verdade, eu irei de qualquer forma, só gostaria de seu consentimento", ele respondeu: "O que for bom para você, Charlotta, será bom para mim". É um ótimo tipo de marido, madame.

Philippa e seu reverendo Jo chegaram a Green Gables um dia antes do casamento. Anne e Phil tiveram um reencontro arrebatador que terminou em uma conversa íntima e confidencial sobre tudo que tinha acontecido e que iria acontecer.

– Rainha Anne, tão régia como sempre. Emagreci demais depois do nascimento dos bebês. Não estou mais tão bonita quanto antes, mas o Jo, acredito, não se importa. Dessa forma, não há tanto contraste entre a gente, sabe. Ah, é fabuloso que esteja se casando com o Gilbert. Roy Gardner não teria sido um bom parceiro. Agora percebo isso, embora tenha ficado muito decepcionada na época. Sabe, Anne, você tratou o Roy muito mal.

– Pelo que sei, ele se recuperou – sorriu Anne.

– Ah, sim. Ele é casado com uma mulher adorável, e são perfeitamente felizes. Todas as coisas trabalham juntas para o bem daqueles que amam a Deus. É o que dizem Jo e a Bíblia[4], e ambos são boas referências.

– Alec e Alonzo já se casaram?

---

4   Referência ao Novo Testamento, Romanos 8:28. (N. T.)

– Alec já, mas Alonzo ainda não. Aqueles gloriosos dias na Casa da Patty sempre retornam quando converso com você, Anne! Como nos divertíamos!

– Você costuma visitar a Casa da Patty?

– Ah, sim, com frequência. As senhoritas Patty e Maria ainda sentam-se diante da lareira para tricotar. Isso me faz lembrar do presente de casamento trazido em nome delas, Anne. Adivinhe o que é.

– Não faço a mínima ideia. Como elas ficaram sabendo que vou me casar?

– Ah, eu contei a elas. Estive lá na semana passada. E elas ficaram tão interessadas! Duas semanas atrás a senhorita Patty me mandou uma nota solicitando que eu as visitasse. Então, me pediu para trazer um presente para você. O que você mais gostaria de ter da Casa da Patty, Anne?

– Não me diga que a senhorita Patty me mandou os cachorrinhos de porcelana!

– Vá lá em cima. Estão no meu baú. E também tenho uma carta para você. Espere um momento, vou buscá-la.

Querida senhorita Shirley, escreveu a senhorita Patty, *Maria e eu nos alegramos muito ao nos inteirarmos de suas núpcias. Desejamos que seja muito feliz. Maria e eu nunca nos casamos, mas não temos nenhuma objeção. Estamos enviando os cachorros de porcelana para você. Eu pretendia deixá-los para você em meu testamento, pois demonstrou um interesse genuíno neles. Como Maria e eu ainda pretendemos viver por um bom tempo (se Deus quiser), decidi enviá-los enquanto você ainda é jovem. Acredito que não tenha se esquecido: Gog fica voltado para a direita e Magog para a esquerda.*

– Imagine aqueles antigos cãezinhos adoráveis sob a lareira em minha casa dos sonhos – disse Anne, entusiasmada. – Não esperava algo tão belo.

Naquela tarde, Green Gables zumbia com os preparativos para o dia seguinte; ao anoitecer, porém, Anne escapuliu. Precisava fazer uma curta peregrinação em seu último dia de mocidade, e tinha de

ANNE E A CASA DOS SONHOS

fazer isso sozinha. Ela foi até o túmulo de Matthew, no pequeno cemitério repleto de bétulas de Avonlea, onde teve uma conversa silenciosa com as velhas recordações e seu afeto imortal.

– Como Matthew ficaria feliz amanhã se estivesse vivo – sussurrou ela. – Acredito que ele esteja contente, em algum outro lugar. Li em um livro: "nossos mortos nunca morrem até que tenhamos esquecido deles"[5]. Matthew jamais morrerá para mim, pois eu não conseguiria me esquecer dele.

Ela deixou as flores no túmulo e desceu a colina sem pressa. Era uma noite graciosa, repleta de luzes e sombras dançantes. O céu no poente estava apinhado de pequenas nuvens vermelhas e âmbares, entre as quais surgiam longas faixas verdes como maçãs do céu. Mais adiante havia um radiante pôr do sol sob o mar, e a voz incessante das ondas vinha da praia escura. E ao redor dela, imersos no tranquilo silêncio do campo, havia as colinas, os campos e os bosques que há tempos ela conhecia e amava.

– A história sempre se repete – disse Gilbert ao juntar-se a Anne quando ela passou pelo portão dos Blythes. – Você se lembra do nosso primeiro passeio por esta colina? Que, aliás, foi nosso primeiríssimo passeio...

– Eu estava voltando do túmulo do Matthew em um fim de tarde quando você apareceu no portão. Aí eu engoli o orgulho de anos e resolvi falar com você.

– E o céu se abriu sobre mim – complementou Gilbert. – Daquele momento em diante, eu passei a esperar pelo dia de amanhã. Depois que a acompanhei até o seu portão, voltei para casa me sentindo o garoto mais feliz do mundo. A Anne havia me perdoado.

– Na verdade, era você quem tinha de me perdoar. Agi como uma pirralha mal-agradecida, mesmo você tendo salvado a minha vida no lago. Como eu detestava essa dívida de gratidão! Não mereço toda a felicidade que tenho.

---

5   Referência ao livro *O triste noivado de Adam Bede*, de George Eliot, pseudônimo da romancista britânica Mary Ann Evans (1819-1880). (N. T.)

Gilbert **riu** e segurou com força a mão da garota que levava a sua aliança. O **anel** de noivado de Anne era cravejado de pequenas pérolas. Ela se recusava a usar diamantes.

– Nunca **gostei** muito de diamantes, ainda mais quando descobri que não **eram** joias púrpura como eu havia imaginado. Eles sempre evocarão a **lembrança** da minha decepção.

– Dizem **que** pérolas atraem lágrimas – alegou Gilbert.

– Não **tenho** medo dessas superstições. E lágrimas também podem ser de **alegria**. Elas estavam presentes nos meus momentos mais felizes: quando Marilla me contou que eu poderia ficar em Green Gables; quando **Matthew** deu o primeiro vestido bonito da minha vida; no momento em **que** soube que você se recuperaria daquela febre. Então, pode me dar uma **aliança** de casamento com pérolas, Gilbert; eu aceitarei os desprazeres **da** vida juntamente com os prazeres.

Contudo, **naquela** noite, nossos pombinhos somente conseguiam pensar em **coisas** alegres, pois o dia seguinte seria o do casamento, e a casa dos **sonhos** os aguardava na orla enevoada e púrpura do porto de Four Winds.

A PRIMEIRA NOIVA DE GREEN GABLES

Anne despertou na manhã de seu casamento e deparou-se com o Sol adentrando a janela de seu quartinho do sótão junto com uma brisa de setembro brincando com as cortinas.

"Fico contente que o sol brilhará sobre mim", pensou.

Ela se recordou da primeira manhã em que acordou naquele cômodo, com as carícias dos raios de sol e do perfume da velha Rainha das Neves. Aquele fora um alegre despertar, ainda que trouxesse consigo o amargo desgosto da noite anterior. Desde então, o quarto foi consagrado por anos de sonhos da infância e planos da mocidade. Anne retornara com satisfação para ele após as ausências; ela se ajoelhara próxima àquela janela nas noites agoniantes em que acreditou que Gilbert estava morrendo; e foi ali que ela se sentou na noite em que noivara, atônita de tanta felicidade. Muitas vigílias esperançosas e algumas pesarosas foram feitas ali, e, naquele dia, ela o deixaria para trás pela última vez. Daquele dia em diante, o quartinho do sótão não lhe pertencia mais; Dora, com seus quinze anos, o herdaria. E Anne não desejava que fosse diferente: o quartinho imaculado de sua juventude e adolescência também abrigava o passado encerrado hoje diante do primeiro capítulo de sua vida de casada.

Green Gables fervilhava de empolgação naquela manhã. Diana chegou cedo para ajudar, com o Fred Júnior e a pequena Anne Cordelia. Davy e Dora, os gêmeos de Green Gables, levaram as crianças para brincar no jardim.

– Não deixem a pequena Anne Cordelia sujar as roupas – avisou Diana com preocupação.

– Pode confiar na Dora – disse Marilla. – Ela é mais ajuizada e cuidadosa do que a maioria das mães que conheço. É maravilhosa em vários aspectos, diferente daquela amalucada que eu criei.

Marilla sorriu para Anne por cima da salada de frango. Era de se suspeitar que, apesar de tudo, a amalucada fosse a sua preferida.

– Aqueles gêmeos são muito bem-educados – disse a senhora Rachel, verificando se eles não estavam por perto. – Dora é tão responsável e prestativa, e Davy está se tornando um jovem muito esperto. Ele não é mais tão travesso como antes.

– Nunca tive tanto trabalho na minha vida como nos primeiros seis meses de Davy em Green Gables – confessou Marilla. – Depois disso, acabei me acostumando com ele. Ultimamente, ele tem aprendido muito sobre o trabalho na terra e quer tentar cuidar da fazenda no próximo ano. Talvez eu permita, pois o senhor Barry acha que não vai arrendá-la por muito mais tempo, e então teremos de tomar alguma providência.

– Bem, hoje é um dia perfeito para um casamento, Anne – disse Diana enquanto colocava um avental volumoso por cima do vestido de seda. – Não seria melhor nem se você o tivesse encomendado na Eaton's[6].

– Até porque essa mesma loja está ganhando muito dinheiro desta Ilha – comentou a senhora Lynde, indignada. Sua opinião sobre grandes lojas de departamento era irredutível, e ela nunca perdia uma oportunidade de criticá-las. – Os catálogos dela são a nova Bíblia das garotas de Avonlea. Elas passam os domingos debruçadas sobre eles, em vez de estudarem as Escrituras Sagradas.

---

6   O catálogo da Eaton era um catálogo de pedidos por correio publicado pela empresa de 1884 a 1976. Foi "um dos primeiros a ser distribuído por uma loja de varejo canadense". (N. E.)

ANNE E A CASA DOS SONHOS

– Bem, eles são ótimos para entreter as crianças – disse Diana. – Fred Júnior e a pequena Anne passam horas olhando os desenhos.

– Eu cuidei de dez crianças sem a ajuda do catálogo da Eaton's – disse severamente a senhora Rachel.

– Vamos, não briguem por causa do catálogo da Eaton's – divertiu-se Anne. – Hoje é o meu dia. Estou tão feliz e quero que todos fiquem felizes também.

– Desejo que a sua felicidade seja eterna, criança – suspirou a senhora Rachel.

Ela desejava de coração e acreditava nisso, mas temia que se gabar abertamente do júbilo era desafiar a Divina Providência. Pelo próprio bem, Anne deveria ser um pouco mais contida.

Mas foi uma noiva exultante e bela quem desceu as velhas escadas cobertas pelo tapete feito em casa naquele dia de setembro: a primeira noiva de Green Gables, esguia e de olhos cintilantes, oculta pelo véu, com os braços repletos de rosas. Gilbert, que esperava por ela no corredor, encarou-a com adoração. Por fim, era dele a Anne evasiva, por quem há tempos ansiou, conquistada depois de anos de muita paciência. Ela vinha na direção dele, na doce entrega de uma noiva. Será que conseguiria fazê-la feliz como esperava? Se falhasse, se não pudesse dar o que ela esperava de um homem... Então, quando ela lhe estendeu a mão, seus olhos encontraram-se e todas as dúvidas foram dizimadas por uma agradável certeza. Eles pertenciam um ao outro, e isso jamais mudaria, independentemente do que a vida lhes reservasse. A felicidade de um estava nas mãos do outro, e ambos não tinham temor algum.

Eles se casaram sob o brilho do sol no velho pomar, rodeados pelos rostos amorosos e bondosos de amigos de longa data. O senhor Allan os casou, e o reverendo Jo fez "a mais linda prece de casamento" que a senhora Lynde já tinha ouvido, segundo declarou. Pássaros não cantavam com frequência em setembro, mas um cantou docemente de algum galho escondido, enquanto o casal trocava seus votos. Anne o ouviu e ficou extasiada; Gilbert o ouviu e se perguntou por que todos os pássaros não começaram a cantar em uníssono;

LUCY MAUD MONTGOMERY

Paul ouviu o canto e, mais tarde, escreveu um poema inspirado pela melodia, que foi um dos mais elogiados em seu primeiro volume de versos; Charlotta IV o ouviu e teve a mais absoluta certeza de que era sinal de boa sorte para a adorada senhorita Shirley. O pássaro cantou até o fim da cerimônia e concluiu com um trinado espirituoso. A velha casa verde e cinza em meio aos pomares nunca conhecera uma tarde mais deleitosa e festiva. Não faltou nenhum dos gracejos e comentários que provavelmente são feitos em casamentos desde o jardim do Éden, e todos pareciam tão inéditos, brilhantes e jocosos como se nunca tivessem sido proferidos. Houve risos e alegria em abundância, e, quando Paul anunciou que levaria Anne e Gilbert até Carmody para pegar o trem, os gêmeos já estavam preparados para arremessar o arroz e os sapatos velhos, com o auxílio audacioso de Charlotta IV e do senhor Harrison.

Marilla assistiu do portão até a carruagem desaparecer na longa estrada, com seus bancos de varas-de-ouro. Anne virou-se ao final do caminho para despedir-se com um aceno. Ela se fora; Green Gables não era mais o seu lar. O rosto de Marilla parecia sem cor e mais velho ao virar-se para a casa que, mesmo quando ausente, Anne encheu de luz e de vida por cartoze anos.

Diana e sua prole, o povo de Echo Lodge e os Allan ficaram para fazer companhia às duas senhoras na solidão da primeira noite e tiveram um jantar tranquilo e ameno ao redor da mesa, conversando sobre os detalhes do dia. Enquanto isso, Anne e Gilbert desciam do trem em Glen St. Mary.

A CHEGADA AO LAR

O doutor David Blythe tinha enviado uma charrete para recebê-los. O moleque que a trouxera escapou com um sorriso jovial, deixando-os com o prazer de dirigir sozinhos até o novo lar através da tarde magnificente.

Anne nunca se esqueceu da vista adorável revelada a eles ao subirem a colina atrás do povoado. O novo lar ainda não era visível, mas o porto de Four Winds surgia como um grande e reluzente espelho róseo e prateado. Lá embaixo, ela viu a entrada do porto entre a barreira das dunas de areia, de um lado; e do outro, um paredão de arenito vermelho alto e íngreme. Para além da barreira, o mar, calmo e austero, sonhava em meio ao crepúsculo. A pequena vila de pescadores, abrigada na enseada onde as dunas encontravam-se com a praia do porto, pareciam uma grande opala sob a névoa. O céu parecia uma abóbada cravejada de joias de onde o ocaso despejava-se, o ar tinha o cheiro pungente do oceano, e toda a paisagem estava repleta de sutilezas da noite marítima. Algumas velas navegavam ao longo da orla escura do porto, ladeada por abetos. Um sino tocava na torre de uma igrejinha branca ao longe, doce e onírica; a melodia flutuou sobre a água e misturou-se ao lamento do mar. A grande luz giratória no penhasco do canal impunha-se, dourada, contra o céu limpo ao norte como um trêmulo raio de esperança.

Lá no horizonte, era possível ver uma faixa cinza e encrespada de um barco a vapor.

– Ah, que lindo, muito lindo – murmurou Anne. – Vou amar Four Winds, Gilbert. Onde fica a nossa casa?

– Ainda não dá para vê-la; aquela fileira de bétulas a esconde. Ela fica a cerca de três quilômetros de Glen St. Mary e a um quilômetro e meio do farol. Não teremos nenhum vizinho, Anne. Só existe uma casa próxima da nossa, e não sei quem são os moradores. Você se sentirá sozinha, quando eu estiver fora?

– Não com esse facho de luz e toda essa beleza de companhia. Quem mora naquela casa?

– Não sei. Tenho a impressão de que os habitantes não são exatamente almas amigas, Anne, não acha?

A casa era uma construção imensa, pintada de um verde tão vívido que a paisagem parecia descolorida em comparação. Havia um pomar atrás dela e um jardim muito bem cuidado na frente. Entretanto, por algum motivo, ela passava a sensação de nudez. Talvez seu asseio fosse a causa; toda a propriedade, a casa, os celeiros, o pomar, o jardim, o gramado e a vereda da entrada estavam impecáveis.

– Não me parece provável que alguém com aquele gosto por tinta possa ser muito amistoso – admitiu Anne. – A menos que tenha sido um acidente, como o nosso salão azul. Tenho certeza de que não moram crianças ali, pelo menos. O lugar está mais arrumado do que a casa do velho Copp, na estrada Tory, e nunca achei que isso fosse possível.

Eles não viram mais ninguém na estrada molhada e vermelha que serpenteava pela orla do porto. No entanto, antes de chegarem ao cinturão de bétulas, o qual ocultava a casa deles, Anne viu uma garota tocar um bando de gansos brancos como a neve no topo de uma colina verde e aveludada à direita. Grandes pinheiros cresciam espalhados por ali. Por entre seus troncos era possível vislumbrar faixas de campos semeados amarelos, recortes das dunas douradas e fragmentos do mar azul. A garota era alta e usava um vestido celeste. Caminhava com agilidade e porte ereto. Ela e os gansos saíam pelo portão no sopé da colina quando

ANNE E A CASA DOS SONHOS

Anne e Gilbert passaram. Ela parou conforme abria o trinco do portão e os encarou com uma expressão que não era de interesse, e tampouco pendia para a curiosidade. Por uma fração de segundo, Anne achou ter visto um toque velado de hostilidade. Contudo, foi a beleza da garota que a surpreendeu: uma beleza tão marcante provavelmente chamava atenção em todos os lugares. Estava sem chapéu e tinha os cabelos da cor do trigo maduro preso em grossas tranças brilhantes ao redor da cabeça como uma coroa; os olhos azuis pareciam estrelas; a silhueta, no vestido simples e estampado, era magnífica; e os lábios eram rubros como as papoulas que trazia no cinto.

– Gilbert, quem é a garota por quem acabamos de passar? – perguntou Anne, em voz baixa.

– Não notei nenhuma garota – respondeu Gilbert, que tinha olhos somente para a esposa.

– Ela estava parada no portão... Não, não olhe para trás. Ela ainda está nos observando. Nunca vi um rosto tão lindo.

– Não me lembro de ter visto nenhuma garota linda quando estive aqui. Há algumas garotas bonitinhas no vilarejo, mas acho que não podem ser chamadas de lindas.

– Aquela garota pode. Você se lembraria se a tivesse visto. Ninguém se esqueceria dela. Nunca vi um rosto assim, exceto em figuras. E o cabelo! Evocou os versos de Browning sobre "cordão de ouro" e "tranças maravilhosas"[7]!

– Provavelmente está visitando Four Winds e está hospedada naquele grande hotel de veraneio próximo ao porto.

– Ela estava usando um avental branco e estava tocando um bando de gansos.

– Pode estar fazendo isso por diversão. Veja, Anne, aquela é a nossa casa.

Anne olhou e esqueceu por um tempo da garota de olhos admiráveis e desconfiados. A primeira impressão do novo lar foi um prazer para os

---

7   Referência ao poema *In a Gondola* do poeta inglês Robert Browning (1812-1889). (N. T.)

olhos e a alma: parecia uma grande, cor de creme, concha do mar abandonada na praia do porto. As fileiras de altos choupos-da-lombardia ao longo da vereda destacavam-se como silhuetas imponentes e púrpura contra o céu. Atrás dela, protegendo o jardim do sopro intenso do mar, havia uma vistosa alameda de pinheiros, por entre os quais o vento podia fazer todos os tipos de música estranha e assustadora. Como todos os bosques, parecia abrigar e ocultar segredos em seus recantos: segredos os quais só devem ser revelados àqueles que ali adentrarem e procurarem pacientemente. Ao redor, braços verde-escuros a protegiam dos olhares curiosos ou indiferentes.

Os ventos noturnos começavam sua dança selvagem para além da barreira, e a vila de pescadores do outro lado do porto estava pontilhada de luzes quando Anne e Gilbert seguiram pela vereda de choupos. A porta da pequena casa abriu-se, e o brilho convidativo de uma lareira cintilou na escuridão. Gilbert ergueu Anne da charrete, passou pelo portão pequeno entre os pinheiros, cruzou o jardim e seguiu pelo caminho de terra vermelha até os degraus de arenito.

– Bem-vinda ao lar – sussurrou. De mãos dadas, eles entraram na casa dos sonhos.

O CAPITÃO JIM

O "velho doutor Dave" e a "senhora do doutor Dave" foram até a casa para dar as boas-vindas ao noivo e à noiva. O doutor Dave era um senhor grande, alegre e de bigodes brancos, e a senhora dele era uma dama pequena de bochechas rosadas e cabelos grisalhos que imediatamente colocou Anne em seu coração, literal e figurativamente.

– Estou tão contente em vê-la, querida – disse, abraçando-a. – Deve estar muito cansada. Preparamos um jantar, e o capitão Jim trouxe algumas trutas para vocês. Capitão Jim... Onde o senhor está? Ah, acho que ele foi ver os cavalos. Vamos lá para cima, para que possa se trocar.

Anne olhou ao redor com olhos brilhantes e cheios de admiração enquanto seguia a senhora do doutor Dave até o andar de cima. Estava gostando muito da aparência da nova casa, que parecia ter a atmosfera de Green Gables e o sabor de velhas tradições.

"Acho que teria encontrado na senhora Elizabeth Russell uma 'alma amiga'", sussurrou Anne quando estava sozinha em seu quarto. Havia duas janelas nele; a lateral era voltada para o porto mais baixo, as dunas de areia e o farol de Four Winds.

"Janelas encantadas que se abrem ao perigo dos mares maus, em distantes solos[8]", citou Anne, suavemente. A janela menor abria-se para

---

8   Do poema *Ode a um Rouxinol,* do poeta inglês John Keats (1795-1821). (N. T.)

um pequeno vale marrom-claro cortado por um riacho. A oitocentos metros acima do veio d'água situava-se a única casa à vista: antiga, cinza e irregular, rodeada por imensos salgueiros em meio dos quais as janelas espiavam como olhos tímidos e ávidos na penumbra. Anne perguntou-se quem morava ali; eram seus vizinhos mais próximos, e ela esperava que fossem boa gente. De repente, descobriu-se pensando na linda garota com os gansos brancos.

"Gilbert acha que ela não é daqui", pensou Anne, "mas tenho certeza de que é. Havia algo nela que a tornava parte do mar, do céu e do porto. Four Winds está no sangue dela".

Quando Anne desceu, Gilbert estava conversando com um estranho perto da lareira. Ambos viraram quando ela entrou.

– Anne, este é o capitão Boyd. Capitão, esta é a minha esposa.

Pela primeira vez, ele referia-se a ela como "minha esposa" para outra pessoa, e por pouco não explodiu de orgulho. O velho capitão estendeu a mão de veias saltadas para Anne; ambos sorriram e tornaram-se amigos no mesmo instante. Almas amigas reconhecem em um piscar umas às outras.

– Muito prazer em conhecê-la, senhora Blythe. Espero que seja tão feliz como a primeira noiva que morou aqui; não posso desejar algo melhor. No entanto, o seu marido não me apresentou do jeito certo. "Capitão Jim" é como todos me conhecem; então, melhor já começar do jeito como decerto acabará me chamando: Capitão Jim. A senhora é uma noiva adorável. Só de olhar para você, sinto como se também tivesse acabado de me casar.

Em meio às risadas que se seguiram, a senhora do doutor Dave insistiu para o capitão Jim ficar para o jantar.

– Agradeço a gentileza. Será um verdadeiro prazer, senhora do doutor. Eu costumo fazer minhas refeições sozinho, com a companhia apenas do meu reflexo velho e feio em um espelho na minha frente. Não é sempre que eu tenho a chance de sentar-me com duas damas tão bonitas e encantadoras.

Os elogios do capitão Jim podiam parecer simplistas no papel, mas eram feitos com tamanha graça e deferência que a mulher a quem ele se referia sentia-se como uma rainha sendo enaltecida por um rei.

O capitão Jim era um senhor simplório e de alma grandiosa; ele trazia a juventude eterna nos olhos e no coração. Sua figura era alta, um pouco curvada e um tanto desajeitada, ainda que sugerisse considerável força e resistência; o rosto barbeado era curtido pelo sol e sulcado por rugas; uma juba espessa de cabelos acinzentados chegava até os ombros; e seus olhos, notavelmente azuis e profundos, às vezes cintilantes, outras vezes sonhadores, de quando em quando buscavam o mar com um desígnio melancólico, como se procurassem por algo precioso e perdido. Anne um dia descobriria o que o capitão Jim tanto procurava.

Não se poderia negar que o capitão Jim era um homem de traços grosseiros. O queixo proeminente, os lábios crispados e a testa quadrada fugiam aos padrões de beleza, e as dificuldades e os pesares já enfrentados por ele marcaram tanto seu corpo quanto sua alma. Por mais que Anne o tivesse considerado sem atrativos à primeira vista, ela nunca mais voltou a pensar assim, pois o espírito resplandecente por trás daquela fachada rudimentar o embelezava por completo.

Sentaram-se alegremente ao redor da mesa. O fogo da lareira espantava o frio de setembro, embora a brisa do mar entrasse pela janela aberta da sala de jantar à revelia. A vista do porto e das colinas era magnífica. A mesa estava repleta de delícias preparadas pela senhora do doutor, mas sem dúvida o centro das atenções era a bandeja de trutas do mar.

– Achei que cairiam bem depois da viagem de vocês – disse o capitão Jim. – Não poderiam estar mais frescas, senhora Blythe. Duas horas atrás, ainda estavam nadando.

– Quem está cuidando do farol nesta noite, capitão? – perguntou o doutor Dave.

– Meu sobrinho, Alec. Ele entende do ofício tanto quanto eu. Bem, agora estou muito satisfeito por vocês terem me convidado para jantar. Estou realmente faminto; não comi quase nada hoje.

– Suponho que se sinta faminto naquele farol – disse a senhora do doutor Dave, com severidade. – Duvido que se dê ao trabalho de alimentar-se direito.

– Ah, eu me alimento, senhora – protestou o capitão. – Ora, vivo como um rei na maior parte do tempo. Eu fui até o vilarejo na noite passada e comprei um quilo de carne. Tinha planejado um baita jantar para hoje.

– E o que aconteceu com a carne? – perguntou a senhora do doutor. – Você a perdeu no caminho para casa?

– Não – respondeu o capitão com timidez. – Pouco antes de ir para a cama, um pobre cachorro apareceu em busca de abrigo. Acredito ser de algum pescador que mora na praia. Eu não podia recusar o coitadinho; ele estava com uma pata machucada. Então, prendi-o na varanda, estendi um saco velho no chão para que dormisse e fui me deitar. Só que não consegui dormir porque me dei conta de que ele parecia estar com fome.

– Então, levantou-se e deu a carne para ele, *toda* a sua carne – disse a senhora do doutor, com uma espécie de repreensão triunfante.

– Bem, eu não tinha mais *nada* para lhe dar – explicou o capitão Jim, como se precisasse dar alguma justificativa. – Nada que um cachorro fosse querer, digo. E pelo visto estava faminto, pois comeu tudo em duas bocadas. Eu dormi muito bem o resto da noite, mas minha refeição acabou sendo um tanto escassa: batatas com batatas, como se diz. O cão foi embora pela manhã. Acredito que ele não seja vegetariano.

– Passar fome por causa de um bicho inútil! – menosprezou a esposa do doutor.

– Não temos como saber, mas ele pode significar muito para alguém – protestou o capitão Jim. – Apesar de não *aparentar* ter muito valor, não podemos julgar um cão pelas aparências. Assim como eu, ele pode ser muito belo por dentro. O Segundo Oficial não aprovou, é verdade; seu linguajar deixou isso bem claro. Ele tem lá os seus preconceitos. Não faz sentido pedir a opinião de um gato sobre um cachorro.

ANNE E A CASA DOS SONHOS

A questão é que fiquei sem meu jantar, e por isso sou grato por esta mesa bem-servida e a agradável companhia. É ótimo ter bons vizinhos.

– Quem mora na casa entre os salgueiros, subindo o riacho? – quis saber Anne.

– A senhora Dick Moore – respondeu o capitão Jim – e o marido – acrescentou, em uma reflexão tardia.

Anne sorriu e fez um retrato mental da senhora Dick Moore baseado na afirmação do capitão Jim; evidentemente, era uma segunda senhora Rachel Lynde.

– Não terá muitos vizinhos, senhora Blythe – continuou o capitão. – Este lado do porto é bem pouco povoado. Quase todas as terras pertencem ao senhor Howard, que vive mais além do vilarejo, e ele as arrenda para pastagem. Já o outro lado é cheio de gente, especialmente dos MacAllisters. Existe uma verdadeira colônia da família MacAllister aqui; é impossível não sair na rua e topar com um. Conversei com o velho Leon Blacquiere dias atrás; ele trabalhou o verão todo no porto. "Quase todos que trabalham lá são da família MacAllister", ele me contou. "Neil MacAllister, Sandy MacAllister, William MacAllister, Alec MacAllister, Angus MacAllister. Acredito que até o diabo seja um MacAllister".

– Também há muitos Elliotts e Crawfords – disse o doutor Dave, após as risadas cessarem. – Sabe, Gilbert, aqui em Four Winds nós temos um antigo ditado: "Da vaidade dos Elliotts, do orgulho dos MacAllisters e da presunção dos Crawfords, livrai-nos, Senhor".

– Há muita gente boa entre eles – disse o capitão Jim. – Naveguei com William Crawford por muitos anos, e coragem, força e honestidade aquele homem tinha de sobra. E são muito inteligentes. Talvez por isso o povo desse lado tenha o costume de implicar com eles. Estranho como as pessoas parecem se ressentir de quem nasce um pouquinho mais esperto do que elas, não?

O doutor Dave, que tinha uma rixa de quarenta anos com o povo do outro lado do porto, riu e se deu por vencido.

41

– Quem mora naquele casarão esmeralda, a uns oitocentos metros daqui? – perguntou Gilbert.

O capitão Jim sorriu com deleite.

– A senhorita Cornelia Bryant. Ela provavelmente virá visitá-los em breve, visto que são presbiterianos. Se fossem metodistas, não viria de forma alguma. Cornelia tem um horror divino de metodistas.

– Ela é uma figura – riu o doutor Dave. – E odeia os homens!

– Rancor? – inquiriu Gilbert, rindo.

– Não, não é ressentimento – respondeu o capitão, sério. – Cornelia poderia ter escolhido o homem que quisesse na juventude. Mesmo agora, ela só precisa abrir a boca e os viúvos velhos virão correndo. Ela simplesmente parece ter nascido com um tipo de desprezo crônico pelos homens e os metodistas. Tem a língua mais mordaz e o coração mais bondoso de Four Winds. Sempre que há algum problema, a mulher está lá, fazendo o possível para ajudar com grande ternura. Nunca fala mal das outras mulheres, e se quer esculhambar a nós, pobres malandros, acho que nossos traseiros vão aguentar.

– Ela sempre fala bem do senhor, capitão – disse a esposa do doutor.

– Temo que seja verdade. E não gosto disso. Me faz sentir que há algo de anormal em mim.

A NOIVA DO DIRETOR DA ESCOLA

– Quem foi a primeira noiva a morar nesta casa, capitão Jim? – perguntou Anne, quando todos estavam sentados ao redor da lareira após o jantar.

– Ela faz parte daquela história sobre a casa? – perguntou Gilbert. – Disseram-me que você poderia contá-la, capitão.

– Bem, sim. Suponho que eu seja a única pessoa viva em Four Winds capaz de se lembrar da noiva do diretor da escola quando ela chegou à Ilha. Faleceu há trinta anos, mas ela é uma daquelas mulheres a quem jamais se esquece.

– Conte-nos a história – implorou Anne. – Quero saber de todas as mulheres que viveram nesta casa antes de mim.

– Bom, houve apenas três: Elizabeth Russell, a senhora Ned Russell, e a noiva do diretor da escola. Elizabeth Russell era uma criatura inteligente e bondosa, e a senhora Ned também era encantadora. Ainda assim, não eram como a noiva do diretor. Chamava-se John Selwyn e viera do Velho Mundo para lecionar em Glen quando eu tinha dezesseis anos. Ele não era como o usual bando de vagabundos que vinha dar aulas na Ilha do Príncipe Edward naquele tempo. Na maioria eram bêbados espertos que ensinavam os três erres[9] quando estavam sóbrios e maltratavam as crianças quando não estavam. John Selwyn, porém, era um jovem belo e refinado. Morava na pensão do meu pai, e éramos camaradas, embora ele fosse dez anos mais velho que eu. Nós líamos, caminhávamos e conversávamos aos montes. Ele conhecia todas as poesias que já tinham sido escritas, eu acho, e costumava recitá-las para mim na praia, ao entardecer. Papai achava uma enorme perda de tempo, mas suportava por pensar que isso tiraria de mim a vontade de ir para o mar. Bem, nada seria capaz *disso*, pois minha mãe vinha de uma linhagem de lobos do mar, e isso estava em meu sangue. Mesmo assim, eu amava ouvir John recitar. Ainda que isso tenha sido há quase sessenta anos, eu poderia repetir quilômetros de poemas aprendidos com ele. Quase sessenta anos!

O capitão Jim ficou em silêncio por um tempo, contemplando a incandescência do fogo na caça ao passado. Então, com um suspiro, continuou:

– Lembro-me de uma tarde de primavera, quando nos encontramos nas dunas. Parecia exaltado; igual ao senhor, doutor Blythe, quando trouxe a sua esposa nesta noite. Pensei nele no instante em que o vi. Ele me contou que tinha uma amada em sua terra natal e que ela estava vindo para cá. Não fiquei nem um pouco contente, eu era imaturo e egoísta naquela época; achei que não seríamos mais amigos quando ela chegasse. Mas tive a decência de não demonstrar. Ele me contou tudo sobre ela. Seu nome era Persis Leigh, e ela teria vindo com ele se não fosse pelo velho tio dela. Este estava doente e a criara depois da morte dos pais dela, e Persis não iria abandoná-lo. Só que ele faleceu, e então ela viria para se casar com John Selwyn. Não era uma viagem fácil para uma mulher naquela época. Não havia navios a vapor, como deve se recordar. "Quando ela chega?", perguntei. "Ela avisou que embarcará no *Royal William* no dia 20 de junho", disse ele, "dessa forma,

---

9   Refere-se às habilidades básicas ensinadas nas escolas: leitura, escrita e aritmética (*Reading, Writing and Arithmetic*). (N. T.)

chegará em meados de julho. Tenho de pedir ao carpinteiro Johnson que faça uma cama para ela. Uma carta chegou hoje. Antes mesmo de abrir eu já sabia que tinha boas novas para mim. Eu a vi algumas noites atrás".

"Eu não o compreendi, e então ele me explicou, mas continuei sem entender. Contou que tinha um dom ou uma maldição. Foram as palavras dele, senhora Blythe, "um dom ou uma maldição". Ele não sabia qual. Comentou sobre uma tataravó com o mesmo poder e que foi queimada na fogueira como bruxa por causa disso. Entrava em devaneios canhestros de vez em quando... Transes, creio que eram chamados assim. Essas coisas existem de verdade, doutor?

– Há pessoas que certamente são propensas a transes – respondeu Gilbert. – O assunto pertence mais à pesquisa psíquica do que à médica. Como eram os transes de John Selwyn?

– Como sonhos – disse o velho doutor, em tom cético.

– Ele disse ter o poder de ver coisas neles – respondeu o capitão Jim, lentamente. – Só estou dizendo o que *ele* me contou. Podia ver coisas que estavam acontecendo e outras que ainda *iam* acontecer. E isso às vezes lhe proporcionava conforto, mas, em outras, terror. Quatro noites antes da nossa conversa, ele tinha tido uma visão, enquanto observava o fogo. Ele vira um antigo quarto conhecido na Inglaterra, onde estava Persis Leigh, muito alegre, estendendo as mãos para ele. Assim, sabia que iria receber boas notícias dela.

– Um sonho, foi um sonho – ironizou o velho doutor.

– Provavelmente, provavelmente – admitiu o capitão Jim. – Foi o que eu lhe disse naquela época. Era muito mais confortável pensar assim. Eu não gostava da ideia de que ele via coisas assim; era muito sinistro. "Não", disse ele, "eu não estava sonhando. Mas não vamos mais falar do assunto. Você não será mais meu amigo se pensar demais nisso". Eu disse que nada me faria ser menos amigo dele. Contudo, ele só balançou a cabeça e disse: "Eu sei do que estou falando, garoto. Já perdi amigos por causa disso. E não os culpo. Há momentos em que nem eu quero ser meu próprio amigo. Tamanho poder tem algo de divino, e quem sabe se é uma divindade boa ou ruim? Nós, mortais, morremos de medo de ter um contato muito próximo com Deus ou o diabo". Essas foram as palavras dele. Lembro como se as tivesse ouvido ontem, embora eu não soubesse o que significavam na época. O que acha que ele quis dizer, doutor?

– Tenho dúvida se o próprio John Selwyn saberia dizer – provocou o doutor Dave.

– Acho que eu sei – sussurrou Anne. Ela havia escutado tudo com os lábios apertados e os olhos brilhantes, sua postura costumeira.

O capitão Jim esboçou um sorriso admirado antes de continuar a história.

– Bem, logo todos os habitantes de Glen e Four Winds sabiam sobre a chegada da noiva do diretor e ficaram muito felizes, porque gostavam muito dele. E todos se interessaram por sua nova casa, *esta* casa. Ele escolheu este lugar porque daqui é possível ver o porto e ouvir o oceano. E plantou o jardim para a noiva, com exceção dos choupos-da-lombardia, que foram plantados pela senhora Ned. Há uma fileira dupla de roseiras plantadas pelas garotinhas da escola de Glen para a noiva do diretor. Ele dizia que eram rosas por causa das bochechas dela, brancas pela tez e vermelhas em homenagem aos lábios. Citava tantas poesias que acabou desenvolvendo o hábito de falar poeticamente, eu diria.

– Quase todo mundo enviou presentinhos para ajudá-lo a decorar a casa – continuou. – A família Russell era muito abastada e decorou tudo com requinte quando se mudou para cá, como podem ver; no entanto, os primeiros móveis foram bem modestos. Era uma casinha repleta de amor, apesar disso. As mulheres mandaram colchas, toalhas de mesa e banho; um homem construiu um baú para ela, outro uma mesa, e por aí foi. Até mesmo a tia Margaret Boyd, uma idosa cega, fez um cestinho com a grama comprida e perfumada que cresce nas colinas. A esposa do diretor o usou por anos para guardar lenços.

ANNE E A CASA DOS SONHOS

Bem, estava tudo pronto finalmente, até mesmo os troncos de lenha para serem acesos na lareira. Não exatamente *esta* lareira, apesar de o lugar ser o mesmo. A senhorita Elizabeth mandou construir esta quando reformou a casa quinze anos atrás. Era uma lareira grande e antiquada na qual era possível assar um boi. Sentei-me diante dela muitas vezes para contar velhas histórias, como estou fazendo agora.

Houve novamente silêncio enquanto o capitão Jim reencontrava visitantes que Anne e Gilbert não podiam ver: pessoas que haviam se sentado com ele ao redor daquela lareira há muitos anos, com a alegria de recém-casados reluzindo nos olhos cerrados há muito tempo em algum cemitério ou nas profundezas do mar. Ali, em noites remotas, crianças gargalharam; ali, em noites de inverno, amigos se reuniram; ali, danças, música e gracejos ecoaram; ali, jovens e donzelas sonharam. Para o capitão Jim, a casinha era habitada por formas que incitavam recordações.

– A casa foi concluída no dia 1º de julho. Então, o diretor começou a contar os dias. Costumávamos vê-lo caminhar pela praia e dizíamos uns para os outros: "em breve ela estará com ele". Era para ela chegar no meio de julho, mas não foi o que aconteceu. Ninguém se preocupou. Embarcações por vezes atrasavam dias, semanas até. O *Royal William* atrasou uma semana, depois duas, e então três. Então, começamos a ficar apreensivos, e a situação foi piorando. Por fim, eu não conseguia mais olhar nos olhos do John Selwyn. Sabe, senhora Blythe – ele abaixou a voz –, eu costumava achar que eles eram iguaizinhos aos da tataravó dele quando foi queimada. Ele nunca falava muito, mas continuou a dar aula como um homem dedicado, e depois corria para a praia. Muitas noites, caminhou até lá do anoitecer ao amanhecer. As pessoas diziam que ele estava enlouquecendo. Todo mundo tinha perdido a esperança, pois o *Royal William* estava com oito semanas de atraso. Já estávamos em meados de setembro, e a noiva do professor não havia chegado; achávamos que nunca chegaria.

– Houve, então, uma tempestade que durou três dias – continuou o capitão –, e eu fui até a praia no dia em que ela terminou, no fim da tarde.

Lá eu encontrei o diretor de braços cruzados sobre uma rocha, olhando para o mar. Eu falei com ele, mas não obtive resposta. Seus olhos pareciam procurar algo que eu não conseguia ver. "John... John...", chamei, como uma criança assustada. "Acorde... Acorde..." Aquele olhar estranho e horrível esvaneceu. Ele virou e me encarou. Nunca vou me esquecer do rosto dele, até embarcar na minha última viagem. "Está tudo bem, garoto. Vi o *Royal William* dobrar East Point. Ela chegará de madrugada. Amanhã, ao anoitecer, estarei com minha noiva junto à minha lareira".

– Acha mesmo que ele viu o navio? – perguntou o capitão de repente.

– Só Deus sabe – disse Gilbert com calma. – Um grande amor e uma grande dor podem alcançar sabe-se lá que maravilhas.

– Tenho certeza de que viu – disse Anne, com sinceridade.

– Bobagem – disse o doutor Dave, com menos convicção do que de costume.

– Sabe – disse o capitão Jim solenemente –, o *Royal William* entrou no porto de Four Winds ao amanhecer do dia seguinte. Cada habitante de Glen foi até o velho cais para conhecê-la. O diretor passara a noite lá, de vigília. Como vibramos quando o barco entrou pelo canal!

Os olhos do capitão Jim cintilavam. Eles enxergavam o porto de sessenta anos atrás, com uma embarcação surrada navegando contra o esplendor da alvorada.

– E Persis Leigh estava a bordo? – perguntou Anne.

– Sim, ela e a esposa do capitão. Tinham feito uma viagem horrível, tormenta atrás de tormenta, e as provisões também foram acabando. Porém, haviam chegado pelo menos. Quando Persis Leigh pisou no velho cais, John Selwyn a tomou nos braços, e a pessoas pararam com os vivas e começaram a chorar. Eu também chorei, ainda que tenha demorado anos para admitir, oras. Não é engraçado como garotos têm vergonha de chorar?

– Persis Leigh era bonita? – perguntou Anne.

– Bem, não sei se a chamaria de bonita... Eu... não sei – disse o capitão, devagar. – Por algum motivo, você não chegava a se perguntar se ela era bonita ou não, pois isso simplesmente não importava. Havia algo tão doce e agradável nela que era impossível não amá-la. Era agradável de se olhar: olhos grandes e vivazes da cor da avelã, volumosos cabelos castanhos e brilhantes e uma pele inglesa. John e ela se casaram na nossa casa naquela noite, à luz de velas; todos vieram de longe e de perto para assistir e, em seguida, nós os acompanhamos até aqui. A senhora Selwyn acendeu a lareira, e nós fomos embora e os deixamos aqui, sentados, justamente onde John tivera a visão. Que coisa mais estranha! E eu já vi muitas coisas estranhas na minha vida.

O capitão balançou a cabeça.

– É uma história tocante – disse Anne, sentindo-se satisfeita com todo aquele romance. – Por quanto tempo eles moraram aqui?

– Quinze anos. Eu fugi para o mar logo após o casamento, como o jovem malandro que eu era. E sempre, ao voltar de uma viagem, vinha para cá, antes mesmo de ir para casa, e contava à senhora Selwyn como foi. Quinze anos felizes! Tinham uma espécie de talento para a felicidade aqueles dois. Algumas pessoas são assim, não sei se já percebeu; *não* conseguem ser infelizes por muito tempo, não importa o que aconteça. Eles discutiam de vez em quando, pois ambos eram muito agitados. A senhora Selwyn me disse certa vez, rindo daquele jeito precioso: "Sinto-me mal quando John e eu discutimos, mas no fundo sou muito feliz por ter um ótimo marido com quem brigar e fazer as pazes depois". Eles se mudaram para Charlottetown, e Ned Russell comprou a casa e trouxe a esposa para cá. Lembro que eram um casal muito alegre. A senhorita Elizabeth Russell era irmã de Alec. Ela veio morar com eles por volta de um ano mais tarde e também era uma criatura jovial. As paredes desta casa devem estar encharcadas, *encharcadas* de risos e bons momentos. Você é a terceira recém-casada que vem para cá, senhora Blythe, e a mais linda.

O capitão Jim esforçou-se para dar ao girassol do seu elogio a delicadeza de uma violeta, e Anne o usou com orgulho. Estava mais radiante do que nunca, com o rubor matrimonial ainda nas bochechas e o brilho do amor no olhar; até mesmo o velho doutor Dave lhe lançou um olhar de admiração e comentou com a esposa, na volta para casa, que aquela esposa ruivinha do garoto era mesmo muito bela.

– Preciso voltar para o farol – anunciou o capitão Jim. – Esta noite foi tremendamente prazerosa.

– Venha nos visitar com frequência – disse Anne.

– Imagino se você faria esse convite se soubesse como estou inclinado a aceitá-lo – comentou o capitão com humor.

– O que é outra forma de dizer que está em dúvida se o convite é sincero – sorriu Anne. – Ele é, eu juro – disse Anne, fazendo uma cruz sobre o peito, como se fazia na escola.

– Então, eu o aceito. Virei importuná-los a qualquer hora. E também ficaria muito orgulhoso se fossem me visitar de vez em quando. Geralmente, não tenho mais ninguém para conversar além do Segundo Oficial, bendito seja. Ele é um ótimo ouvinte e já se esqueceu de muita coisa que os MacAllisters jamais ficaram sabendo, mas digamos que não é muito bom de conversa. Você é jovem e eu velho, mas nossas almas são da mesma idade, acredito. Ambos pertencemos ao povo que conhece José[10], como Cornelia Bryant diz.

– Povo que conhece José? – perguntou Anne, intrigada.

– Sim. A Cornelia divide todas as pessoas do mundo em dois tipos: aqueles que conhecem José e aqueles que não. Se uma pessoa tem praticamente as mesmas opiniões que você sobre as coisas, o mesmo tipo de humor... bem, então pertence ao povo que conhece José.

– Ah, entendi – exclamou Anne. – É o que eu costumava chamar, e ainda chamo entre aspas, de "almas amigas".

– Pois bem, pois bem – concordou o capitão Jim. – Nós somos isso, o que quer que isso signifique. Quando você chegou nesta noite, senhora Blythe, eu disse para mim mesmo: "Sim, ela é do povo que conhece José". E fiquei muito alegre, pois, se não fosse, não teríamos nos divertido tanto na companhia um do outro. O povo que conhece José é o sal da terra, suponho.

---

10 Referência ao Antigo Testamento, Êxodo 1:8. (N. T.)

A Lua já tinha nascido quando Anne e Gilbert acompanharam os convidados até a porta. O porto de Four Winds estava se mostrando um lugar onírico, glamouroso e encantado, um refúgio que nenhuma tempestade perturbaria. Ao longo da entrada, os choupos-da-lombardia, altos e sombrios como formas clericais de um grupo místico, eram coroados pela luz prateada.

– Sempre gostei de choupos-da-lombardia – disse o capitão, apontando com o braço comprido para eles. São as árvores das princesas. Agora estão fora de moda. As pessoas reclamam que, quando as pontas secam, eles ficam feios. E ficam mesmo, se você não arriscar seu pescoço a cada primavera subindo em uma escada para apará-los. Eu fazia isso para a senhorita Elizabeth; assim permaneciam sempre impecáveis. Ela gostava muito do ar digno e altivo deles. Eles não são amigos de qualquer um. Os bordos são melhores para companhia, senhora Blythe, da mesma forma que os choupos-da-lombardia são para a sociedade.

– Que noite linda – disse a senhora do doutor Dave ao subir na charrete.

– A maioria das noites é assim – disse o capitão. – Mas admito que aquele luar sobre Four Winds me faz imaginar o que sobrou para o céu. A Lua é uma grande amiga minha, senhora Blythe. Amo-a desde quando é possível lembrar. Quando era pequeno, eu adormeci no jardim em um fim de tarde e ninguém se deu conta. Despertei em plena noite, morrendo de medo. Quantas sombras e barulhos estranhos havia por lá! Não me atrevi a me mover e fiquei lá, encolhidinho, tremendo. Parecia que não havia mais ninguém no mundo imenso além de mim mesmo. Então, reparei na Lua olhando para mim lá de cima, através dos galhos da macieira, como uma velha amiga. Na hora, senti-me confortado. Em seguida, levantei e caminhei até a casa com a coragem de um leão, sem tirar os olhos dela. Muitas foram as noites nas quais a contemplei do deque do meu navio, em mares longínquos. Por que vocês não me mandam fechar a matraca e ir para casa?

As risadas das despedidas cessaram. Anne e Gilbert caminharam de mãos dadas pelo jardim. O riacho que o cortava estava repleto de ondulações plácidas sob as sombras dos salgueiros. As papoulas às suas margens eram verdadeiros copinhos de luar. As flores plantadas pelas mãos da noiva do diretor lançavam seu aroma para o ar, evocando a beleza e as bênçãos dos dias de outrora. Anne parou na penumbra para fazer uma oração.

– Amo o perfume das flores na escuridão. É quando podemos nos apossar da alma delas. Ah, Gilbert, esta casinha é tudo que sempre sonhei. E fico muito contente por não sermos os primeiros recém-casados a vir morar aqui!

A SENHORITA CORNELIA BRYANT FAZ UMA VISITA

Aquele setembro foi um mês de neblinas douradas e névoas violetas no porto de Four Winds, um mês de dias ensolarados e de noites que transbordavam luar ou pulsavam de estrelas. Nenhuma tormenta o importunou, e nenhum vendaval ocorreu. Anne e Gilbert colocaram o ninho em ordem, perambularam pela orla, navegaram pelo porto, visitaram Four Winds e Glen e percorreram as estradinhas ermas repletas de samambaias dos bosques e ao redor do porto; em suma, tiveram uma lua de mel que qualquer casal de enamorados invejaria.

– Se a vida fosse interrompida agora, ela ainda teria valido a pena graças às últimas quatro semanas, não concorda? – disse Anne. – Creio que nunca mais teremos quatro semanas tão perfeitas de novo, mas o importante é que nós as vivemos. O vento, o clima, as pessoas, a casa dos sonhos, tudo conspirou para que tivéssemos uma lua de mel maravilhosa. Não houve um único dia de chuva desde a nossa chegada.

– E também não discutimos nem uma vez – provocou Gilbert.

– Bem, "este é um prazer que será ainda maior por ter sido postergado" – citou Anne. – Estou muito satisfeita por termos decidido passar a lua de mel aqui. As recordações sempre estarão ligadas à nossa casa dos sonhos, e não a lugares estranhos espalhados por aí.

Havia na atmosfera do novo lar um cheiro de romance e aventura que Anne nunca sentira em Avonlea. Apesar de ter vivido perto do oceano, este nunca havia feito parte da vida dela de maneira tão íntima. Em Four Winds, o mar a cercava e a chamava constantemente. De cada janela da nova casa ela observava aspectos diferentes dele. Seu murmúrio era constante nos ouvidos dela. Embarcações chegavam todos os dias ao cais de Glen ou zarpavam rumo ao poente com destino a portos que podiam ficar do outro lado do planeta. Barcos pesqueiros saíam todas as manhãs pelo canal com as velas brancas içadas e voltavam carregados ao entardecer. Marinheiros e pescadores trafegavam alegres e despreocupados pelas estradas vermelhas e serpenteantes. Havia uma constante sensação de que coisas estavam prestes a acontecer, aventuras ou jornadas. Four Winds era um lugar menos sóbrio e rígido do que Avonlea; ventos de mudanças sopravam pelo vilarejo, o mar atraía os moradores da praia, e mesmo aqueles que talvez não respondessem ao chamado sentiam-se inquietos por causa da emoção, dos mistérios e das possibilidades dele.

– Agora compreendo por que alguns homens têm necessidade de ir para o mar – disse Anne. – Aquele desejo que todos sentem em algum momento, de "velejar para além dos confins do ocaso", deve ser muito imperioso quando vem de nascença. Não me estranha que o capitão Jim não tenha conseguido resistir a ele. Sempre que vejo um barco sair pelo canal ou uma gaivota sobrevoar as dunas, não consigo evitar a vontade de estar a bordo ou de ter asas. Não como uma pomba, para "voar e encontrar a paz[11]", mas como uma gaivota, para mergulhar direto no coração da tempestade.

– Você vai ficar bem aqui comigo, mocinha – brincou Gilbert. – Não vou permitir que voe para longe de mim e se meta no coração das tempestades.

---

11 Referência ao Antigo Testamento, Salmos 55:6. (N. T.)

Estavam sentados nos degraus de arenito vermelho em um fim de tarde. Na terra, no oceano e no céu reinava a tranquilidade. Gaivotas acinzentadas voavam acima da cabeça deles. O horizonte estava adornado por faixas longas e etéreas de nuvens róseas. O ar imperturbado era entrecortado pelo aroma de brisas e ondas trovadoras. Ásteres alvas agitavam-se nos campos ressequidos e enevoados entre a propriedade e o porto.

– Médicos que precisam passar a noite em claro cuidando de doentes não se sentem muito aventureiros, eu suponho – disse Anne com indulgência. – Se tivesse dormido bem na noite passada, Gilbert, estaria tão disposto quanto eu para voar com a imaginação.

– Foi uma boa noite de trabalho, Anne – disse Gilbert com calma. – Com a ajuda de Deus, salvei uma vida. É a primeira vez que posso realmente afirmar isso. Em outros casos, eu ajudei. Contudo, Anne, se eu não tivesse passado a noite na casa dos Allonbys e lutado cara a cara com a morte, aquela mulher teria falecido antes da alvorada. Fiz um experimento que certamente nunca foi tentado em Four Winds; duvido inclusive que já tenha sido feito em algum lugar fora de um hospital. Foi uma novidade no hospital de Kingsport no inverno passado. Não teria ousado experimentá-lo se não tivesse certeza de que não havia alternativa. Corri um risco, mas saí vitorioso. Consequentemente, uma boa mãe e esposa agora tem mais longos anos de felicidade e serventia pela frente. Enquanto voltava para casa pela manhã, conforme o sol nascia sobre o porto, agradeci a Deus pela profissão que escolhi. Lutei bravamente e venci; pense nisso, Anne, eu venci o "grande ceifador". É o que sonho em fazer há muito tempo, desde quando conversamos sobre o que queríamos fazer da vida. E esse sonho tornou-se realidade nesta manhã.

– Esse foi seu único sonho concretizado? – perguntou Anne, que sabia perfeitamente qual seria a resposta dele, só para ouvi-la novamente.

– Você já sabe, mocinha – disse Gilbert, sorrindo para ela.

Naquele momento, havia duas pessoas perfeitamente felizes sentadas nos degraus de uma casinha branca na praia do porto de Four Winds. Então Gilbert disse, mudando de tom:

– É um barco com todas as velas içadas que estou vendo se aproximar?

Anne olhou e pôs-se de pé.

– Deve ser a senhorita Cornelia Bryant ou a senhora Moore que vem nos visitar.

– Vou para o meu escritório. Mas, se for a senhorita Cornelia, estou avisando, vou escutar às escondidas – disse Gilbert. – Pelo que ouvi, a conversa com ela pode ser tudo, menos tediosa.

– Pode ser a senhora Moore.

– Não parece a silhueta da senhora Moore. Eu a avistei trabalhando no jardim outro dia e, embora eu estivesse longe demais para ver claramente, creio que ela seja mais esguia. E, mesmo sendo a nossa vizinha mais próxima, ela não me parece muito sociável, já que ainda não veio fazer uma visita.

– Ela não é como a senhora Lynde, afinal; senão a curiosidade já a teria trazido aqui – disse Anne. – Acho que aquela é a senhorita Cornelia.

A visitante era a senhorita Cornelia. Além disso, ela não tinha ido fazer uma breve visita social aos recém-casados. Trazia nos braços um pacote considerável com seus trabalhos e, quando Anne a convidou para se sentar, ela prontamente tirou o imenso chapéu de sol que, apesar da irreverente brisa de setembro, permanecia no lugar graças a uma tira de elástico presa ao coque de cabelos claros. Nada de alfinetes de chapéus para a senhorita Cornelia, por favor! Tiras de elásticos tinham sido boas o suficiente para a mãe dela e eram boas o bastante para ela. Tinha um rosto redondo e rosado e olhos castanhos expressivos. Não parecia nem um pouco com uma solteirona tradicional, e algo na expressão dela conquistou Anne instantaneamente. Com a usual rapidez para discernir almas amigas, ela soube que iria gostar da senhorita Cornelia, a despeito de certas excentricidades de opinião e no vestuário.

Ninguém além da senhorita Cornelia teria feito uma visita usando um avental de listras azuis e brancas e com um embrulho de pano marrom, com desenhos de imensas rosas espalhados. E ninguém além da senhorita Cornelia teria ficado tão elegante e respeitosa usando-o. Se fosse a um palácio visitar uma princesa, ela seria igualmente digna

ANNE E A CASA DOS SONHOS

e dona da situação. Arrastaria os longos babados da saia cheia de rosas sobre os pisos de mármore com a mesma despreocupação de um membro da realeza e com a mesma fleuma tentaria persuadir a princesa de que a posse de um homem, fosse ele um príncipe, fosse ele um plebeu, não era digna de vanglória.

– Trouxe o meu trabalho, querida senhora Blythe – comentou, desenrolando uma tela delicada. – Estou com pressa de terminá-lo e não tenho tempo a perder.

Anne olhou com surpresa para a peça branca estendida sobre o amplo colo da senhorita Cornelia. Era certamente uma roupinha de bebê muito bem feita, com babados e pregas minúsculos. A senhorita Cornelia ajeitou os óculos e começou a bordar com pontos intrincados.

– É para a senhora Fred Proctor, que mora em Glen – anunciou. – Seu oitavo filho está para nascer, e ela ainda não aprontou nada. Os outros sete já usaram tudo o que foi feito para o primeiro, e ela nunca mais teve tempo ou disposição para costurar novas roupas. A mulher é uma mártir, senhora Blythe, acredite em *mim*. Quando se casou com Fred Proctor, eu sabia que isso aconteceria. Era um desses homens intempestivos e fascinantes. Depois de casado, ele deixou de ser fascinante e continuou sendo apenas intempestivo. Bebe e negligencia a família. Não é típico de um homem? Se não fosse pela ajuda dos vizinhos, não sei como a esposa dele conseguiria manter os filhos vestidos decentemente.

Como Anne veio a descobrir mais tarde, a senhorita Cornelia era a única da vizinhança que se preocupava com a decência dos filhos dos Proctors.

– Quando eu soube da chegada do oitavo bebê, decidi preparar algumas coisas para ele – continuou. – Esta é a última, e quero terminá-la ainda hoje.

– É certamente muito bonita – disse Anne. – Vou pegar minhas costuras, e então coseremos juntas. Que trabalho magnífico é o seu, senhorita Bryant.

– Sim, sou a melhor por essas bandas – disse a senhorita Cornelia em um tom prosaico. – E devo ser! Senhor, já costurei mais do que se tivesse cem filhos, acredite em *mim*! Pode ser tolice da minha parte bordar à mão a roupinha de um filho de número oito, mas, por Deus, querida senhora Blythe, ele não tem culpa de ser o oitavo, e eu gostaria que ele tivesse pelo menos uma roupa bonita, como se fosse um filho *esperado*. Ninguém quer o pobrezinho, então me esmerei um pouco mais em suas coisinhas.

– Qualquer neném teria orgulho dessa roupa – disse Anne, com uma certeza ainda mais intensa de que iria gostar da senhorita Cornelia.

– Estava pensando que eu nunca viria visitá-la, aposto – prosseguiu a senhorita Cornelia. – Mas este é o mês da colheita, sabe, e estive ocupada, com vários empregados extras, comendo mais do que trabalhando, como os homens costumam fazer. Gostaria de ter vindo ontem, mas fui ao funeral da senhora Roderick MacAllister. Em um primeiro momento, pensei que era melhor ficar em casa, pois estava com muita dor de cabeça. No entanto, ela estava com cem anos, e eu havia prometido para mim mesma que iria ao enterro dela.

– Foi uma cerimônia bonita? – perguntou Anne, percebendo que a porta do escritório estava entreaberta.

– O quê? Ah, sim, foi um lindo funeral. Ela conhecia muita gente. Havia mais de 120 carruagens na procissão. Uma ou duas coisas engraçadas aconteceram. Achei que iria morrer ao ver o velho Joe Bradshaw, que é um infiel e nunca põe os pés na igreja, cantando *A Salvo nos Braços de Jesus* com muito gosto e fervor. Ele ama cantar, e por isso nunca perde um funeral. A coitada da senhora Bradshaw não parecia estar com vontade de cantar, tão esgotada de tanto trabalhar. O velho Joe de vez em quando a presenteia com alguma máquina nova para o campo. Não é típico de um homem? E o que mais se pode esperar de um homem que nunca vai à igreja, nem mesmo à metodista? Fiquei muito satisfeita de ver você e o jovem doutor na igreja presbiteriana no primeiro domingo de vocês aqui. Não vou a nenhum médico se este não for presbiteriano.

– Fomos à igreja metodista no domingo passado – provocou Anne.

– Ah, suponho que o doutor Blythe tenha de ir àquela igreja de vez em quando se quiser a clientela metodista.

– Gostamos muito do sermão – declarou Anne, com ousadia. – E achei as preces do ministro metodista uma das mais lindas que já ouvi.

– Ah, não tenho dúvida de que ele sabe rezar. Nunca ouvi alguém pregar melhor do que o velho Simon Bentley, o qual estava sempre bêbado ou tentando ficar. Quanto mais ébrio ficava, melhores eram as preces.

– O ministro metodista é muito galante – disse Anne, pensando na porta entreaberta.

– Sim, ele é bem-apessoado – concordou a senhorita Cornelia. – Ah, e *muito* gracioso. E acha que todas as garotas se apaixonam ao olhar para ele, como se um ministro metodista fosse um grande prêmio! Se você ou o jovem doutor quiserem o *meu* conselho, não se misturem com os metodistas. Meu lema é: se você é um presbiteriano, *seja* um presbiteriano.

– Você não acha que os metodistas vão para o céu como os presbiterianos? – perguntou Anne, com seriedade.

– Não cabe a *nós* decidir. Isso está nas mãos de um poder maior que nós – disse a senhorita Cornelia solenemente. – Entretanto, não vou me meter com eles aqui na Terra, mesmo que eu tenha de fazê-lo no céu. Esse ministro metodista não é casado. O anterior era, e a esposa dele era a criatura mais bobinha e fútil que já vi. Certa vez, eu disse a ela que ele deveria ter esperado ela crescer antes de se casarem. Ele respondeu que preferia educá-la. Não é típico de um homem?

– É bastante difícil dizer quando as pessoas estão maduras – riu Anne.

– É verdade, querida. Algumas nascem maduras, enquanto outras só crescem aos oitenta anos, acredite em mim. A senhora Roderick, de quem eu estava falando, nunca cresceu. Era tão tola aos cem quanto havia sido aos dez.

– Talvez seja por isso que tenha vivido tanto – sugeriu Anne.

– Talvez sim. Prefiro viver cinquenta anos sensatos a viver cem anos de tolices.

– Imagine só como o mundo seria tedioso se todos fossem sensatos – argumentou Anne.

A senhora Cornelia desdenhava qualquer declaração conflitante e polêmica.

– A senhora Roderick era uma Milgrave, e os Milgraves nunca tiveram muito juízo. O sobrinho dela, Ebenezer Milgrave, foi considerado insano por anos. Ele acreditava que já tinha morrido e ficava encolerizado com a esposa por não querer enterrá-lo. Eu o teria feito.

A senhorita Cornelia parecia tão determinada que Anne quase podia vê-la com uma pá em mãos.

– A senhorita não conhece *nenhum* marido bom?

– Ah, sim, muitos deles. Estão lá. – Pela janela aberta, ela apontou para o cemitério da igreja do outro lado do porto.

– E vivos, de carne e osso? – insistiu Anne.

– Ah, alguns, só para provar que para Deus tudo é possível – admitiu a senhorita Cornelia com relutância. – Não nego, de vez em quando aparece algum. Se pego ainda jovem e treinado adequadamente e se a mãe lhe deu umas boas palmadas quando preciso, é capaz de se tornar um homem decente. Pelo que ouvi falar, o *seu* marido não é tão ruim, para um homem. – A senhorita Cornelia encarou Anne intensamente por cima dos óculos. – Acha que não há ninguém como ele no mundo, aposto.

– E não há – disse Anne prontamente.

– Ah, bem, já ouvi outra recém-casada dizer o mesmo – suspirou a senhorita Cornelia. – Jennie Dean achava que não havia mais ninguém no mundo como o marido dela quando se casou. E estava certa, não havia! O que era bom, acredite em mim! Ele lhe deu uma vida horrível, e começou a cortejar a segunda esposa com Jennie ainda no leito de morte. Não é típico dos homens? No entanto, espero que a *sua* confiança seja justificada, querida. O jovem doutor está se saindo muito bem. Tive medo a princípio de que não fosse se adaptar, pois o povo daqui sempre considerou o velho doutor Dave o único médico do mundo. Ele não tinha muito tato, pode ter certeza; estava sempre falando de cordas nas casas onde alguém se enforcou. Só que as pessoas se esqueciam dos sentimentos feridos quando doía o estômago; se fosse um ministro em vez de um doutor, as pessoas jamais o perdoariam. Uma dor na alma não preocupa tanto as pessoas como uma dor de estômago. Já que somos presbiterianas e não há nenhum metodista por perto, poderia me falar a sua opinião honesta do *nosso* ministro?

– Oras... Eu... Bem... – hesitou Anne.

A senhorita Cornelia assentiu com a cabeça.

– Exatamente. Concordo com você, querida. Cometemos um erro ao convocá-lo. O rosto comprido dele parece o de uma daquelas estátuas de pedra do cemitério, não é mesmo? "Em sagrada memória" deveria estar escrito na testa dele. Nunca vou me esquecer do primeiro sermão dele. O tema foi sobre a obrigação de nos dedicarmos àquilo que fazemos de melhor, um tema muito bom, claro. Contudo, os exemplos utilizados! Ele disse: "Se você tem uma vaca e uma macieira, mas prender a macieira no estábulo e plantar a vaca no pomar, com as pernas para cima, quanto leite dará a árvore e quantas maçãs dará a vaca?". Já ouviu algo assim na sua vida, querida? Fiquei tão feliz por não haver nenhum metodista lá naquele dia... Eles nunca mais parariam de nos importunar. E o que mais detesto nele é seu hábito de sempre concordar com todo mundo, não importa o que digam. Se disser para ele: "Você é um patife", ele responderia, com aquele sorrisinho indolente: "Sim, é verdade". Um ministro deveria ser mais assertivo. Resumindo, eu o considero um reverendo imbecil. Isso deve ficar só entre a gente, é claro. Quando há metodistas por perto, eu o cubro de elogios. Algumas pessoas acham que a esposa dele se veste de maneira muito chamativa; mas eu digo, com um rosto daqueles, que ela precisa de alguma coisa para se animar. Você *jamais* me ouvirá condenar uma mulher por causa do vestido. Sou grata por o marido dela não ser tão mesquinho e miserável a ponto de censurá-la. Não que eu ligue muito para vestidos. As mulheres só se vestem para agradar aos homens, e eu jamais me sujeitaria a isso. Tive uma vida plácida e confortável, querida, e foi porque nunca dei a mínima para o que os homens pensam.

– Por que você odeia tanto os homens, senhorita Bryant?

– Senhor, eu não os odeio, querida. Eles não valem o esforço. Apenas os desprezo. Acho que vou gostar de *seu* marido, se minha primeira impressão dele não mudar. Com exceção dele, os únicos homens no mundo pelos quais tenho apreço são o velho doutor e o capitão Jim.

– O capitão Jim é certamente esplêndido – concordou Anne cordialmente.

– Ele é um bom homem, mas meio chato no seguinte aspecto: é impossível deixá-lo irritado. Tentei durante vinte anos, e ele continua sereno. E a mulher com quem ele deveria ter se casado acabou com um sujeito que tem acessos de raiva duas vezes ao dia, eu suponho.

– Quem era ela?

– Ah, não sei, querida. Não me lembro de o capitão Jim ter cortejado alguém. Nas minhas recordações, ele sempre foi velho. Ele tem setenta e seis anos, sabia? Não sei o porquê de ter continuado solteiro, mas deve haver um motivo, acredite em mim. Ele viveu no mar até cinco anos atrás, e não há um canto do mundo em que já não tenho metido o nariz. Elizabeth Russell e ele foram grandes amigos durante toda a vida, contudo nunca tiveram um compromisso. Elizabeth nunca se casou, embora tenha tido muitas chances. Era muito bonita quando jovem. No ano em que o Príncipe do País de Gales veio à Ilha, ela estava visitando um tio em Charlottetown que era oficial do governo, e por isso foi convidada para o grande baile. Foi a garota mais deslumbrante da noite, e o príncipe dançou com ela, e todas as outras mulheres com que ele não dançou ficaram furiosas, porque Elizabeth era de uma posição social inferior à delas. Ela sempre teve muito orgulho desse baile. As más línguas dizem que nunca se casou porque não suportava mais os homens comuns depois de ter dançado com o príncipe. Só que não foi por isso. Ela me contou uma vez o motivo: seu gênio era ruim e de modo algum conseguiria viver em paz com algum homem. Elizabeth de fato tinha um péssimo temperamento; costumava subir até o andar de cima e arrancar pedaços da escrivaninha às mordidas para se acalmar. Eu disse que não era motivo para não se casar se ela realmente

ANNE E A CASA DOS SONHOS

quisesse. Não há motivo para deixarmos os homens ter um monopólio do temperamento, não é mesmo, senhora Blythe?

– Tenho um temperamento um tanto genioso – suspirou Anne.

– É bom que tenha, querida. Assim não correrá tanto risco de ser pisada, acredite em mim! Minha nossa, como aquelas hortênsias estão floridas! Seu jardim parece ótimo. A pobre Elizabeth sempre cuidou tão bem dele.

– Eu o adoro – disse Anne. – Fico feliz que tenha tantas flores antigas. Por falar em jardim, queremos contratar alguém para roçar aquele pedaço de terra atrás dos abetos e plantar morangos. Gilbert anda muito ocupado e não terá tempo neste outono. A senhorita sabe de alguém?

– Bem, Henry Hammond, que mora em Glen, faz esse tipo de serviço. Talvez esteja disposto. Ele sempre se interessa mais pelo pagamento do que pelo trabalho, o que é típico de um homem; é meio lento para entender as coisas, chegando a ficar parado por cinco minutos até se dar conta do que estava fazendo. O pai dele o acertou com um pedaço de madeira quando era pequeno. Bonito, não? Típico de um homem! O garoto nunca se recuperou. Mesmo assim, é o único que recomendo. Ele pintou a minha casa na primavera passada. Ficou muito bom, não acha?

Anne foi salva pelo aviso do relógio de que eram cinco da tarde.

– Senhor, já é tão tarde assim? – exclamou a senhorita Cornelia. – Como o tempo voa quando estamos nos divertindo! Bem, tenho de voltar para casa.

– De maneira alguma! A senhorita vai ficar e tomar chá conosco – Anne apressou-se a dizer.

– Está me convidando porque acha que deve ou porque realmente quer? – exigiu saber a senhorita Cornelia.

– Porque eu realmente quero.

– Então ficarei. Você é do povo que conhece José.

– Sei que vamos ser amigas – disse Anne, com um sorriso que só seus mais chegados conheciam.

– Sim, seremos, querida. Graças a Deus, podemos escolher nossos amigos. Nossos parentes, temos de aceitar como são e sermos gratos se não houver nenhum criminoso entre eles. Não que eu tenha muitos, apenas primos de segundo grau. Sou uma alma solitária, senhora Blythe.

Havia um tom melancólico na voz da senhorita Cornelia.

– Gostaria que me chamasse de Anne – exclamou Anne impulsivamente. – Soa mais familiar. Todos em Four Winds me chamam de senhora Blythe, e isso me faz sentir como uma estrangeira. Sabia que o seu nome é muito parecido com o que eu queria ter quando criança? Eu detestava "Anne" e me chamava Cordelia na imaginação.

– Gosto de Anne. Era o nome da minha mãe. Nomes tradicionais são os melhores e mais doces, na minha opinião. Se vai preparar o chá, é melhor pedir ao jovem doutor para vir conversar comigo. Ele está deitado no sofá do consultório desde quando cheguei, acabando-se de tanto rir de tudo o que eu estava falando.

– Como você sabe? – disse Anne, espantada demais com a inquietante demonstração de onisciência da senhorita Cornelia para negar com educação.

– Eu o vi sentado atrás de você quando cheguei e conheço os truques dos homens – respondeu a senhorita Cornelia. – Pronto, querida, terminei a roupinha. Agora o oitavo filho pode vir quando quiser.

UMA TARDE NO FAROL DE FOUR WINDS

Já era fim de setembro quando Anne e Gilbert conseguiram fazer a visita ao farol de Four Winds que haviam prometido. Eles se planejaram para ir em diversas ocasiões, mas foram impedidos todas as vezes por algum imprevisto. O capitão Jim "aparecia" com frequência na casinha deles.

"Não faço cerimônias, senhora Blythe", disse ele a Anne. "É um prazer vir aqui, e não vou me negá-lo só porque vocês não foram me visitar. Não deve existir esse tipo de discussão entre o povo que conhece José. Virei quando puder, e vocês irão quando puderem; não importa sob o teto de quem estejamos, contanto que tenhamos nossas agradáveis prosas".

O capitão Jim ficava encantado com Gog e Magog, os quais supervisionavam os destinos de cima da lareira na casinha com tanta dignidade e altivez quanto eles fizeram na Casa da Patty.

"Não são umas gracinhas?", ele diria, encantado; e se despediria com a mesma gravidade e seriedade com que cumprimentava os anfitriões ao chegar. O capitão Jim não ofenderia nenhuma deidade do lar por falta de reverência e cerimônia.

"Você deixou essa casa perfeita", disse ele a Anne. "Ela nunca foi tão agradável. A senhora Selwyn tinha bom gosto e fez maravilhas; só que naquela época não havia essas belas cortinas, os quadros e os enfeites de hoje. Quanto a Elizabeth, ela viveu no passado. Você trouxe o futuro para esta casa, digamos. Eu ficaria feliz mesmo se não trocássemos nenhuma palavra; quando eu venho aqui, me sentar e olhar para você, seus quadros e suas flores já seria prazer o suficiente. Isto é lindo, muito lindo".

O capitão Jim era um apaixonado apreciador da beleza. Cada coisinha amável vista ou ouvida lhe dava uma profunda e súbita felicidade que irradiava sua vida. Era muito consciente de sua falta de beleza e lamentava-se por isso.

"As pessoas dizem que não sou feio", comentou com pesar, certa vez, "mas às vezes eu gostaria que o Senhor tivesse colocado parte da minha bondade na minha aparência. De qualquer forma, Ele devia saber o que estava fazendo, como o bom capitão que é. Alguns de nós precisam ser assim, do contrário as pessoas lindas, como a senhora Blythe, não se destacariam tanto".

Em um fim de tarde, Anne e Gilbert finalmente foram até o farol de Four Winds. O dia havia começado com nuvens acinzentadas e neblina, mas terminara em uma pompa de escarlate e dourado. As colinas ocidentais atrás do porto estavam repletas de profundezas âmbar e superfícies cristalinas, com o fogo do pôr do sol abaixo. Ao Norte, o céu estava cheio de nuvenzinhas de um intenso dourado. A luz avermelhada fulgurava nas velas brancas deslizando pelo canal com destino a um porto ao Sul, em uma terra de palmeiras. Mais além, esta luz ruborescia as frontes brancas e sem vegetação das dunas de areia. À direita, recaía sobre a antiga casa entre os salgueiros, riacho acima, conferindo-lhe, por uma fração de segundos, janelas mais esplêndidas que as de uma catedral. Elas se destacavam da quietude e das paredes de cor cinza como os pensamentos pulsantes e enérgicos de uma alma vivaz aprisionada em um ambiente enfadonho.

– Aquela casa perto do riacho sempre me parece tão solitária – disse Anne. – Nunca vejo visitantes lá. Por mais que a entrada dela seja voltada para a estrada de cima, não vejo muita movimentação. É estranho ainda não termos conhecido os Moores, sendo que moram a quinze minutos de caminhada de nós. Posso tê-los visto na igreja, é claro, sem saber que eram eles. Eu sinto tanto serem tão reclusos, quando eles são nossos únicos vizinhos próximos.

– Evidentemente, eles não pertencem ao povo que conhece José – riu Gilbert. – Já descobriu quem é aquela garota que você achou tão bonita?

– Não. Por algum motivo, não me lembrei de perguntar sobre ela. Como nunca a vi em lugar nenhum, suponho que era uma visitante. Ah, o Sol já está desaparecendo... lá está o farol.

Conforme o crepúsculo se intensificava, o facho de luz o atravessava em círculos cortantes que passavam sobre os campos, o porto, a barreira de dunas e o golfo.

– Sinto como se ele pudesse me arremessar léguas dentro do mar – disse Anne, sendo banhada pela luz do sol; ela ficou bem aliviada quando se aproximaram o suficiente do farol para estarem ao alcance daqueles raios de luz solar deslumbrantes e recorrentes.

Ao tomarem a estradinha que cortava pelos campos e levava até o extremo, depararam-se com um homem vindo ao encontro deles: um homem de aparência tão extraordinária que por um instante ambos o encararam. Era definitivamente alto e de ombros largos, com traços bem definidos, um nariz romano e olhos acinzentados francos; vestia o que poderia ser a melhor roupa de um fazendeiro abastado e podia muito bem ser um habitante de Four Winds ou de Glen. Contudo, pairando sobre o peito até a altura dos joelhos, havia uma extensão de barba marrom e crespa; e descendo pelas costas, sob o chapéu de feltro comum, havia uma cascata similar de cabelos castanhos grossos e ondulados.

– Anne – murmurou Gilbert, quando o sujeito já não podia ouvi-los –, você não colocou o que o tio Dave chama de "um pouquinho da lei escocesa" na limonada que tomei antes de sair de casa, colocou?

– Não – disse ela, refreando o riso por medo de o enigma que haviam acabado de ver pudesse ouvi-los. – Quem será que é?

– Não sei. Se o capitão costuma receber visitantes como esses no farol, vou trazer uma barra de ferro no bolso da próxima vez que vier aqui.

Ele não era um marinheiro, do contrário sua aparência excêntrica estaria perdoada; deve pertencer a algum dos clãs do outro lado do porto. O tio Dave disse que existem vários malucos por lá.

– O tio Dave é um pouco preconceituoso, eu acho. Você sabe que as pessoas do outro lado do porto as quais frequentam a igreja de Glen parecem muito amáveis. Ah, Gilbert, não é lindo?

O farol de Four Winds ficava em um penhasco de arenito vermelho projetando-se no golfo. De um lado, estendia-se a costa de areia prateada; do outro, havia uma enseada longa e curva de falésias e escarpas vermelhas elevando-se subitamente da praia de seixos. Era uma orla que conhecia a magia e os mistérios das tempestades e das estrelas. Há muita solitude em um lugar assim. As matas nunca estão solitárias; elas são repletas de uma vida sussurrante, amigável e convidativa. E o mar é uma alma poderosa, eterna, lamentando um pesar inescrutável, encerrada em si mesma para todo o sempre. É impossível sondar seus mistérios infinitos; só podemos imaginá-los, deslumbrados e atônitos, do lado de fora. Os bosques nos chamam com centenas de vozes, mas o oceano tem uma apenas: uma voz poderosa que encharca nossa alma com sua música majestosa. Os bosques são humanos, mas o mar é da companhia dos arcanjos.

Anne e Gilbert encontraram o capitão Jim sentado em um banco do lado de fora do farol, dando os últimos toques em um maravilhoso veleiro de brinquedo. Ele se levantou e deu-lhes as boas-vindas à sua moradia com uma cortesia gentil e inconsciente, que lhe caía muito bem.

– O dia hoje foi muito lindo, senhora Blythe, e agora vem a melhor parte. Gostaria de ficar um pouco aqui fora, enquanto ainda há luz? Estava dando os toques finais nesse presente para o meu sobrinho-neto, Joe, que mora em Glen. Acabei me arrependendo depois de ter prometido fazê-lo, pois a mãe dele ficou brava. Ela teme que ele tenha vontade de ir para o mar no futuro e não quer que eu o encoraje. Mas o que eu podia fazer, senhora Blythe? Eu prometi a ele, e acho uma verdadeira covardia quebrar uma promessa feita a uma criança. Venha, sente-se. Não vai demorar mais de uma hora.

ANNE E A CASA DOS SONHOS

O vento soprava da costa e criava longas ondas prateadas na superfície do mar, lançando sombras brilhantes que a sobrevoavam, de todos os lugares e da terra, como asas transparentes. O crepúsculo abria uma cortina violeta sobre as dunas de areia e os promontórios, onde gaivotas se agrupavam. O céu estava levemente encoberto por uma fina camada de vapor. Frotas de nuvens moviam-se pelo horizonte. Uma estrela vespertina vigiava tudo sobre a barreira de dunas.

– Não é uma vista digna de ser admirada? – disse o capitão Jim, com um sorriso amoroso e cheio de orgulho. – Belíssima e longe do comércio, não? Nada de comprar e vender e ganhar lucro. Aqui não é preciso pagar nada; todo esse mar e esse céu são de graça, "sem dinheiro e sem preço"[12]. A lua vai nascer muito em breve, também. Nunca me canso de admirar o luar sobre essas pedras, o mar e o porto. Há sempre uma surpresa.

Eles contemplaram o nascer da lua com toda a sua magia, em um silêncio que não pedia nada do mundo ou um do outro. Logo subiram a torre, e o capitão Jim mostrou e explicou o mecanismo da grande luz. Por fim, chegaram à sala de jantar, onde o fogo tecia chamas de tonalidades oscilantes, indescritíveis e marinhas na lareira aberta.

– Eu mesmo construí essa lareira – comentou o capitão. – O governo não dá muito luxo para os faroleiros. Veja as cores que aquela madeira cria. Se quiser um pouco da madeira trazida pelo mar até a praia, posso levar para a senhora algum dia desses. Sentem-se. Vou preparar um chá.

O capitão Jim ofereceu uma cadeira para Anne, depois de retirar um imenso gato laranja e um jornal de cima.

– O sofá é todo seu, camarada Gilbert. Tenho que guardar esse jornal para terminar uma das histórias publicadas. Chama-se *Um Louco Amor*. Não é do meu tipo favorito, mas estou lendo para ver até onde a autora consegue levar a trama. Está no 62º capítulo agora, e o casamento não está nem perto de acontecer, pelo visto. Quando o pequeno Joe vem me visitar, tenho de ler histórias de piratas para ele. Não é curioso como criaturinhas inocentes adoram contos sangrentos?

---

12 Referência ao Antigo Testamento, Isaías 55:1. (N. T.)

– Como meu garoto Davy, de Green Gables – disse Anne. – Ele gosta de histórias que pingam sangue.

O chá do capitão provou ser um néctar. Ele ficou alegre como uma criança com os elogios de Anne, porém simulou uma sutil indiferença.

– O segredo é que eu não economizo no creme – comentou. O capitão nunca tinha ouvido falar de Oliver Wendell Holmes[13], mas evidentemente concordava com a frase do escritor: "corações grandes não gostam de pouco creme".

– Cruzamos com uma figura peculiar na entrada – disse Gilbert, enquanto tomavam chá. – Quem era ele?

O capitão Jim sorriu.

– Aquele é Marshall Elliott. É um bom rapaz, ainda que tenha um toque de loucura. Devem estar imaginando qual o motivo da aparência digna de uma atração de circo, aposto.

– Ele é um nazareno moderno ou um profeta hebreu dos velhos tempos? – perguntou Anne.

– Nenhum dos dois. É politicagem que está por trás de sua excentricidade. Todos aqueles Elliotts, Crawford e MacAllisters são políticos ferrenhos. Nascem liberais ou conservadores, conforme o caso, e assim vivem até a morte. O que farão no céu, onde provavelmente não há política, está além do que consigo imaginar. Esse Marshall Elliott nasceu um liberal. Também me considero um liberal em moderação, só que Marshall não é nem um pouco moderado. Quinze anos atrás, houve uma eleição geral particularmente difícil. Marshall lutou com unhas e dentes por seu partido. Ele estava certo de que os liberais iam ganhar, tão certo que se levantou em uma reunião pública e jurou não raspar a barba ou cortar os cabelos até os liberais estarem no poder. Bem, até hoje eles ainda não venceram nenhuma eleição, e vocês viram o resultado. Marshall manteve a palavra.

---

13 Médico, professor, palestrante e autor norte-americano (1809-1894). Tido pelos seus pares como um dos melhores escritores do século XIX, é considerado um membro do Poets Fireside – o primeiro grupo de poetas americanos a rivalizar com os poetas britânicos em popularidade nos dois países. Sua obra em prosa mais famosa é *Breakfast-Table*. Ele é reconhecido como um importante reformador da medicina. (N. E.)

– O que a esposa dele acha disso? – perguntou Anne.

– Ele é um solteirão. Mesmo se fosse casado, acho que a esposa não conseguiria fazê-lo quebrar a promessa. A família Elliott sempre foi mais teimosa do que o normal. Alexander, irmão do Marshall, tinha um cachorro do qual gostava muito, e, quando ele morreu, o sujeito quis enterrá-lo no cemitério, "junto com os outros cristãos", segundo o próprio. É claro que não permitiram; então resolveu enterrá-lo do lado de fora da cerca do cemitério e nunca mais pisou na igreja. Aos domingos, levava a família para a igreja e sentava-se ao lado do túmulo do cão, onde lia a Bíblia durante toda a missa. Dizem que pediu à esposa para ser enterrado ao lado do cachorro quando estava morrendo; ela era uma alma dócil e servil, mas *isso* a tirou do sério. Disse que *ela* não seria enterrada ao lado de um cachorro e, se ele preferia passar o resto da eternidade na companhia do animal a passar com ela, que assim fosse. Alexander Elliott era turrão como uma mula, mas gostava da esposa, então acabou cedendo. "Ora, enterre-me onde quiser. Quando as trombetas de Gabriel soarem, espero que meu cachorro se levante como todos nós, pois ele tem tanta alma quanto um Elliott, Crawford ou MacAllister sempre com aquela pompa". Essas foram suas últimas palavras. Quanto ao Marshall, estamos acostumados com ele; os visitantes é que devem achá-lo peculiar. Conheço-o desde os dez anos de idade, e agora está com cinquenta, e gosto muito dele. Fomos pescar bacalhau hoje. É só para isto que sirvo agora: pegar truta e bacalhau, ocasionalmente. Mas nem sempre foi assim; não, senhor. Eu costumava fazer muitas coisas, vocês concordariam se tivessem lido o meu livro da vida.

Anne estava prestes a perguntar o que era o "livro da vida" quando o Segundo Oficial criou uma distração ao pular no colo do capitão. Era um animal deslumbrante, com uma cara redonda como uma lua cheia, olhos verdes vívidos e patas brancas imensas. O capitão acariciou as costas dele gentilmente.

– Nunca gostei muito de gatos até conhecer o Segundo Oficial. – O comentário recebeu um tremendo ronronar do Oficial. – Eu salvei a vida dele, e, quando você salva a vida de um animal, você está destinado a amá-lo. É quase como gerar uma vida. Existem pessoas terríveis neste mundo, senhora Blythe. Alguns moradores da cidade grande com casas de veraneio na região do porto são tão negligentes que chegam a ser cruéis. É o pior tipo de crueldade: abandono. Não dá para lidar com isso. Eles adotam gatinhos durante o verão, então brincam, dão comida e colocam fitas e coleiras neles. Já no outono, vão embora e os largam para morrer de fome ou de frio. Isso faz o meu sangue fervilhar, senhora Blythe. No inverno passado, encontrei uma pobre velha mamãe gato morta na praia, junto ao seus três filhotes, só pele e osso. Ela morrera tentando salvá-los. Suas pobres patinhas estavam ao redor deles. Eu chorei, Senhor. E depois esbravejei. E então levei os coitadinhos para casa, alimentei-os e encontrei bons lares para eles. Eu conhecia a mulher que a abandonara, e, quando ela voltou neste verão, eu fui até o porto e rasguei o verbo com ela. Estava me metendo na vida alheia, mas por uma boa causa.

– E como ela reagiu? – perguntou Gilbert.

– Ela chorou e disse que "não tinha pensado". Eu respondi: "Você supõe ser essa uma boa desculpa para o dia do juízo final, quando tiver de responder pela vida daquela pobre mamãe gato? Deus perguntará qual é a serventia do cérebro que Ele lhe deu, se não foi para usá-lo". Acho que ela nunca mais vai abandonar outro gato.

– O senhor resgatou o Segundo Oficial? – perguntou Anne, adiantando-se a ele, que respondia com muita gentileza, para não dizer com complacência.

– Sim. Encontrei-o em um dia de inverno rigoroso, preso nos galhos de uma árvore por uma dessas porcarias de coleira de fita. Estava faminto. Se tivesse visto os olhos dele, senhora Blythe! Era só um filhotinho que sobreviveu sabe-se lá como até ficar enroscado. Quando o libertei, ele lambeu a minha mão com a língua pequena e vermelha. Ele não era o hábil marinheiro que é agora. Era manso como Moisés. Isso foi nove anos atrás. Sua vida tem sido longa, para um gato. É um bom companheiro, esse Segundo Oficial.

– Eu imaginava que o senhor tivesse um cachorro – disse Gilbert.

O capitão Jim balançou a cabeça.

ANNE E A CASA DOS SONHOS

– Já tive um cachorro. Gostava tanto dele que, quando morreu, não suportei a ideia de colocar outro em seu lugar. Ele era um *amigo*, compreende, senhora Blythe? O Oficial é só um camarada. Gosto dele, apesar da natureza diabólica comum aos gatos. Mas eu *amava* meu cachorro. Sempre tive uma compaixão secreta por Alexander Elliott e o cão dele. Não há nada diabólico em um bom cachorro. E por isso são mais amáveis do que os gatos, acho; mas sinto que não sejam tão interessantes quanto estes. Olha eu aqui, falando pelos cotovelos. Por que não disse nada? Quando tenho a chance de falar com alguém, acabo sendo tagarela. Agora, se já terminaram o chá, tenho algumas coisas que talvez lhes interessem, coisas trazidas dos cantos mais exóticos onde já meti o nariz.

As "algumas coisas" do capitão revelaram-se uma coleção interessantíssima de itens curiosos, repugnantes, finos e belos. E quase todos tinham uma história notável.

Anne jamais se esqueceu do prazer com que ouviu os velhos relatos naquela noite enluarada junto ao fogo mágico da lareira, enquanto o mar prateado chamava pela janela aberta e soluçava contra as rochas.

O capitão Jim nunca se gabava, mas era impossível não ver o herói que tinha sido: corajoso, autêntico, engenhoso, altruísta. Sentado naquela salinha, fazia as histórias ganhar vida novamente para os ouvintes. Com um arquear de sobrancelha, um curvar dos lábios, um gesto, uma palavra, ele transmitia todo um cenário ou personagem para que os espectadores pudessem visualizar como o fato aconteceu.

Algumas das aventuras do capitão eram tão maravilhosas que Anne e Gilbert se perguntavam secretamente se ele não estava exagerando à custa da credulidade deles. No entanto, como viriam a descobrir mais tarde, estavam cometendo uma injustiça. Suas histórias eram todas verdadeiras. O capitão Jim tinha o dom inato de contar histórias, por meio do qual o "antigo, triste e distante"[14] era mostrado vividamente ao ouvinte com uma pungência prístina.

---

14 Referência ao poema *A ceifadora solitária,* do poeta inglês William Wordsworth (1770-1850). (N. T.)

O casal ria e estremecia com os velhos casos, e em certo momento Anne pegou-se chorando. O capitão observou as lágrimas dela com uma expressão radiante.

– Gosto de ver as pessoas chorar assim – comentou. – É um elogio. Mas não posso fazer justiça às coisas que vi ou ajudei a fazer. Está tudo anotado no meu livro da vida, contudo não tenho habilidade para descrevê-las propriamente. Se eu conseguisse encontrar as palavras certas e colocá-las na ordem correta, daria um grande livro. Seria melhor do que *Um Louco Amor*, e creio que o Joe iria gostar tanto quanto das histórias de pirata. Sim, já tive algumas aventuras no meu tempo. E quer saber, senhora Blythe? Sinto muita falta delas. Sim, sei que estou velho e inútil; às vezes acomete-me uma terrível ânsia de viajar para longe... Bem longe... Para sempre e todo sempre.

– O senhor é como Ulisses... "Meu intento é navegar além-poente, sob estrelas do ocidente, até morrer"[15] – citou Anne, sonhadora.

– Ulisses? Já ouvi falar dele. Sim, é exatamente assim como me sinto, assim como todos os velhos marujos, acredito. Morrerei em terra firme, suponho. Bem, o que será, será. O velho William Ford, de Glen, nunca entrou na água porque tinha medo de se afogar. Uma vidente lhe dissera que morreria assim. Um dia ele desmaiou e caiu de cara no cocho do estábulo e morreu afogado. Quando chega a vez da pessoa, não tem hora nem lugar. Da próxima vez, quem vai falar é o doutor. Ele sabe um monte de coisas, quero descobri-las. Sinto-me solitário aqui, às vezes, e piorou desde a morte de Elizabeth Russell. Éramos muito amigos.

As palavras do capitão Jim tinham o peso daqueles que assistem aos velhos amigos partirem um por um: amigos cujo lugar jamais poderá ser preenchido por aquele de uma geração mais nova, nem mesmo por aqueles do povo que conhece José. Anne e Gilbert prometeram voltar em breve.

– Ele é um sujeito singular, não é? – disse Gilbert, a caminho de casa.

---

15 Trecho do poema *Ulisses*, do poeta inglês Alfred Tennyson (1809-1892). (N. T.)

– Por algum motivo, não consigo conciliar sua personalidade simples e dócil com a vida selvagem e aventureira vivida por ele – observou Anne.

– Você não teria dificuldade se o tivesse visto na vila dos pescadores, outro dia. Um dos homens que trabalham no barco do Peter Gautier fez um comentário desagradável sobre uma garota na praia. O capitão Jim atravessou o pobre coitado só com a força do olhar. Parecia outra pessoa. Falou pouco, mas a forma como falou... Parecia que ia tirar o couro do sujeito. Só sei que ele jamais permitirá uma palavra contra qualquer mulher na presença dele.

– Pergunto-me o motivo de não ter se casado. Os filhos dele já teriam os próprios barcos, e os netos amontoariam-se sobre ele para ouvir histórias. Ele é desse tipo de homem. Em vez disso, tem apenas um gato magnífico.

Anne, todavia, estava enganada. O capitão Jim tinha mais que isso. Ele tinha a memória.

LESLIE MOORE

"Vou dar um passeio até a praia de seixos", disse Anne para Gog e Magog em um fim de tarde de outubro. Não havia mais ninguém em casa, pois Gilbert havia ido ao porto. Seu pequeno reino estava impecável, como se esperaria de alguém que foi criada por Marilla Cuthbert, e por isso ela sentia que podia vagar pela costa de consciência limpa. Com frequência e deleite ela andava a esmo pela enseada, às vezes com Gilbert, às vezes com o capitão Jim, e por vezes só com os próprios pensamentos e os novíssimos sonhos que começavam a ganhar vida, doces e multicoloridos. Ela adorava o porto calmo e brumoso, as dunas de areia prateadas e dominadas pelo vento e, acima de tudo, amava a praia rochosa, com suas falésias e cavernas, os montes de pedras arredondados pelo mar, e as piscinas onde os seixos reluziam ao Sol. Foi para lá que ela se dirigiu naquela noite.

Uma tempestade de outono com trovões e fortes rajadas havia durado três dias, fazendo com que as ondas arrebentassem estrondosamente contra as rochas, lançando espuma branca sobre as dunas e transformando a até então luzente e pacífica Four Winds em uma angustiante tormenta enevoada. Agora, a orla estava limpa. Nenhum vento soprava, e a única coisa perturbando a paz e o silêncio absolutos eram as ondas que ainda se chocavam contra a areia em um esplêndido tumulto.

ANNE E A CASA DOS SONHOS

"Ah, este é um momento merecido após semanas de mau tempo e tensão", exclamou Anne, no topo de um rochedo. Seu olhar de satisfação perdia-se no horizonte por cima das águas. Ela desceu a encosta íngreme por uma trilha até uma pequena baía isolada pelas pedras, o oceano e o céu.

"Vou dançar e cantar. Não há ninguém por perto para me ver; as gaivotas não farão fofocas. Posso ser tão louca quanto quiser".

Ela ergueu a saia e rodopiou pela faixa de areia fora do alcance das ondas cuja espuma quase tocou seus pés. Girando e girando, rindo como uma criança, Anne chegou ao pequeno cabo que levava ao lado leste da baía. Então, parou abruptamente, corando. Ela não estava sozinha; seu riso e sua dança tinham uma testemunha.

A garota de cabelos dourados e olhos azul-marinho estava sentada em uma grande pedra no cabo, meio escondida por uma rocha saliente. Encarava Anne com uma estranha expressão: parte deslumbre, parte simpatia, parte... seria possível?... inveja. Estava descalça; os cabelos esplendorosos, mais do que nunca como os "cordões de ouro" de Browning, estavam presos por uma fita rubra. Seu vestido era simplório, de um material escuro; e havia uma faixa de seda vermelha envolvendo a cintura e delineando suas curvas. Suas mãos, juntas sobre os joelhos, estavam meios marrons e um tanto marcadas pelo trabalho, ainda que seu pescoço e bochechas fossem brancos como creme. Um raio de sol brilhou através de uma nuvem baixa sobre os cabelos dela. Por um instante, ela pareceu personificar todo o mistério, a paixão e o charme elusivo de um espírito do mar.

– Você... deve achar que sou maluca – hesitou Anne, tentando recobrar-se. Ser vista por aquela garota tão altiva em tamanho abandono infantil; ela, a senhora Blythe, que deveria manter a dignidade de uma esposa... Era horrível!

– Não – respondeu a garota. – Não acho.

E não disse mais nada. Sua voz era inexpressiva, e seus modos sutilmente desdenhosos. Contudo, algo no olhar dela... confiante, ainda que tímido, desafiador, ainda que convidativo... impediu Anne de dar meia-volta. Em vez disso, sentou-se ao lado da menina.

– Vamos nos apresentar – disse, com o sorriso que nunca falhava em ganhar a confiança e a amizade das pessoas. – Sou a senhora Blythe e moro naquela casinha branca próxima do porto.

– Sim, eu sei. Sou Leslie Moore – respondeu a garota. – A senhora Dick Moore – acrescentou, com formalidade.

Anne ficou em silêncio por um instante por puro espanto. Não lhe ocorreu que aquela jovem pudesse ser casada; ela não parecia nem um pouco com uma esposa. E também era a vizinha a qual Anne imaginara ser uma pessoa comum de Four Winds! Ela mal conseguia ajustar o foco da mente diante de tamanha mudança de paradigma.

– Ou se-seja, você mora naquela casa cinza subindo o riacho – gaguejou.

– Sim. Deveria ter feito uma visita há muito tempo – disse a jovem, sem oferecer nenhuma explicação ou desculpa.

– Eu *adoraria* – disse Anne, enfim recompondo-se. – Moramos tão próximas, deveríamos ser amigas. Esse é o único defeito de Four Winds: não existem vizinhos suficientes. Do contrário, é um lugar perfeito.

– Gosta daqui?

– *Gostar*? Eu amo! É o lugar mais lindo em que já estive.

– Nunca viajei muito – disse Leslie Moore, suavemente –, mas sempre achei aqui adorável. Eu... também amo Four Winds.

A maneira de Leslie falar era como sua aparência: tímida e ao mesmo tempo intensa. Anne tinha uma estranha sensação de que aquela garota curiosa (o "garota" persistia) poderia falar profusamente se quisesse.

– Venho sempre à praia – acrescentou.

– Eu também – disse Anne. – Curioso não termos nos encontrado antes.

– Você provavelmente vem mais cedo do que eu. Costumo vir quando já está quase escurecendo. E adoro vir depois de uma tempestade, como hoje. Não gosto tanto do mar quando está calmo. Prefiro a agitação, o confronto das águas e o barulho.

– Gosto dele em qualquer estado de espírito – declarou Anne. – O mar em Four Winds é para mim o mesmo que a Travessa dos Amantes, onde cresci. Hoje parecia tão livre e indomável que algo dentro de mim também se libertou, por compaixão. Por isso dançava como uma louca. Não achei que alguém estivesse olhando, é claro. Se a senhorita Cornelia Bryant tivesse me visto, temeria pelo futuro do jovem doutor Blythe.

– Você conhece a senhorita Cornelia? – Leslie era dona de uma risada primorosa, que surgiu espontânea e inesperadamente como uma risada gostosa de um bebê. Anne também riu.

– Ah, sim. Ela já foi à minha casa dos sonhos diversas vezes.

– Sua casa dos sonhos?

– É só um apelido bobo, é como Gilbert e eu chamamos a nossa casa. Só o usamos entre a gente. Escapou antes que eu pudesse evitar.

– Então, a casinha branca da senhorita Russell é a *sua* casa dos sonhos – disse Leslie, pensativa. – Tive uma casa dos sonhos uma vez, mas era um palácio – acrescentou, com uma risada cujo encanto foi maculado por uma nota de deboche.

– Ah, já sonhei com um palácio, também – disse Anne. – Acho que todas as garotas já fizeram isso. E então nos contentamos com casas de oito cômodos que parecem saciar todos os desejos de nossos corações, pois é onde estão nossos príncipes. Sem dúvida, *você* deveria ter tido o seu palácio; aliás, você é tão bonita. Preciso confessar uma coisa: estou quase explodindo de admiração. Você é a criatura mais preciosa que já vi, senhora Moore.

– Se vamos ser amigas, então me chame de Leslie – disse a outra, com uma estranha intensidade.

– Claro, chamarei. E meus amigos me chamam de Anne.

– Acho que sou bonita – continuou Leslie, olhando tempestivamente para o mar. – Odeio minha beleza. Gostaria de ser morena e comum como a mais morena e comum das garotas daquela vila de pescadores. Enfim, o que acha da senhorita Cornelia?

A mudança abrupta de assunto acabou com qualquer chance de outras confidências.

– Ela é muito simpática, não acha? – disse Anne. – Gilbert e eu fomos convidados para tomar chá na casa dela, na semana passada. Você já deve ter ouvido falar de banquetes.

79

– Lembro-me de ter visto a expressão nos jornais, nas colunas sobre casamentos – disse Leslie, sorrindo.

– Bem, a senhorita Cornelia preparou um desses, praticamente. Era inacreditável a quantidade de comida que havia preparado para duas pessoas. Ela fez todos os tipos de torta imagináveis, eu acho, exceto de limão. Ela contou que ganhou o prêmio de melhor torta de limão na Feira de Charlottetown dez anos atrás, mas nunca mais fez outra por medo de perder a reputação.

– Conseguiu comer tortas o suficiente para agradá-la?

– Não. Gilbert ganhou o coração dela nas repetições... Mas não vou dizer quantas foram. Ela disse que nunca conheceu um homem que não gostasse de tortas. Sabe, eu amo a senhorita Cornelia.

– Eu também – disse Leslie. – É a melhor amiga que tenho no mundo.

Anne ficou curiosa; se aquilo era mesmo verdade, por que a senhorita Cornelia nunca mencionara a senhora Dick Moore? Ela certamente havia falado livremente sobre todos os outros indivíduos nos arredores de Four Winds.

– Não é lindo? – disse Leslie, após um breve silêncio, apontando para o efeito de um facho de luz que entrava pela fenda de uma rocha sob uma piscina esmeralda. – Se eu tivesse vindo aqui e não tivesse visto mais nada além disso, teria ido embora satisfeita.

– O efeito das luzes nessa praia é maravilhoso – concordou Anne. – Meu quartinho de costura é voltado para o porto, e eu me sento perto da janela e me farto com a vista. As cores e sombras nunca são as mesmas de um minuto para o outro.

– Você nunca se sente solitária? – perguntou Leslie abruptamente. – Quando está sozinha?

– Não. Acho que nunca me senti solitária de verdade na vida – respondeu Anne. – Mesmo nos momentos em que estou sozinha, tenho ótima companhia: sonhos e imaginações e faz de conta. *Gosto* de ficar sozinha de vez em quando, só para pensar nas coisas e saboreá-las. Mas adoro ter amigos e passar bons momentos com as pessoas.

Ah, não gostaria de me visitar com frequência? Por favor. Acredito que você vai gostar de mim se me conhecer melhor – acrescentou, rindo.

– Imagino se *você* iria gostar de *mim* – disse Leslie, com seriedade. Ela não estava à procura de elogios. Olhou para as ondas que começavam a se enfeitar com a prata do luar, e seus olhos se encheram de sombras.

– Irei, tenho certeza – disse Anne. – E, por favor, não pense que sou irresponsável só porque me viu dançar na praia ao entardecer. Sem dúvida, agirei com uma "senhora" aos poucos. Sabe, não estou casada há muito tempo. Ainda me sinto como uma moça, e até como uma criança, às vezes.

– Sou casada há doze anos – disse Leslie.

Outra surpresa inacreditável.

– Ora, você não pode ser mais velha do que eu! Deve ter se casado quando ainda era uma criança.

– Aos dezesseis – disse Leslie, levantando-se e pegando a capa e o casaco atrás dela. – Tenho vinte e oito agora. Bem, tenho que ir embora.

– Eu também. Gilbert já deve ter chegado em casa. E estou muito contente de termos nos conhecido.

Leslie não disse nada, e Anne sentiu certo incômodo. Ela oferecera sua amizade com sinceridade, mas ela não foi aceita muito graciosamente; se é que não foi rechaçada. Em silêncio, elas subiram os rochedos e atravessaram campos cuja grama macia e alva parecia um carpete aveludado ao luar. Ao chegarem à praia, Leslie virou-se.

– Vou por aqui, senhora Blythe. Virá algum dia me visitar, não?

Anne sentiu como se o convite tivesse sido feito a esmo e teve a impressão de que Leslie Moore o fizera com relutância.

– Irei se realmente quiser – respondeu um tanto friamente.

– Ah, eu quero, eu quero – exclamou Leslie, com uma avidez que parecia ter se libertado de amarras impostas.

– Então, irei. Boa noite, Leslie.

– Boa noite, senhora Blythe.

Anne voltou cismada para casa e desabafou com Gilbert.

– Então, a senhora Dick Moore não é do povo que conhece José? – provocou Gilbert.

– Não exatamente. Ainda assim... Acho que ela já foi um deles, porém deixou de ser ou está em exílio – divagou Anne. – É certamente diferente das outras mulheres da região. Não dá para falar de ovos e manteiga com ela. E pensar que eu a imaginava como uma segunda senhora Rachel Lynde! Você já conheceu o senhor Dick, Gilbert?

– Não. Já vi vários homens trabalhar na fazenda, mas não sei qual deles era ele.

– Ela não o mencionou. *Sei* que é infeliz.

– Pelo que contou, ela se casou antes de ter maturidade suficiente para saber o que realmente desejava e descobriu tarde demais que cometera um erro. É uma tragédia bastante comum, Anne. Uma mulher distinta teria tirado o melhor da situação. A senhora Moore evidentemente deixou isso a amargurar e ressentir.

– Não a julguemos antes de conhecê-la – pediu Anne. – Não creio que o caso dela seja tão prosaico. Você compreenderá o encanto que há nela quando conhecê-la, Gilbert. É algo além de sua beleza. Sinto que é dona de uma natureza preciosa, na qual uma amiga pode entrar como em um reino; por algum motivo, entretanto, ela barra todo mundo e se fecha para todas as possibilidades. Bem, venho tentando defini-la desde que a vi, e isso é o mais próximo que consigo chegar. Vou perguntar dela para a senhorita Cornelia.

A HISTÓRIA DE LESLIE MOORE

– Sim, o oitavo bebê chegou ontem à noite – informou a senhorita Cornelia, sentada em uma cadeira de balanço diante da lareira da casinha branca, em uma tarde gelada de outubro. – É uma menina. Fred estava furioso; disse que queria um menino, quando na verdade não queria filho nenhum. Se fosse um menino, ele reclamaria por não ter sido uma menina. Eles já têm quatro garotas e três garotos, então não vejo qual diferença o sexo desse último filho faria; mas, claro, ele tinha que ser impertinente, é típico dos homens. A neném é uma gracinha, vestida com suas roupinhas bonitas. Ela tem olhos pretos e mãozinhas fofas.

– Tenho que visitá-los. Adoro bebês – disse Anne, sorrindo para si mesma diante de um pensamento tão afetuoso e sagrado para ser posto em palavras.

– Também gosto deles – admitiu a senhorita Cornelia. – Mas algumas pessoas parecem ter mais do que deveriam, acredite em mim. Minha pobre prima Flora, de Glen, teve onze e trabalhava como uma escrava! O marido dela se matou três anos atrás. Típico de um homem!

– O que o levou a fazer isso? – perguntou Anne, chocada.

– Não conseguiu superar algo que não saiu do seu jeito, então pulou no poço. E foi tarde! Era um tirano inato. No entanto, acabou com o poço, obviamente. Flora nunca mais voltou a usá-lo, coitadinha! Mandou construir outro que custou uma fortuna, e a água era péssima. Se ele tinha *mesmo* de se afogar, por que não escolheu o porto, onde há água suficiente? Não tenho paciência com homens assim. Só tivemos dois suicídios em Four Winds, até onde me lembro. O outro foi Frank West, o pai de Leslie Moore. Aliás, a Leslie já fez uma visita a vocês?

– Não, mas eu a encontrei na praia alguns dias atrás, e nos tornamos conhecidas – disse Anne, aguçando os ouvidos.

A senhorita Cornelia assentiu.

– Fico contente, querida. Estava torcendo para se conhecerem. O que achou dela?

– É muito bonita.

– Ah, evidentemente. Nenhuma beleza em Four Winds jamais se comparou à de Leslie. Já reparou em seus cabelos? Eles chegam até os pés quando ela os deixa soltos. O que eu quero é saber se gostou dela.

– Sinto que poderia gostar muito da senhora Moore se ela permitisse – disse Anne com cautela.

– Só que ela não vai permitir; vai se afastar e manter-se a distância. Pobre Leslie! Você não ficaria muito surpresa se soubesse como foi a vida dela. Uma tragédia, uma verdadeira tragédia! – enfatizou a senhorita Cornelia.

– Gostaria que a senhorita contasse a história dela, se isso não for trair a confiança dela.

– Querida, todo mundo em Four Winds conhece a história da pobre Leslie. Não é nenhum segredo, pelo menos um lado dela. Ninguém conhece o *outro lado* além da Leslie, e ela não confia em ninguém. Sou sua melhor amiga na Terra, eu acho, e mesmo assim nunca a ouvi reclamar de nada. Já viu o senhor Dick Moore?

– Não.

ANNE E A CASA DOS SONHOS

– Bem, acho melhor começar do início e contar tudo, assim irá entender. O pai de Leslie era Frank West. Era astuto e preguiçoso, um homem típico. Ah, ele era bastante inteligente, mas de que isso lhe serviu? Ele chegou a ir para a faculdade, entretanto ficou doente depois de dois anos. Os Wests eram todos predispostos a enfermidades. Então, Frank voltou para casa e começou a tocar a fazenda. Casou-se com Rose Elliott, que vivia do outro lado do porto. Rose era conhecida como a beldade de Four Winds; Leslie puxou a beleza da mãe, mas com dez vezes mais ímpeto e energia, e também uma silhueta melhor. Agora você sabe, Anne, eu sempre defendo que nós, mulheres, temos de apoiar umas às outras. Já suportamos só Deus sabe o quanto nas mãos dos homens, por isso afirmo que não devemos ter rixas entre nós; além disso, raramente você me flagrará falando mal de outra mulher. No entanto, nunca simpatizei com a Rose Elliott. Para começar, ela era metida, acredite em mim; não passava de uma criatura preguiçosa, egoísta e queixosa. Frank não era muito de trabalhar, e por isso eram pobres de tudo. Pobres! Viviam à base de batatas e nada mais, acredite em mim. Tiveram dois filhos: Leslie e Kenneth. Leslie tinha a beleza da mãe e o cérebro do pai, e algo mais que não herdou de ninguém. Puxou à avó pelo lado da família West, uma senhora esplêndida. A menina era a coisinha mais esperta, amigável e alegre quando criança, Anne. Todo mundo gostava dela. Era a favorita do pai, a quem era muito apegada. Eram "camaradas", como ela costumava dizer. Não conseguia enxergar nenhuma das falhas dele, até porque ele *era* um homem charmoso, em certos aspectos.

– Bem, quando Leslie tinha doze anos, a primeira tragédia aconteceu – continuou. – Ela venerava o pequeno Kenneth, que era quatro anos mais novo e um garotinho encantador. Um dia, ao cair de um imenso fardo de feno a caminho do celeiro, não resistiu e morreu; a roda da carroça esmagou o corpinho dele. E escute só, Anne: Leslie viu tudo do celeiro. O empregado que ouviu o grito dela afirmou jamais ter escutado algo semelhante na vida, e aquilo ressoaria em seus ouvidos até o dia em que a trombeta de Gabriel o expulsasse. Contudo, ela nunca mais chorou ou tocou no assunto. Pulou do celeiro para a carroça, da carroça para o chão e agarrou o corpinho ensanguentado e ainda quente, Anne... Tiveram de separá-la à força dele. Mandaram me buscar... Não consigo falar disso.

A senhorita Cornelia secou as lágrimas dos olhos castanhos bondosos e fechou-se em um silêncio pesaroso por alguns minutos.

– Bem – retomou –, tudo já passou. Enterraram o pequeno Kenneth no cemitério próximo ao porto, e um tempo depois Leslie retornou para a escola. Ela nunca mais mencionou o nome do Kenneth; eu, pelo menos, nunca o ouvi de seus lábios. Suponho que a velha ferida ainda arda e queime de vez em quando; mas ela era apenas uma menina, e o tempo é muito bondoso com as crianças, querida Anne. Após um tempo ela voltou a rir... E tinha a mais linda risada. Não a ouvimos mais com frequência, agora.

– Eu ouvi uma vez na outra noite – disse Anne. – É *mesmo* muito bonita.

– Frank West começou a decair após a morte de Kenneth. O homem já não era forte, e a morte do menino foi um choque intenso, porque ele gostava muito do filho, ainda que Leslie fosse sua favorita, como já disse. Ficou melancólico e taciturno e não conseguia ou não queria trabalhar. E um dia, quando Leslie tinha catorze anos, ele se enforcou... bem no meio da sala de estar, Anne, pelo bocal de uma lâmpada no teto. Não é típico de um homem? E bem no aniversário de seu casamento. Que momento mais propício ele escolheu, não? E, é lógico, quem o encontrou teve que ser a pobre Leslie. Entrou na sala naquela manhã cantando, com algumas flores frescas nas mãos para os vasos, e lá estava o pai pendurado no teto, com o rosto preto como um carvão. Foi horrível, acredite em mim!

– Oh, que terrível – disse Anne, estremecendo. – Pobre e infeliz criança!

– Leslie chorou tão pouco no funeral do pai quanto chorara no de Kenneth. Já Rose gemia e gritava pelas duas, enquanto a criança fazia o possível para acalmar e confortar a mãe. Fiquei ultrajada com a Rose, assim como todo mundo, e Leslie não perdeu a paciência nem por um instante. Ela amava a mãe. A família é tudo para Leslie; aos seus olhos, nenhum deles era capaz de fazer algo de errado. Bem, eles enterraram Frank West ao lado de Kenneth, e Rose mandou construir um monumento em sua homenagem. Era maior que a própria figura, acredite em mim! De qualquer forma, era maior do que Rose podia pagar, pois a fazenda estava hipotecada por um valor acima de seu real valor. Pouco depois, a avó West morreu e deixou para Leslie um dinheirinho, o suficiente para estudar um ano na Queen's Academy. Leslie estava decidida a lecionar, se conseguisse, e economizar o suficiente para bancar os estudos na Redmond College. Era o grande sonho do pai dela: queria que ela tivesse o que ele havia perdido. Leslie estava cheia de ambições, e sua cabeça, cheia de ideias. Ela foi para a Queen's, onde concluiu dois anos em um e tirou o primeiro diploma, e deu aulas na escola de Glen quando voltou para casa. Era tão alegre, esperançosa, tão cheia de vida e entusiasmo! Quando lembro quem já foi e vejo quem é agora, eu penso: malditos homens!

A senhorita Cornelia cortou o fio do bordado com um movimento violento, como se estivesse arrancando a cabeça da humanidade com um só golpe, ao estilo de Nero.

– Dick Moore entrou na vida dela naquele verão. O pai dele, Abner Moore, tinha uma loja em Glen, mas Dick herdara a ânsia pelo mar da família da mãe. Ele costumava navegar durante o verão e atender na loja durante o inverno. Era um sujeito grande e belo, com uma alma feia e pequena. Estava sempre querendo algo até conseguir, e então já não queria mais; típico dos homens. Ah, ele não ficava zangado quando o clima estava bom e era um homem muito cortês quando estava tudo bem. Mas ele bebia bastante, e havia algumas histórias desagradáveis sobre ele e uma garota na vila dos pescadores. Ele não servia nem para limpar os sapatos de Leslie, é essa a verdade. E era metodista! Mas era louco por ela, em primeiro lugar pela beleza, e em segundo porque ela não queria nada com ele de início. Ele jurou que a teria e conseguiu!

– Como ele fez isso?

– Ah, foi perverso! Jamais perdoarei Rose West. Sabe, querida, Abner Moore detinha a hipoteca da fazenda West, e os juros estavam atrasados alguns anos. Dick simplesmente procurou a senhora West e disse que, se Leslie não se casasse com ele, iria fazer o pai executar a hipoteca. Rose ficou ensandecida, desmaiou, chorou e implorou à filha que não deixasse a casa ser tomada. Disse que partiria seu coração deixar a casa aonde chegara ainda nova. Não a culpo por sentir-se tão mal com a situação, mas... Quem imaginaria tamanho egoísmo a ponto de sacrificar o sangue de seu próprio sangue? Bem, é essa a verdade.

– E Leslie cedeu – prosseguiu. – Ela amava tanto a mãe que teria feito qualquer coisa para poupá-la da dor. Casou-se com Dick Moore. Ninguém soube o motivo na época; só vim a descobrir muito tempo depois como a mãe dela a pressionara. Eu tinha certeza de que havia algo errado, pois eu estava ciente do quanto ela o esnobara, e porque não era do feitio de Leslie mudar de ideia, não assim. Além disso, eu sabia que Dick Moore não era o tipo de homem pelo qual Leslie se interessaria, apesar da beleza e do charme. Claro, não houve cerimônia, mas Rose me convidou para vê-los se casar. Eu fui, mas desejei não ter ido. Eu vira a expressão de Leslie no funeral do irmão e do pai, e agora parecia que eu estava no funeral dela. Rose, no entanto, tinha um sorriso de orelha a orelha, acredite em mim! Leslie e Dick foram morar na casa dos Wests, pois Rose não suportaria se separar da filha, e lá viveram durante o inverno. Na primavera, Rose teve pneumonia e morreu... quando já era tarde demais! Leslie ficou arrasada. Não é terrível como algumas pessoas indignas são amadas, enquanto outras que aparentemente merecem muito mais nunca recebem afeição suficiente? Quanto a Dick, cansou-se da vida tranquila de casado. Típico dos homens. Queria novos ares. Ele foi para Nova Escócia visitar parentes da família do pai e escreveu para Leslie avisando que o primo, George Moore, estava de viagem para Havana e ele iria junto. O nome do barco era *Four Sisters,* e eles partiriam dali a nove semanas. Deve ter sido um alívio para Leslie. Ela nunca disse nada, entretanto. Desde o dia do casamento, ela é do jeito como você a conheceu: distante e orgulhosa,

ANNE E A CASA DOS SONHOS

mantendo todos afastados, menos eu. Eu não queria ser mantida a distância, acredite em mim! Aproximei-me de Leslie do melhor jeito que pude, apesar de tudo.

– Ela me disse que você é a melhor amiga dela – disse Anne.

– É mesmo? – exclamou a senhorita Cornelia com prazer. – Bem, fico grata por saber disso. Às vezes me pergunto se ela realmente me quer por perto, pois nunca deixou nada transparecer. Você deve tê-la conquistado mais do que imagina ou ela não teria dito isso. Ah, aquela pobre garota! Nunca vejo o Dick Moore, mas quero cortar a garganta dele!

A senhorita Cornelia secou os olhos novamente e, aliviada a sede de sangue, continuou a história.

– Bem, a Leslie foi abandonada sozinha. Dick semeara os campos antes de partir, e o velho Abner cuidou da colheita. O verão passou, e o *Four Sisters* não voltou. Os Moores da Nova Escócia investigaram e descobriram que o barco havia chegado em Havana, descarregado e zarpado com uma carga nova; era tudo que sabiam. Com o tempo, as pessoas começaram a falar de Dick Moore como se fosse falecido. Quase todo mundo acreditava nisso, embora ninguém tivesse certeza, pois homens já haviam reaparecido no porto depois de anos dados como mortos. Leslie nunca acreditou nisso, e estava certa. E que desgraça! No verão seguinte, o capitão Jim esteve em Havana. Isso foi antes de desistir do mar, é óbvio. Ele resolveu dar uma investigada (o capitão sempre foi enxerido, o que é típico dos homens) e começou a perguntar nas pensões de marinheiros e lugares do tipo, para ver se descobria alguma coisa da tripulação do *Four Sisters*. Era melhor ter deixado as coisas como estavam, na minha opinião! Bem, ele chegou a um lugar bem afastado onde encontrou um homem que, à primeira vista, podia jurar que era Dick Moore, embora estivesse com uma barba grande. Então fez o homem tirar a barba, e não houve mais dúvidas: era Dick Moore. O corpo, pelo menos. A cabeça estava perdida. Já a alma, na minha opinião, ele nunca teve!

– O que aconteceu com ele?

– Ninguém sabe os detalhes. Cerca de um ano atrás, pela manhã, os donos da pensão o encontraram caído na frente da casa em péssimas condições, com a cabeça gravemente ferida. Isso foi tudo o que puderam informar. Eles suspeitavam ter sido uma briga de bêbados, o que provavelmente é verdade. Eles o acolheram sem esperanças de que fosse sobreviver. Mas sobreviveu e parecia mais uma criança quando melhorou. Não tinha memória, intelecto ou raciocínio. Nunca conseguiram descobrir quem ele era. Não era capaz de dizer o próprio nome e só falava algumas palavras simples. Carregava consigo uma carta que começava com "querido Dick", assinada por "Leslie", mas sem nenhum endereço, e o envelope desaparecera. Eles deixaram-no ficar, e ele até aprendeu algumas tarefas básicas... E foi lá que o capitão Jim o encontrou e o trouxe de volta. Sempre digo, aquele foi um dia lastimável, por mais que Jim não tivesse alternativa. Ele achou que talvez Dick pudesse recobrar a memória se voltasse para a casa e visse rostos familiares. De nada adiantou. Desde então, Dick vive na casa riacho acima. É praticamente uma criança. Em certas ocasiões fica irritadiço, mas no geral é muito bonzinho e inofensivo. Tem tendência a fugir, e por isso precisa ser vigiado. É o fardo que Leslie carrega há onze anos, completamente sozinha. O velho Abner morreu pouco depois da volta de Dick, e descobriu-se que ele estava quase falido. Quando tudo foi acertado, restou somente a velha fazenda dos Wests para Leslie e Dick. Ela a alugou para John Ward, e o aluguel é sua única fonte de renda. Às vezes, no verão, recebe algum hóspede para ajudar nas despesas. Só que a maioria dos visitantes prefere o outro lado do porto, onde ficam os hotéis e as casas de veraneio. A casa de Leslie é afastada demais da praia. Nesses onze anos, ela nunca saiu de perto do Dick; está presa àquele imbecil por toda a vida. E quantos sonhos e esperanças tinha! Pode imaginar como tem sido para ela, querida Anne? Com toda a beleza, vitalidade, orgulho e inteligência que tem... Tem sido uma morte em vida.

– Aquela garota pobre e infeliz! – disse Anne novamente. Sua própria felicidade parecia uma ofensa. Que direito tinha de ser tão feliz quando outra alma humana era tão miserável?

– Você me contaria o que Leslie disse e como agiu naquela noite na praia? – pediu a senhorita Cornelia.

Ela ouviu atentamente, assentindo com satisfação.

– Você achou que ela foi distante e fria, querida, mas posso lhe garantir, pelo jeito de ser dela, Leslie foi muito cordial. Deve ter simpatizado muito com você. Fico muito feliz. Talvez possa ajudá-la. Fiquei muito contente quando soube que um jovem casal estava se mudando para aquela casa, pois assim Leslie teria alguns amigos; especialmente se o casal pertencesse ao povo que conhece José. Você será amiga dela, não é mesmo, querida Anne?

– Claro que serei, se ela deixar – disse Anne, com sua doce e impulsiva honestidade.

– Não, você deve se tornar amiga da Leslie mesmo sem a permissão dela – disse a senhorita Cornelia, resoluta. – Não dê importância se ela parecer rígida às vezes. Lembre-se de como a vida dela foi, é e para sempre será; pelo que sei, criaturas como Dick Moore vivem para sempre. Deveria ver como o Dick engordou quando voltou para casa. Costumava ser bem magro. *Obrigue-a* a ser sua amiga; sei que é do tipo de pessoa com essa habilidade. Você só não pode ser muito sensível. E não se importe se Leslie parecer que não quer a sua presença lá. Ela sabe que algumas mulheres não gostam de estar perto de Dick, reclamam que ele lhes dá calafrios. Assim, faça-a vir aqui sempre que possível. Ela não pode se ausentar por muito tempo, pois sabe-se lá Deus o que o Dick faria. Incendiar a casa, talvez. À noite, depois que ele dorme, é o seu único momento de liberdade. Ele sempre vai para cama cedo e dorme feito uma pedra até de manhã. Foi por isso que a conheceu na praia, provavelmente. Ela vai muito lá.

– Farei tudo que for possível por ela – disse Anne. Seu interesse em Leslie Moore, o qual surgiu no momento em que a viu levando gansos selvagens pela colina, intensificou-se mil vezes após a narrativa da senhorita Cornelia. A formosura, a melancolia e a solidão dela exerciam um fascínio irresistível. Anne nunca conhecera alguém como ela; suas amigas sempre foram garotas saudáveis, comuns e alegres como ela, cujos sonhos juvenis eram encobertos apenas pelas tribulações rotineiras da condição humana. Leslie Moore destacava-se como um exemplo trágico e intrigante de frustração feminina. Anne resolveu que iria adentrar o reino daquela alma solitária e lá encontraria a amizade a qual Leslie poderia dar com abundância, se não fossem os grilhões cruéis que a mantinham em uma prisão criada por si mesma.

– E escute isso, querida – disse a senhorita Cornelia, com a mente ainda não aliviada totalmente –, não pense que a Leslie é uma infiel só porque vai raramente à igreja ou ainda porque é uma metodista. Ela não pode levar o Dick à igreja, é claro; e também não é como se ele tivesse sido um frequentador assíduo em seus melhores dias. Apenas lembre-se: ela é uma presbiteriana fervorosa de coração, Anne, querida.

A VISITA DE LESLIE

Leslie foi até a casa dos sonhos em uma noite gélida de outubro, em que a névoa enluarada pairava sobre o porto e envolvia os vales estreitos que davam para o mar. Ela pareceu arrepender-se quando Gilbert atendeu a porta; mas Anne veio correndo e apoderou-se da visita, trazendo-a para dentro.

– Fico tão feliz que tenha escolhido esta noite para nos visitar – disse, animada. – Fiz bastante *fudge* e precisamos de alguém para nos ajudar a comê-lo diante da lareira, com uma boa prosa. Talvez o capitão Jim apareça, também. É a noite dele.

– Não, o capitão Jim está na minha casa – disse Leslie. – Ele... Ele me fez vir aqui – acrescentou, em um tom quase desafiador.

– Agradecerei da próxima vez que o vir – disse Anne, colocando algumas cadeiras diante da lareira.

– Ah, não quis dizer que não queria vir – protestou Leslie, corando levemente. – Eu... Eu vinha pensando em visitá-la há algum tempo, mas sair de casa não é fácil para mim.

– Deve ser muito penoso ter de deixar o senhor Moore – disse Anne, em um tom prosaico. Decidira que era melhor mencionar Dick Moore ocasionalmente como um fato comum, em vez de dar um ar mórbido ao assunto tentando evitá-lo.

E estava certa, pois a tensão de repente desapareceu do semblante de Leslie. Evidentemente, ela se perguntava o quanto Anne conhecia das suas condições de vida e ficou aliviada quando nenhuma explicação foi necessária. Tirou a capa e o casaco e aconchegou-se como uma criança na grande poltrona ao lado do Magog. Vestia-se com cuidado e esmero, com o costumeiro toque de cor de um gerânio escarlate próximo do pescoço alvo. Seus lindos cabelos reluziam como ouro derretido à luz da lareira. Por um instante, sob a influência da casinha dos sonhos, ela voltou a ser menina: uma menina livre do passado e das amarguras. Leslie estava sob o efeito da atmosfera dos muitos amores que por ali passaram; da companhia de dois jovens felizes e sadios da mesma geração que ela, sentiu e cedeu à magia ao seu redor; a senhorita Cornelia e o capitão Jim mal a reconheceriam. Anne achava difícil acreditar que essa Leslie de agora, animada, falando e ouvindo com a voracidade de uma alma faminta, era a mesma mulher taciturna e reservada que conhecera na praia. Como olhava com avidez para as estantes de livros entre as janelas!

– Nossa biblioteca não é muito extensa – disse Anne –, mas cada livro nela é um amigo. Fomos escolhendo nossos livros ao longo dos anos, aqui e ali, sem nunca os comprar sem antes lê-los para saber se pertencem ao povo que conhece José.

Leslie riu, e sua bela risada parecia em harmonia com toda a felicidade ecoada por aquela casinha no passado.

– Tenho alguns livros do meu pai, não muitos – disse. – Já os conheço quase de cor. Não tenho muito acesso a livros. Há uma biblioteca itinerária na loja de Glen, mas não acho que o comitê o qual faz a seleção dos livros para o senhor Parker saiba quais são os do povo que conhece José, ou talvez não se importem com isso. Era tão raro encontrar um do qual realmente gostasse que acabei desistindo.

– Quero que se sinta em casa com nossas estantes de livros – disse Anne. – Você é mais do que bem-vinda para pegar emprestado qualquer um.

– Vocês estão servindo um banquete para os meus olhos – disse Leslie alegremente. Então, quando o relógio bateu a décima badalada, ela se levantou contra a vontade.

– Devo ir. Perdi a noção das horas. O capitão Jim sempre diz que uma visita de uma hora passa rápido. E eu já fiquei duas... Ah, como desfrutei delas – acrescentou com franqueza.

– Venha mais vezes – disseram Anne e Gilbert. Eles estavam de pé, juntos, sob a luz da lareira. Leslie os encarou: jovens, felizes e cheios de esperanças, representando tudo o que ela havia perdido para sempre. O brilho em seus olhos extinguiu-se; a menina se fora, desaparecera. Foi a mulher infeliz e enganada que respondeu de modo frio ao convite e se retirou com uma pressa lamentável.

Anne a observou até que Leslie se perdesse nas sombras da noite fria e enevoada. Então, voltou-se para o brilho de seu lar radiante.

– Ela não é adorável, Gilbert? O cabelo dela me fascina. A senhorita Cornelia me disse que chega até os pés. Ruby Gillis tinha lindos cabelos de um dourado vívido; só que Leslie está *viva*.

– Ela é muito linda – concordou Gilbert, com tamanha ênfase que Anne desejou que ele tivesse sido um *pouco* menos entusiasmado.

– Gilbert, você gostaria mais dos meus cabelos se fossem como os de Leslie? – perguntou, inquieta.

– Não mudaria a cor dos seus cabelos por nada neste mundo – disse Gilbert, com um ou dois afagos convincentes. – Você não seria a Anne se tivesse cabelos loiros, ou de outra cor que não...

– Vermelho – completou Anne, com uma triste satisfação.

– Sim, vermelho, para acalentar sua pele branca como o leite e seus olhos verde-cinza. Cabelos dourados não ficariam bem para a rainha Anne, *minha* rainha Anne: rainha do meu coração, da minha vida e do meu lar.

– Então, pode admirar Leslie o quanto quiser – disse ela nobremente.

UMA NOITE FANTASMAGÓRICA

Em um fim de tarde, uma semana depois, Anne decidiu atravessar os campos para fazer uma visita à casa que ficava riacho acima. Uma neblina gris oriunda do golfo envolvia o porto, preenchia os vales e encobria pesadamente os prados outonais. Sob ela, o mar soluçava e estremecia. Anne via Four Winds sob um aspecto novo, misterioso e fascinante; entretanto, este também lhe dava uma sensação de solidão. Gilbert estava em uma convenção médica em Charlottetown e só voltaria na manhã seguinte. Ela ansiava por uma hora na companhia de alguma amiga. O capitão Jim e a senhorita Cornelia eram "bons colegas" à maneira deles, mas juventude ansiava por juventude.

"Seria ótimo se ao menos Diana, Phil, Pris ou Stella pudessem vir aqui para conversar um pouco", disse para si mesma. "Mas que noite mais *fantasmagórica*. Se esse manto de névoa fosse erguido de repente, daria para ver todos os navios que já partiram daqui e para seus destinos fatais aproximando-se do cais, com suas tripulações de afogados no deque, tenho certeza. É como se ocultasse inúmeros mistérios; sinto como se as gerações passadas de Four Winds me espiassem com ira através desse véu cinza. Se as amáveis damas que já habitaram esta casinha resolvessem voltar para visitá-la, elas escolheriam uma noite como esta.

Se continuar sentada aqui por muito tempo, verei uma delas sentada na poltrona de Gilbert, bem na minha frente. Este não é exatamente um lugar agradável nesta noite. Até mesmo Gog e Magog parecem prestes a erguer as orelhas para ouvir os passos de convidados invisíveis. Vou visitar Leslie antes que eu me assuste com as minhas próprias fantasias, como aconteceu anos atrás na Floresta Assombrada. Deixarei a minha casa dos sonhos para que receba seus antigos habitantes. A lareira lhes dará boas-vindas em meu nome, e quando eu retornar eles já terão ido embora e a casa será minha outra vez. Nesta noite, ela deve ter um encontro marcado com o passado."

Rindo das próprias fantasias, mesmo tendo uma sensação gelada na espinha, Anne deu um beijo em Gog e Magog e saiu para a neblina com algumas revistas novas debaixo do braço para Leslie.

"Leslie é louca por livros e revistas", contara-lhe a senhorita Cornelia, "no entanto raramente os lê. Ela não tem condições de comprá-los ou assiná-las; a situação dela é realmente deplorável, Anne. Não faço a mínima ideia de como vive com o parco aluguel da fazenda. Ela nunca reclama disso, mas sei como deve ser. A pobreza a limitou a vida inteira. Leslie não se importava quando era livre e ambiciosa, só que isso deve ser um infortúnio agora, acredite em mim. Fico contente em saber da animação dela na noite em que visitou você. O capitão Jim me contou que teve de praticamente colocar o casaco em Leslie e empurrá-la para fora de casa. Não demore para visitá-la também. Se você demorar, ela vai achar que é por causa do Dick, e então se recolherá em sua concha de novo. Dick é um grande bebê inofensivo, mas aquele sorriso grande e aquela risada dele deixam muita gente nervosa. Graças a Deus, não me aflijo com isso. Gosto mais dele agora do que quando tinha a cabeça no lugar, embora o Senhor saiba que a diferença não é grande. Fui lá outro dia para ajudar Leslie com a limpeza, e eu estava fritando rosquinhas. Dick estava por perto para ganhar uma, como de costume, e de repente ele pegou uma que eu havia acabado de tirar do fogo e a colocou na minha nuca quando me abaixei. Ele riu até não poder mais. Acredite em mim, Anne, precisei de toda a graça de Deus em meu coração para não pegar a panela de óleo fervente e despejá-lo na cabeça dele".

Anne riu do ódio da senhorita Cornelia ao apressar-se na escuridão. Mas o riso não combinava com a noite. Ela já havia recobrado a seriedade quando chegou à casa em meio aos salgueiros. Tudo estava muito silencioso. A parte da frente parecia deserta, então Anne esgueirou-se pela porta lateral, que ficava na varanda e abria-se para uma pequena sala de estar. Ali, ela parou sem fazer barulho.

A porta estava aberta. Na sala pouco iluminada estava Leslie Moore, sentada à mesa, com a cabeça escondida entre os braços dobrados. Chorava copiosamente, com soluços graves e sufocados, como se uma aflição em sua alma tentasse se libertar. Um velho cachorro preto estava sentado ao lado, com o focinho apoiado no colo dela e os grandes olhos suplicantes cheios de devoção e simpatia muda. Anne afastou-se, consternada, sentindo que não deveria interferir. Seu coração palpitava com uma compaixão que não podia demonstrar. Entrar ali agora fecharia as portas de uma vez por todas para qualquer possibilidade de amizade ou ajuda. Algum instinto lhe avisava que aquela garota orgulhosa e angustiada nunca a perdoaria se fosse surpreendida em tamanho abandono e desespero.

Anne saiu sem fazer barulho para a varanda e atravessou o jardim. Ao longe, ouviu vozes na escuridão e viu uma luz fraca. No portão, encontrou dois homens: o capitão Jim, e o outro só podia ser Dick Moore, um sujeito grande, muito gordo, de rosto largo, redondo e vermelho e com um olhar vazio. Mesmo sob aquela luz fraca, Anne teve a impressão de que havia algo incomum com os olhos dele.

– É você, senhora Blythe? – disse o capitão Jim. – Não deveria estar andando sozinha em uma noite como esta. Poderia facilmente se perder na neblina. Só espere eu levar o Dick em segurança até a casa e a acompanharei pelos campos. Não deixarei o doutor Blythe voltar para casa e descobrir que a esposa despencou do cabo Leforce em meio à névoa. Isso aconteceu com uma mulher certa vez, quarenta anos atrás.

ANNE E A CASA DOS SONHOS

Ao retornar, o capitão disse:

– Então, você veio visitar a Leslie.

– Não cheguei a entrar. – Anne contou o que vira, e o capitão suspirou.

– Coitadinha! Ela não chora com frequência, senhora Blythe; é muito corajosa para tal. Isso somente acontece quando Leslie está muito ruim. Uma noite como esta é muito dura para pobres mulheres com pesares. Algo nela evoca tudo que já sofremos... ou tememos.

– Está cheia de fantasmas – disse Anne, sentindo um arrepio. – É por isso que vim aqui, para segurar a mão e ouvir a voz de outro ser humano. Tenho a sensação de que há tantas presenças inumanas nesta noite... Até a minha casa está repleta delas. Elas quase me botaram para fora. Por isso corri para cá, em busca de companhia da minha espécie.

– Você fez certo em não entrar, senhora Blythe... Leslie não teria gostado. Não teria gostado nem se eu tivesse entrado com Dick, e é o que teria acontecido se eu não tivesse me encontrado com você. O Dick esteve comigo o dia todo. Fico com ele sempre que posso para ajudar Leslie um pouco.

– Não há algo de diferente nos olhos dele? – perguntou Anne.

– Você notou? Sim, um é azul e o outro é castanho; os do pai dele eram assim também. É uma peculiaridade dos Moores. Foi graças a eles que eu reconheci o Dick em Cuba. Talvez eu não o tivesse reconhecido se não fosse por eles; ele estava muito gordo e barbudo. Você já sabe, suponho, que fui eu quem o encontrou e o trouxe para cá. A senhorita Cornelia diz que eu não deveria ter feito isso, mas eu discordo. Era o certo a fazer, então não tive escolha. Não tenho dúvida. Todavia, meu velho coração fica partido ao ver Leslie. Ela só tem vinte e oito anos e já sofreu mais do que a maioria das mulheres de oitenta anos.

Eles caminharam em silêncio. Então, Anne disse:

– Sabe, capitão Jim, nunca gostei de caminhar com uma lamparina. Tenho a sensação de que fora do círculo de luz, logo após o limiar da escuridão, estou rodeada de coisas furtivas e sinistras me observando das sombras com olhos hostis. Sinto isso desde a infância. Por que será? Nunca fico assustada quando estou de fato envolta pela escuridão.

– Também sinto isso – admitiu o capitão. – A escuridão é uma amiga quando estamos próximos a ela. No entanto, quando escolhemos nos afastar dela, quando nos separamos dela, por assim dizer, com a luz de uma lamparina, a escuridão torna-se uma inimiga. Mas a névoa está se dissipando. Está começando a soprar uma brisa boa do poente, percebe? As estrelas já estarão no céu quando chegar em casa.

E estavam. Quando Anne entrou novamente em sua casa dos sonhos, as brasas vermelhas seguiam ardendo na lareira, e todas as presenças fantasmagóricas haviam ido embora.

DIAS DE NOVEMBRO

O esplendor de cores que reinara durante semanas nas praias de Four Winds diluiu-se no cinza-azulado das colinas outonais. Houve muitos dias em que os campos e a orla foram obscurecidos por uma chuva cerrada ou tremeram sob o sopro de uma brisa melancólica do mar; e noites de tempestades quando Anne acordou algumas vezes para rezar pedindo que nenhum barco se aproximasse da sinistra costa do norte, pois nem o grande e leal farol que girava destemido na escuridão conseguiria guiá-lo em segurança até o porto.

"Em novembro, às vezes sinto que a primavera nunca mais vai voltar", suspirou ela, lamentando o aspecto irremediavelmente desagradável de seus vasos de plantas encharcados e congelados.

O alegre jardinzinho da noiva do diretor da escola era agora um lugar desolado, e os choupos-da-lombardia e as bétulas haviam arriado as velas, como dissera o capitão Jim. Só a alameda de pinheiros atrás da casinha continuava verde como sempre. Mas mesmo em novembro e dezembro houve dias graciosos de sol e névoa púrpura, quando o porto dançava e reluzia animadamente como se fosse verão, e o golfo ficava tão azul e límpido que os ventos selvagens e as tormentas pareciam um sonho longínquo.

Anne e Gilbert passaram muitas tardes de outono no farol. Era sempre um lugar alegre. Mesmo quando o vento leste cantava e o mar parecia morto e gris, raios de luz pareciam se esgueirar para dentro dele. Talvez porque o Segundo Oficial sempre desfilasse em sua panóplia de ouro. Era tão grande e refulgente que compensava a falta de sol, e seus ronronados ressonantes eram um acompanhamento agradável às risadas e conversas ao redor da lareira do capitão. O capitão e Gilbert tinham longas conversas e debates sobre assuntos que estavam além da compreensão do felino.

– Gosto de ponderar sobre todos os tipos de problema, embora não saiba como resolvê-los – disse o capitão Jim. – Meu pai dizia que não devemos falar sobre coisas além de nossa compreensão. Só que, se não fizermos isso, doutor, os assuntos para se conversar seriam muito poucos. Eu acho que os deuses riem muitas vezes ao nos ouvir, mas o importante é lembrarmos de que somos meros mortais e nada sabemos sobre o bem e o mal. Penso que nossas prosas não fazem mal a ninguém; assim sendo, devemos ter outra sessão dedicada ao onde, por que e quando nesta tarde, doutor.

Enquanto proseavam, Anne ouvia e sonhava. Às vezes Leslie ia ao farol com eles, e as duas passeavam pela praia sob o crepúsculo misterioso ou sentavam-se nas rochas ao redor do farol até que a noite as impelisse de volta ao aconchego da lareira. Então o capitão Jim preparava um chá e contava "histórias sobre a terra, o mar e o que quer que pudesse acontecer no grande mundo esquecido lá fora"[16].

Leslie parecia sempre gostar muito daqueles encontros no farol, e parecia desabrochar com sua sagacidade, sua bela risada ou ainda seus silêncios de olhos rutilantes. Havia certo sabor na conversa quando ela estava presente, e fazia falta quando estava ausente. Mesmo nos seus momentos de silêncio, Leslie parecia inspirar os outros a serem brilhantes: o capitão contava suas melhores histórias, Gilbert era mais perspicaz

---

16 Referência ao poema *The Hanging of the Crane*, do poeta norte-americano *Henry Wadsworth Longfellow* (1807-1882). (N. T.)

em seus argumentos e réplicas, e Anne sentia pequenos arroubos de fantasia e imaginação sob a influência da personalidade de Leslie.

– Aquela garota nasceu para ser uma líder em círculos sociais e intelectuais, bem longe de Four Winds – comentou com Gilbert enquanto voltavam para casa certa noite. – É um desperdício estar aqui, um desperdício.

– Você não prestou atenção quando o capitão Jim e este que vos fala discutiram o assunto em termos gerais, outra noite dessas? Chegamos à conclusão de que o Criador provavelmente sabe muito bem gerenciar o próprio universo, tão bem quanto nós mesmos, e que, no fim das contas, não existe essa coisa de "vidas desperdiçadas", exceto nos casos em que o indivíduo intencionalmente desperdiça a própria vida, e sem dúvida esse não é o caso de Leslie Moore. E algumas pessoas podem achar que uma bacharela formada em Redmond, a quem os editores estavam começando a honrar, está "desperdiçando a vida" no papel de esposa de um médico iniciante da comunidade rural de Four Winds.

– Gilbert!

– Agora, se tivesse se casado com Roy Gardner – continuou ele impiedosamente –, *você* poderia ser "uma líder em círculos sociais e intelectuais, bem longe de Four Winds".

– Gilbert *Blythe*!

– Você *sabe* que já esteve apaixonada por ele, Anne.

– Gilbert, você está sendo maldoso, o que é "típico de um homem", como diz a senhora Cornelia. Nunca estive apaixonada por ele, só achava que estava. Você *sabe* disso. E sabe que eu prefiro ser sua esposa em nossa casa dos sonhos realizados a ser uma rainha em um palácio.

A resposta de Gilbert não foi em palavras; ambos aparentemente se esqueceram da pobre Leslie, a qual se apressava para atravessar os campos sozinha e chegar a uma casa que não era um palácio e tampouco a realização de um sonho.

A Lua nascia sobre o mar triste e escuro atrás deles, transfigurando-o. O luar ainda não havia alcançado o extremo mais distante do porto, encoberto por sombras sugestivas, com enseadas escuras, ar melancólico e luzes que cintilavam como joias.

– Como as luzes das casas se destacam na escuridão! – disse Anne. – Aquela fileira acima do porto parece um colar. E os lampejos em Glen! Ah, veja, Gilbert, ali está a nossa. Estou tão contente por termos deixado a lareira acesa. É o brilho do *nosso* lar, Gilbert! Não é adorável?

– É só mais um dos milhões de lares do mundo, minha Anne; só que o nosso, o *nosso* é como uma boa ação brilhando em um "mundo corrompido"[17]. Quando um sujeito tem uma casa e uma querida esposa de cabelos ruivos, o que mais ele pode querer da vida?

– Bem, ele pode querer mais *uma* coisa – sussurrou Anne, contente. – Ah, Gilbert, mal posso esperar pela primavera!

---

17 Referência à peça *O Mercador de Veneza* (ato V cena I), de William Shakespeare. (N. T.)

NATAL EM FOUR WINDS

De início, Anne e Gilbert conversaram sobre irem a Avonlea no Natal, mas acabaram decidindo por ficar em Four Winds.

– Quero passar o primeiro Natal de nossa vida juntos em nossa casa – decretou Anne.

Assim, Marilla, a senhora Rachel Lynde e os gêmeos foram passar o Natal em Four Winds. Marilla tinha a expressão de quem havia dado a volta ao mundo. Ela nunca havia se afastado mais do que cem quilômetros de casa e também nunca tivera uma ceia natalina fora de Green Gables.

A senhora Rachel havia feito e trazido um imenso pudim de ameixa. Ninguém a teria convencido de que uma jovem graduada poderia fazer um pudim de ameixa natalino do jeito certo; independentemente disso, ela aprovou a casa de Anne.

– Anne é uma boa dona de casa – Rachel disse para Marilla no quarto de hóspedes, na noite da chegada. – Dei uma espiada na caixa de pão e na lata de lixo. Sempre julgo uma dona de casa por esses itens, é isso o que é. Não há nada na lata que não deveria ter ido para o lixo, e nenhum pedaço de pão velho na caixa. É claro que foi bem treinada por você; mas depois foi para a faculdade. Notei que ela colocou a colcha marrom que eu lhe dei na cama de hóspedes e o tapete redondo trançado feito por você próximo à lareira. Sinto como se não tivesse saído de casa.

O primeiro Natal de Anne na própria casa foi tão maravilhoso quanto poderia ter desejado. O dia estava agradável e claro; os primeiros flocos de neve haviam caído na véspera, deixando o mundo belíssimo; o porto seguia aberto e radiante.

O capitão Jim e a senhorita Cornelia vieram para o jantar. Leslie e Dick também foram convidados, mas Leslie desculpou-se alegando que sempre passavam o Natal na casa do tio Isaac West.

– Ela prefere assim – disse a senhorita Cornelia a Anne. – Não suporta levar Dick onde há desconhecidos. O Natal é sempre difícil para Leslie. Era uma época muito importante para ela e para o pai.

A senhorita Cornelia e a senhora Rachel não simpatizaram muito uma com a outra. "Dois sóis não brilham juntos." Mas não chegaram a se desentender. A senhora Rachel ficou na cozinha ajudando Anne e Marilla com o jantar, e Gilbert ficou encarregado de entreter o capitão e a senhorita Cornelia; ou melhor, de ser entretido por eles, pois o diálogo entre aqueles dois velhos amigos e antagonistas nunca era maçante.

– Faz muitos anos que não ceio aqui, senhora Blythe – disse o capitão. – A senhorita Russell sempre passava o Natal com amigos na cidade. Mas eu estava presente no primeiríssimo jantar de Natal que esta casa presenciou, e quem o preparou foi a noiva do diretor. Isso foi há precisamente sessenta anos, em um dia muito parecido com o de hoje, com neve o suficiente para cobrir as colinas e deixar o porto anil como se fosse junho. Eu era só um rapaz, que nunca tinha sido convidado para jantar fora, e fiquei tão envergonhado que não comi o suficiente. Mas já superei isso.

– A maioria dos homens é assim – disse a senhorita Cornelia, costurando furiosamente. Ela não ficava parada com as mãos ociosas nem mesmo no Natal.

Bebês não têm a menor consideração pelas datas festivas, e um deles era esperado em um lar muito pobre em Glen St. Mary. A senhorita Cornelia enviara um jantar substancial para os muitos habitantes da casa e pretendia cear confortavelmente com a consciência limpa.

– Bem, vocês sabem, é pelo estômago que se conquista um homem – explicou o capitão Jim.

– É verdade... Quando o sujeito tem um coração – retrucou a senhorita Cornelia. – Deve ser por isso que tantas mulheres se matam de cozinhar, como a pobre da Amelia Baxter. Ela morreu na manhã do Natal do ano passado, e antes dissera que era o primeiro Natal desde quando se casara em que não teria de preparar um jantar para vinte pessoas. Deve ter sido uma mudança agradável para ela. Como já faz um ano que faleceu, logo Horace Baxter vai deixar o luto.

– Ouvi dizer que já o abandonou – disse o capitão, piscando para Gilbert. – Ele não esteve na sua casa em um domingo desses, com as costumeiras roupas pretas de luto e um colarinho engomado?

– Não, não esteve. E também não tem motivos para ir lá. Poderia ter me casado com ele há anos, quando ainda era novo. Não quero nenhum bem de segunda mão, acredite em mim. Quanto ao Horace Baxter, ele estava com dificuldades financeiras no verão passado e pediu que Deus o ajudasse. Um ano depois, quando a esposa morreu e ele recebeu a apólice de seguro, disse que acreditava que aquela era a resposta para suas preces. Não é típico de um homem?

– Tem provas de que ele disse isso, Cornelia?

– Tenho a palavra do ministro metodista, se considerar *isso* uma prova. Robert Baxter me contou a mesma coisa, mas admito que isso não é uma evidência. Ele não é conhecido por dizer a verdade.

– Ora, Cornelia, acho que ele geralmente diz a verdade, mas, como muda muito de opinião, nem sempre parece estar sendo sincero.

– Tenho a impressão de que faz isso com frequência, acredite em mim. Mas não me estranha que um homem defenda outro. Robert Baxter não me interessa. Tornou-se metodista só porque o coro presbiteriano cantou o hino *Eis o Noivo* quando Margaret e ele entraram na igreja no domingo após o casamento deles. Bem, ninguém mandou se atrasar! Ele insiste que o coro fez isso de propósito para insultá-lo, como se fosse uma pessoa de grande importância. Aquela família sempre se achou mais importante do que os outros. O irmão dele, Eliphalet, imaginava que o diabo estava sempre atrás dele, porém nunca acreditei que o diabo fosse perder tempo com aquele sujeito.

– Não sei... – disse o capitão, pensativo. – Eliphalet vivia muito sozinho, não tinha sequer a companhia de um cão ou gato para manter sua humanidade. Quando um homem fica só, ele está apto a ter a companhia do diabo, caso não estiver do lado de Deus. Suponho que tenha de escolher com quem quer estar. Se o diabo sempre esteve atrás de Life Baxter, deve ser porque Life gostava da companhia dele.

– Típico – disse a senhorita Cornelia. Ela então ficou em silêncio enquanto trabalhava em uns pontos complicados, até que o capitão deliberadamente a instigou a comentar, com casualidade:

– Fui à igreja metodista no domingo passado.

– Teria sido melhor ficar em casa lendo a Bíblia – foi a réplica da senhorita Cornelia.

– Vamos, Cornelia, não vejo nada demais em ir à igreja metodista quando não há culto na sua própria igreja. Sou presbiteriano há setenta e seis anos e acho improvável que minha fé recolha a âncora e procure outros mares.

– Isso é um mau exemplo – repreendeu a senhorita Cornelia.

– Além disso – continuou o provocador capitão Jim –, eu queria ouvir um bom coro. Os metodistas têm um ótimo coral, e não dá para negar, Cornelia, que os cânticos em nossa igreja decaíram muito depois da divisão do coral.

– Que diferença faz se cantam bem ou mal? Eles estão se esforçando ao máximo, e Deus não vê diferença entre a voz de um corvo e a de um rouxinol.

– Ora essa, Cornelia – disse o capitão com calma –, o Todo-Poderoso deve ter um gosto mais apurado para música.

ANNE E A CASA DOS SONHOS

– Qual é o problema do nosso coral? – perguntou Gilbert, que não aguentava mais conter o riso.

– Ele é do tempo da igreja nova, treze anos atrás – respondeu o capitão. – Tivemos muitas dificuldades na construção dela, incluindo no que diz respeito à localização. As duas opções ficavam a menos de duzentos metros uma da outra, mas pareciam ficar a quilômetros de distância, tamanha era a briga. Estávamos divididos em três grupos: os que queriam que ela fosse construída no lado leste, os que queriam o local mais ao sul e os que ainda se agarravam à antiga. O assunto era discutido na cama e na mesa, nos cultos e no mercado. Todos os escândalos de três gerações atrás foram arrancados das tumbas para tomar um ar. Três noivados foram desmanchados por causa disso. E as reuniões em que tentamos resolver a questão! Cornelia, você lembra quando o velho Luther Burns levantou--se e fez um discurso? *Ele* se expressou com ímpeto.

– Sejamos francos, capitão. Você quer dizer que ele ficou furioso e descontou em todo mundo. E eles mereceram, aquele bando de incapazes. O que você esperava de um comitê formado apenas por homens? Aquele comitê teve vinte e sete reuniões, e ao final da vigésima sétima não tinham chegado a lugar nenhum. Quer dizer, na pressa de tentarem tomar alguma atitude, eles derrubaram a igreja antiga. E assim nós ficamos sem igreja e sem lugar para orar a não ser o salão municipal.

– Os metodistas nos ofereceram a igreja deles, Cornelia.

– A igreja de Glen St. Mary não teria sido construída até hoje – continuou a senhorita Cornelia, ignorando o capitão – se as mulheres não tivessem tomado a dianteira. *Nós* dissemos que queríamos uma igreja, ainda que os homens quisessem continuar discutindo até o dia do juízo final, e estávamos cansadas de sermos alvo de piadas dos metodistas. Fizemos *uma* reunião e elegemos um comitê para angariar fundos. E conseguimos! Se algum homem tentava nos importunar, nós dizíamos que eles haviam tentado por dois anos e agora era a nossa vez. Nós calamos a boca deles, acredite em mim, e em seis meses nossa igreja já estava pronta. É lógico que, quando os homens viram o quão determinadas estávamos,

109

pararam de brigar e colocaram a mão na massa; é típico deles quando percebem que, se não trabalharem, não poderão mais dar ordens. Ah, as mulheres não podem fazer sermões ou ocupar cargos religiosos, mas podem reunir o dinheiro necessário e erguer igrejas.

– Os metodistas permitem que as mulheres preguem – disse o capitão.

A senhorita Cornelia o encarou.

– Nunca disse que os metodistas não têm bom senso, capitão. Só duvido que tenham uma religião de verdade.

– Acredito que seja a favor do voto feminino, senhorita Cornelia – disse Gilbert.

– Não estou ansiosa por isso, acredite em mim – disse ela com desdém. – Sei o que é ter de limpar a bagunça dos homens. Mas algum dia, quando eles perceberem que deixaram o mundo em uma balbúrdia que não conseguem resolver, nos darão o voto de bom grado e jogarão todos os problemas nas nossas costas. É o plano deles. Ah, ainda bem que as mulheres são pacientes, acredite em mim!

– E quanto a Jó? – sugeriu o capitão Jim.

– Jó! Era tão raro encontrar um homem paciente; então, quando um foi descoberto, decidiu-se que ele não deveria ser esquecido – respondeu a senhorita Cornelia triunfantemente. – De qualquer forma, a virtude não acompanha o nome. Está para nascer um homem mais impaciente que Jó Taylor, o qual mora do outro lado do porto.

– Bem, você sabe que ele já teve de suportar muitas coisas, Cornelia. Nem você defenderia a esposa dele. Nunca vou me esquecer do que o velho William MacAllister comentou no funeral dela: "Era sem dúvida uma mulher cristã, mas com o temperamento do próprio capeta!".

– Suponho que era mesmo exasperante – admitiu a senhorita Cornelia com relutância –, mas isso não justifica o que Jó disse quando ela morreu. Voltou do cemitério no dia do funeral com o meu pai. Suspirou profundamente e disse: "você pode não acreditar, Stephen, mas este é o melhor dia da minha vida!". Não é típico de um homem?

– A pobre esposa tornou a vida dele muito difícil – refletiu o capitão Jim.

– Bem, existe uma coisa chamada decência, não é mesmo? Mesmo que o coração de um homem esteja explodindo de alegria com a morte da esposa, ele não precisa anunciar aos quatro ventos. E, se foi o melhor dia da vida dele ou não, Jó Taylor não demorou para se casar novamente, você deve se recordar. A segunda esposa sabia como lidar com ele e o fazia andar na linha, acredite em mim! A primeira coisa que fez foi obrigá-lo a colocar uma lápide na sepultura da primeira esposa e ainda mandou deixar um espaço para o próprio nome. Disse que não haveria ninguém para obrigar Jó a erguer um túmulo para ela.

– Por falar nos Taylors, como vai a senhora Lewis Taylor em Glen, doutor? – perguntou o capitão Jim.

– Está melhorando devagar, ainda que trabalhe demais – respondeu Gilbert.

– O marido também trabalha pesado, criando porcos de exposição – disse a senhorita Cornelia. – É conhecido pelos belos porcos. Tem mais orgulho deles do que dos próprios filhos. É verdade que os animais são os melhores possíveis, enquanto os filhos não são lá grande coisa. Ele escolheu uma mãe ruim para eles e a fez passar fome enquanto os carregava e criava. Os porcos ficavam com a nata do leite, e os filhos com a sobra.

– Por mais que doa, às vezes eu tenho que concordar com você, Cornelia – disse o capitão Jim. – É a mais pura verdade. Quando vejo os pobres e miseráveis filhos dele, desprovidos de tudo o que as crianças devem ter, chego a ficar de estômago revirado.

Gilbert foi para a cozinha quando Anne o chamou. Ela fechou a porta e lhe deu um sermão.

– Gilbert, você e o capitão precisam parar de provocar a senhorita Cornelia. Ah, eu escutei vocês dois e não vou permitir!

– Anne, ela está se divertindo imensamente, e você sabe disso.

– Bem, não importa. Vocês não precisam cutucá-la desse jeito. O jantar está pronto e, Gilbert, *não* deixe a senhora Rachel cortar os gansos. Ela irá se oferecer, eu sei, pois acha que você não sabe fazer direito. Mostre a ela que sabe.

– E sou capaz. Venho estudando diagramas de como trinchar aves no último mês – disse Gilbert. – Só não fale comigo enquanto faço isso, Anne, pois você me faz ficar sem palavras, e, se eu me esquecer de algum passo, estarei em uma enrascada pior do que quando você estudava geometria e o professor trocou as letras.

Gilbert fatiou os gansos competentemente. Até a senhora Rachel teve de admitir, e todos os saborearam. O primeiro Natal de Anne foi um grande sucesso, e ela sorria com o orgulho de uma boa dona de casa. A refeição foi longa e prazerosa; ao final, eles se reuniram ao redor das chamas animadas da lareira, e o capitão Jim contou histórias até que o carmesim do entardecer começou a encobrir o porto e as longas sombras dos choupos estenderam-se sobre a neve que cobria a entrada.

– Tenho que voltar para o farol – disse, por fim. – Tenho tempo suficiente para chegar antes de o sol se pôr. Muito obrigado pelo Natal, senhora Blythe. Leve o Davy para visitar o farol em alguma noite, antes de ir embora.

– Quero ver os deuses de pedra – disse Davy, encantado.

VÉSPERA DE ANO-NOVO NO FAROL

Os moradores de Green Gables foram embora após o Natal. Marilla jurou solenemente que voltaria para passar um mês na primavera. Mais neve caiu antes do Ano-Novo, e o porto congelou; só o golfo continuou livre, para além dos campos brancos aprisionados. O final do ano velho foi um desses dias gelados e deslumbrantes de inverno que nos bombardeiam com sua luminosidade e ganham a nossa admiração, mas nunca nosso amor. O céu era de um anil límpido; os diamantes de neve cintilavam insistentemente; as árvores nuas pareciam despojadas e despudoradas, com uma beleza ousada; lanças de cristal chegavam das colinas com estardalhaço. Até as sombras estavam mais nítidas e vívidas, como sombras não deveriam ser. Tudo que era lindo estava dez vezes mais belo e atraente naquela opulência resplandecente, e tudo que era feio parecia dez vezes pior. Tudo era agradável ou horroroso: não havia meio-termo, nem doce obscuridade, nem imprecisão elusiva em meio a tanto brilho. Os únicos que mantinham a própria individualidade eram os pinheiros, pois estas são as árvores do mistério e das sombras, que nunca cedem à invasão do esplendor bruto.

Contudo, finalmente o dia começou a perceber que estava ficando velho. Então, certa melancolia dominou sua beleza, ao mesmo tempo ofuscando e intensificando-a: ângulos agudos e pontos cintilantes fundiram-se em curvas e clarões atraentes; as colinas distantes tornaram-se ametistas.

– O ano velho está partindo lindamente – disse Anne.

Ela, Leslie e Gilbert estavam a caminho de Four Winds Point, pois haviam combinado de passar a virada do ano com o capitão Jim no farol. O Sol havia se posto, e no céu sudoeste surgiu Vênus, glorioso e dourado, o mais próximo possível de sua irmã, a Terra. Pela primeira vez, Anne e Gilbert presenciaram o brilho suave e misterioso da estrela-d'alva, que é visto somente quando há neve para revelá-lo, e mesmo assim só é visível indiretamente.

– É como o espírito de uma sombra, não? – sussurrou Anne. – É possível distingui-lo com clareza ao seu lado quando se olha para a frente, mas, quando tentamos vê-lo diretamente... desaparece.

– Ouvi dizer que é possível ver a sombra de Vênus somente uma vez na vida, e, dentro de um ano após tê-lo visto, a pessoa recebe o melhor presente de sua vida – disse Leslie. Seu tom de voz era ríspido, como se achasse que nem a sombra de Vênus pudesse lhe conceder uma dádiva na vida. Anne sorriu sob a luz do crepúsculo; ela não tinha dúvida sobre o que aquela sombra mística lhe reservava.

Eles encontraram Marshall Elliott no farol. De início Anne ressentiu-se com a intrusão daquele excêntrico de barba e cabelos longos no pequeno círculo familiar. Mas ele logo provou pertencer legitimamente aos conhecidos de José. Era um homem sagaz, inteligente e culto, que rivalizava com o próprio capitão Jim na hora de contar histórias. Todos ficaram contentes quando Marshall decidiu ficar e receber o novo ano.

Joe, o pequeno sobrinho do capitão, tinha ido passar a virada com o tio-avô e estava adormecido no sofá com o Segundo Oficial enrolado aos seus pés, como uma grande bola dourada.

– Ele não é um mocinho adorável? – orgulhou-se o capitão. – Amo ver crianças dormir, senhora Blythe. Não há nada mais lindo de se ver no mundo, eu acho. Joe adora passar a noite aqui porque eu o coloco para dormir comigo. Em casa ele tem que dormir com mais outros dois garotos, e ele não gosta. "Por que não posso dormir com meu pai, tio Jim? Todo mundo na Bíblia dorme com os pais." Quanto às perguntas que faz, o próprio ministro da igreja não sabe responder a elas. "Tio Jim, se eu não fosse *eu*, quem seria? Tio Jim, o que aconteceria se Deus morresse?" Disparou essas duas para mim na noite passada, antes de ir para a cama. Já a imaginação dele navega por conta própria. Cria histórias notáveis, e depois a mãe o coloca de castigo no armário por inventar coisas. Daí ele senta e bola outra para contar quando ela for tirá-lo de lá. Ele tinha uma para mim hoje, quando chegou:

"Tio Jim", disse ele, sério como um túmulo, "tive uma aventura em Glen hoje".

"Ah sim, e o que aconteceu?", disse eu, esperando algo surpreendente, mas mesmo assim despreparado para o que veio.

"Encontrei um lobo na rua", disse ele, "um lobo enorme, com uma boca grande e vermelha e dentes longos *terríveis*, tio Jim".

"Não sabia que havia lobos em Glen", disse eu.

"Ah, ele veio de muito, muito longe", disse Joe, "e achei que ele fosse me devorar, tio Jim".

"Você ficou com medo?"

"Não, porque eu tinha uma arma imensa", disse Joe, "e eu matei o lobo com um tiro, tio Jim, e aí ele foi para o céu e mordeu Deus", contou ele.

– Bem, eu fiquei perplexo, senhora Blythe.

As horas passaram alegremente ao redor da fogueira feita com lenha trazida pelo mar. O capitão Jim contou histórias, e Marshall Elliott cantou velhas cantigas escocesas com sua bela voz de tenor; finalmente o capitão Jim pegou o antigo violino marrom da parede e começou a tocá-lo. Tinha certa habilidade com o instrumento, o qual foi apreciado por todos; menos pelo Segundo Oficial, que saltou do sofá como se tivesse levado um tiro, emitiu um grito de protesto e subiu rapidamente as escadas.

– Não consigo de jeito nenhum fazer aquele gato gostar de música – disse o capitão. – Ele nunca fica por perto tempo suficiente para apreciar. Quando colocamos o órgão na igreja de Glen, o velho Elder Richards pulou em disparada no instante em que o organista começou a tocar, correu pelo corredor e saiu da igreja a toda velocidade. Isso me fez lembrar do Segundo Oficial tão vividamente que quase gargalhei na igreja.

Havia algo tão contagiante nas melodias joviais tocadas pelo capitão Jim que os pés de Marshall Elliott começaram a mexer. Ele fora um notório dançarino na juventude. Em pouco tempo, levantou-se e estendeu as mãos para Leslie, que na hora aceitou. Eles deram voltas e mais voltas na sala iluminada pela lareira em um ritmo gracioso que era lindo de se ver. Inspirada, Leslie dançava como se o doce e livre abandono da música tivesse se apoderado dela. Anne a observou com admiração e fascínio. Ela nunca a vira assim. Toda a riqueza, cores e encantos inatos à sua natureza pareciam ter se libertado e transbordado em suas bochechas coradas, no brilho dos olhos e na elegância de seus movimentos. Nem mesmo a aparência de Marshall Elliott, com a barba e os cabelos longos, era capaz de estragar a cena; pelo contrário, esta a enaltecia. Ele parecia um *viking* de antigamente, bailando com uma das filhas das terras nórdicas de olhos azuis e cabelos dourados.

– A dança mais pura que já vi, e já vi muitas na minha vida – declarou o capitão Jim quando finalmente deixou cair o arco de sua mão cansada.

Leslie voltou para sua cadeira, rindo e sem fôlego.

– Amo dançar – disse ela a Anne. – Eu não dançava desde os dezesseis anos, mas amo mesmo assim. A música parece correr pelas minhas veias como mercúrio, e me esqueço de tudo, *tudo*, exceto o prazer de acompanhá-la. O chão, as paredes e o teto deixam de existir ao meu redor, e eu flutuo entre as estrelas.

O capitão Jim pôs o violino em seu lugar, ao lado de uma grande moldura com várias cédulas de dinheiro.

– Vocês conhecem mais alguém que pode se dar ao luxo de adornar as paredes com notas de dinheiro em vez de usar quadros? Tenho notas de vinte dólares aqui que não valem nem o vidro da moldura. São notas do antigo banco da Ilha do Príncipe Edward. Eu estava com elas quando o banco faliu e pendurei-as na parede em parte como um lembrete para não confiar nos bancos, em parte para me sentir como um verdadeiro milionário. Olá, Oficial... não precisa ficar assustado. Pode voltar agora. O ano velho ainda vai estar conosco por mais uma hora. Já vi setenta e seis anos novos assomar por aquele golfo, senhora Blythe.

– E verá uma centena – disse Marshall Elliott.

O capitão balançou a cabeça.

– Não vou e também não quero; pelo menos é o que acho. A morte vai se tornando uma amiga à medida que envelhecemos. Não que alguém queira realmente morrer, Marshall. Tennyson falou a verdade quando disse isso. A senhora Wallace, de Glen, por exemplo. A idosa passou por muitíssimos problemas na vida, pobrezinha, e perdeu quase todos os entes queridos. Ela diz que ficará feliz quando a hora dela chegar e que não quer prolongar a estadia neste vale de lágrimas. No entanto, quando fica doente, faz um escândalo! Manda vir médicos da cidade, uma enfermeira treinada e medicamentos suficientes para matar um cachorro. Tudo bem, a vida pode ser um vale de lágrimas, mas suponho que algumas pessoas gostem de chorar.

Eles passaram a última hora do ano em silêncio, ao redor do fogo. Alguns minutos antes da meia-noite, o capitão levantou-se e abriu a porta.

– Deixemos o ano novo entrar.

A noite era agradável e azul. Uma faixa reluzente de luar enfeitava o golfo. O porto brilhava como um campo de pérolas. Todos aguardaram próximos à porta, o capitão com a vasta experiência de anos,

Marshall em meados da vida vigorosa e vazia, Gilbert e Anne com as lembranças e os sonhos preciosos, e Leslie com o passado de privações e o futuro desesperançado. O relógio na pequena prateleira acima da lareira anunciou as doze horas.

– Bem-vindo, Ano-Novo – disse o capitão Jim, curvando-se em reverência conforme soava a última badalada. – Desejo a todos o melhor ano de suas vidas, camaradas. Acredito que, independentemente do que o ano nos reserve, o Grande Capitão nos dará o que há de melhor, e de um jeito ou de outro chegaremos a um porto seguro.

O INVERNO DE FOUR WINDS

O inverno chegou com força total após o Ano-Novo. A neve branca formava grandes montes ao redor da casinha, e as janelas estavam cobertas pela geada. O gelo no porto tornou-se mais espesso e rígido, e o povo de Four Winds deu início às tradicionais voltas sobre ele. Um governo benévolo marcou com arbustos os caminhos seguros, e de noite podia-se ouvir o alegre tilintar dos sinos dos trenós. Nas noites de luar, Anne os ouvia de sua casa dos sonhos como se fossem sinos das fadas. O golfo também congelou, e o farol de Four Winds deixou de brilhar. Durante os meses em que a navegação foi interrompida, o escritório do capitão Jim transformou-se em uma sinecura.

– O Segundo Oficial e eu não teremos nada para fazer até a primavera, a não ser manter-nos aquecidos e entretidos. O faroleiro anterior costumava ir para Glen no inverno; eu prefiro ficar aqui. O Oficial pode ser envenenado ou comido por cães na vila. É um pouco solitário sem a companhia da luz e das águas, com certeza, mas, se nossos amigos nos visitarem com frequência, conseguiremos suportar.

O capitão Jim tinha um barco a vela que deslizava sobre o gelo, e Gilbert, Anne, Leslie e o capitão deram muitas voltas divertidas e gloriosas pelo porto. Anne e Leslie também faziam longas caminhadas com botas para neve, pelos campos ou pelo porto depois de uma tempestade, ou nos bosques nos arredores de Glen. Eram muito amigas em suas excursões e reuniões ao redor do fogo. Cada uma tinha algo a doar, e elas sentiam-se enriquecidas com o amistoso intercâmbio de ideias e nos silêncios confortáveis; cada uma olhava através dos campos brancos entre suas casas com a agradável certeza de ter uma amiga do outro lado. Porém, apesar de tudo isso, Anne sentia sempre que havia uma distância entre ela e Leslie, uma barreira que nunca desaparecia por inteiro.

– Não sei por que não consigo me aproximar dela – disse Anne ao capitão Jim certa noite. – Gosto tanto dela e tenho tamanha admiração por ela que *quero* guardá-la no meu coração. Contudo, não consigo ultrapassar essa barreira.

– Você foi muito feliz a vida inteira, senhora Blythe – refletiu o capitão Jim. – Deve ser por isso que as suas almas não conseguem se conectar. A barreira entre vocês é a vivência de Leslie com a dor e com as tribulações. Por mais que não seja culpa de ninguém, essa barreira é real, e nenhuma de vocês consegue transpô-la.

– Minha infância não foi muito feliz antes de ir morar em Green Gables – disse Anne, contemplando austeramente pela janela a beleza imóvel, triste e morta das sombras das árvores nuas sob o luar.

– Talvez não, mas era a infelicidade comum às crianças sem alguém para cuidar delas. Não houve nenhuma tragédia na sua vida, senhora Blythe. E não houve outra coisa na de Leslie senão tragédias. Acho que ela sente, embora não tenha consciência disso, que você não compreenderia muitas das coisas que aconteceram na vida dela e por isso precisa manter você afastada para evitar de se machucar, por assim dizer. Se estamos com dor em alguma parte do corpo, nós evitamos o toque e a proximidade dos outros. E também funciona assim com a alma, creio eu. A de Leslie deve estar praticamente em carne viva; não é de se admirar que ela a oculte.

– Se fosse só isso, não me importaria, capitão Jim. Eu entenderia; mas, de vez em quando, tenho de me forçar a acreditar que Leslie gosta de mim. Às vezes, flagro um olhar que parece demonstrar ressentimento e antipatia; é muito rápido, mas tenho certeza de que já o vi. E isso me magoa, Jim. Não estou acostumada com o fato de que não gostem de mim e já tentei bastante ganhar a amizade da Leslie.

– E a senhora ganhou. Não acredite nessa ideia boba de que Leslie não gosta de você. Se fosse o caso, vocês não seriam tão companheiras. Conheço Leslie muito bem.

– Na primeira vez em que a vi, tocando os gansos pela colina no dia em que cheguei a Four Winds, ela me encarou com a mesma expressão – contou Anne. – Pude senti-la mesmo em meio à minha admiração pela beleza dela. Ela me encarou com ressentimento, capitão Jim.

– O ressentimento deve ter sido por outra coisa, e você só fez parte dele por estar passando ali no momento. Leslie tem suas épocas de insociabilidade, coitadinha. E não a culpo, sabendo o que ela tem de aguentar. Não sei como isso é possível... O doutor e eu já conversamos muito sobre a origem do mal, todavia ainda não o compreendemos completamente. Há uma vastidão de coisas no mundo que não entendemos, não é mesmo, senhora Blythe? Às vezes as coisas funcionam do jeito certo, como entre você e o doutor. Já em outras, elas ficam de pernas para o ar. Temos o exemplo da Leslie, tão sagaz e linda que poderia ser uma rainha. Em vez disso, entretanto, está enfiada aqui, desprovida de quase tudo o que uma mulher pode desejar, sem outra perspectiva a não ser cuidar de Dick Moore pelo resto da vida. Ainda que eu acredite que ela escolheria a vida de agora àquela que levava com Dick antes de ele ir para Cuba. Mas esse é um assunto em que um velho marujo não deveria se meter. Você faz muito bem à Leslie. Ela parece outra pessoa desde que você chegou a Four Winds. Nós, os amigos mais velhos dela, conseguimos perceber a diferença melhor do que a senhora. A senhorita Cornelia e eu estávamos conversando sobre isso outro dia, e é um dos pouquíssimos tópicos em que concordamos. Então, esqueça essa ideia de que ela não gosta de você.

Anne não conseguiu descartá-la por completo, pois sem dúvida havia momentos nos quais sentia, com um instinto impossível de ser vencido pela razão, que Leslie nutria um ressentimento indefinível contra ela. Em certas ocasiões, essa convicção secreta estragava o prazer da camaradagem entre elas; em outras, era como se não existisse; Anne sabia que o espinho estava sempre ali, propenso a espetá-la a qualquer momento. Sentiu uma pontada cruel dele quando contou a ela o que esperava que a primavera trouxesse para a casinha dos sonhos. Leslie a encarou de um jeito duro, amargo e hostil.

– Você também terá *isso*, em breve – dissera com a voz embargada. E, sem dizer mais nada, deu meia-volta e foi para casa.

Anne ficou profundamente ofendida. Por um instante, achou que não conseguiria mais gostar de Leslie. Mas, quando lhe fez uma visita algumas noites depois, ela foi tão agradável e amigável, tão franca, espirituosa e cativante, que Anne não teve escolha senão perdoá-la. Mas nunca mais voltou a mencionar seu doce sonho à Leslie, que tampouco tocava no assunto. Em um fim de tarde, quando o inverno já podia ouvir a primavera se aproximar, Leslie foi até a casinha para prosear um pouco e, quando foi embora, deixou uma pequena caixa branca sobre a mesa. Anne a encontrou mais tarde e a abriu, intrigada. Dentro havia uma roupinha branca encantadora de bordado delicado, feita com muito esmero e maestria. Cada ponto era uma obra de arte, e os pequenos babados de renda na gola e nas mangas eram feitos ao verdadeiro estilo valenciano. Sobre ela havia um cartão: "Com amor, Leslie".

– Quantas horas de trabalho deve ter levado! – disse Anne. – E o material provavelmente custou mais do que ela realmente pode pagar. É muita bondade da parte dela.

Contudo, Leslie foi seca e sucinta quando Anne lhe agradeceu, e ela novamente se sentiu desconfortável.

O presente de Leslie não ficou sozinho na casinha. A senhorita Cornelia havia dado um tempo em costurar para filhos indesejados e agora dedicava-se apenas a um primogênito muito querido, cuja chegada era aguardada com ansiedade. Philippa Blake e Diana Wright também enviaram peças maravilhosas, assim como a senhora Rachel, cujo material de qualidade e o trabalho honesto ocupavam o lugar do bordado e dos babados. Anne também fez muitas peças sem profaná-las com o toque de uma máquina, dedicando-lhes as melhores horas daquele inverno feliz.

O capitão Jim foi o convidado mais frequente da casinha e o mais bem-vindo. A cada dia, Anne amava mais aquele velho marinheiro de alma simplória e coração íntegro. Sua presença era revigorante como uma brisa do mar e tão cativante quanto as crônicas sobre antigamente. Ela nunca se cansava de ouvir as histórias dele, e os comentários que ele fazia eram fonte de deleite contínuo. O capitão era uma dessas pessoas raras e fascinantes que "nunca falavam, mas sempre diziam alguma coisa". O leite da bondade humana e a sabedoria da serpente faziam parte de sua composição em generosas proporções. Nada parecia chateá-lo ou deprimi-lo.

– Eu meio que desenvolvi o hábito de desfrutar das coisas – disse certa vez, quando Anne comentou sobre seu invariável bom humor. – É algo tão crônico que eu acho que desfruto até das coisas desagradáveis. É muito divertido pensar que estas não duram muito. "Velho reumatismo, você vai ter de parar de doer em algum momento", eu digo quando a situação fica complicada. "Quanto maior for a dor, mais cedo passará, eu suponho. Vou levar a melhor no final das contas, estando ou não neste corpo".

Uma noite, junto à lareira, Anne viu o "livro da vida" do capitão Jim. Não foi preciso insistir para que ele o mostrasse com orgulho.

– Estou escrevendo-o para deixá-lo para o pequeno Joe. Não gosto da ideia de que tudo que eu fiz e vi será completamente esquecido quando eu zarpar na minha última viagem. Joe contará as histórias para os filhos dele.

Era um velho caderno de couro repleto de registros de suas viagens e aventuras. Anne pensou no baú do tesouro que seria para um escritor. Cada frase era uma pepita. O volume em si não tinha nenhum valor literário; a habilidade do capitão em contar histórias falhava na hora de colocá-las no papel. Ele apenas criava um esboço de seus famosos contos, e tanto a ortografia quanto a gramática deixavam muito a desejar. **Ainda** assim, Anne achava que, se alguém tivesse o dom de pegar aqueles registros simples de uma vida audaciosa e repleta de emoção, e ler nas entrelinhas dos relatos ousados de perigos enfrentados com valentia e dos deveres cumpridos virilmente, uma história maravilhosa poderia surgir. A riqueza da comédia e o peso da tragédia encontravam-se ocultos no "livro da vida" do capitão Jim, esperando o toque de um mestre para despertar o riso, a tensão e o horror em milhares de pessoas.

Anne comentou isso com Gilbert enquanto voltavam para casa.

– Por que você não tenta?

Anne balançou a cabeça.

– Não. Quem dera eu fosse capaz! Mas não está em meus poderes. Você sabe qual é o meu forte, Gilbert: a fantasia, a magia, a beleza. Para escrever o "livro da vida" do capitão Jim como deve ser feito, é preciso o mestre de um estilo vigoroso, ainda que sutil, um psicólogo perspicaz, um humorista e um escritor trágico inato. Uma rara combinação de dons. Talvez Paul consiga, quando for mais velho. De qualquer forma, vou convidá-lo para nos visitar no próximo verão e conversar com o capitão.

"Venha para a praia", escreveu Anne para Paul. "Temo que não encontrará aqui Nora, a Dama Dourada ou os Marinheiros Gêmeos, mas vai conhecer um velho marujo que sabe contar histórias incríveis."

Infelizmente, Paul escreveu em resposta alegando que não poderia ir naquele ano. Ele ia viajar para o exterior, a fim de estudar durante dois anos. E concluiu dizendo: "Irei a Four Winds quando retornar, querida professora".

– Enquanto isso, o capitão continua a envelhecer – disse Anne, com pesar –, e não há ninguém para escrever o livro da vida dele.

DIAS DE PRIMAVERA

O gelo no porto ficou escuro e quebradiço com o Sol de março. Em abril, as águas azuis, a espuma branca e os ventos do golfo estavam de volta, e o farol de Four Winds voltou a iluminar os crepúsculos.

– Fico tão feliz em ver o Sol novamente – disse Anne, na primeira noite de seu retorno. – Senti a falta dele durante todo o inverno. O céu a sudoeste parecia vazio e solitário sem ele.

Folhas verdes e douradas recém-nascidas acalentavam a terra. Uma bruma esmeralda cobria os campos nos arredores de Glen. Os vales que davam para o mar enchiam-se de névoas mágicas ao amanhecer.

Brisas vibrantes chegavam e partiam, carregando o sal da espuma. O mar ria e resplandecia, vaidoso e hipnotizante como uma mulher linda e empertigada. Com a chegada das cavalinhas, a vila despertou para a vida. O porto estava apinhado de velas brancas que se dirigiam para o canal. Os barcos recomeçaram o vaivém.

– Em dias de primavera como esse – disse Anne –, sei exatamente o que a minha alma sentirá na manhã da ressurreição.

– Há momentos na primavera em que eu sinto que poderia ter sido um poeta se tivesse começado cedo – comentou o capitão Jim. – Surpreendo-me repetindo versos que ouvi do diretor da escola sessenta anos atrás. Isso não acontece em outras épocas. Nesse instante, tenho vontade de ir para os rochedos, os campos ou o mar e recitá-los.

O capitão tinha aparecido naquela tarde para levar um punhado de conchas para o jardim de Anne e um raminho de erva-doce que encontrara durante um passeio pelas dunas.

– Está cada vez mais difícil encontrar erva-doce pela orla – explicou. – Quando eu era menino, havia montes dela. Agora, só de vez em quando é que eu a encontro, e nunca quando estou realmente procurando. É simplesmente uma questão de acaso. Você está caminhando pelas dunas, sem pensar em erva-doce, quando o ar subitamente se enche de doçura e você se depara com a planta sob os seus pés. É um dos meus aromas favoritos. Sempre me faz pensar na minha mãe.

– Ela gostava de erva-doce? – perguntou Anne.

– Não que eu saiba. Não sei se ela conheceu essa planta. A erva-doce tem um perfume maternal, que de certa forma evoca experiências de vida, entende? Maduro, benéfico e confiável, como uma mãe. A noiva do diretor da escola sempre colocava um ramo entre os lenços. E a senhora também pode colocar esse entre os seus. Não gosto de essências artificiais, mas o aroma da erva-doce sempre fica bem em uma dama.

Anne não ficou particularmente entusiasmada com a ideia de adornar os canteiros de flores com conchas de ostras; ela não gostava delas como decoração. Só que por nada no mundo ela feriria os sentimentos do capitão Jim, e por isso fingiu estar animada e lhe agradeceu cordialmente. Quando o capitão orgulhosamente cercou todos os canteiros com uma fileira de grandes conchas brancas como leite, contudo, Anne percebeu que o efeito lhe agradava, para o próprio espanto. No gramado de uma casa da cidade, ou mesmo na vila de Glen, elas ficariam deslocadas; ali, porém, no jardim antiquado junto ao mar da casinha dos sonhos, elas encontraram um *lar*.

– Ficou *mesmo* bonito – disse, com sinceridade.

– A noiva do diretor sempre colocava conchas espirais nos canteiros – disse o capitão Jim. – Era muito habilidosa com flores. Só de olhar e tocá-las, pronto: cresciam loucamente! Algumas pessoas têm esse dom, e creio que você também tem, senhora Blythe.

ANNE E A CASA DOS SONHOS

– Ah, eu não sei, mas adoro o meu jardim. Trabalhar com coisas verdes e vivas, observar todos os dias os novos brotos, é como aventurar-se na criação, eu acho. No momento, meu jardim é como a fé: a substância das coisas esperadas[18]. Mas espere e verá.

– Sempre me impressiona olhar para as pequenas sementes marrons e enrugadas e pensar no arco-íris que existe dentro delas – disse o capitão. – Quando reflito sobre as sementes, não acho difícil acreditar que temos almas que viverão em outros mundos. É quase impossível acreditar que há vida naquelas coisinhas minúsculas, algumas pouco maiores do que um grão de areia, muito menos que existam cores e aromas, se você nunca presenciou o milagre de que são capazes, não é?

Anne, que contava os dias como quem conta os mistérios em um rosário, não podia fazer a longa caminhada até o farol ou a estrada para Glen. Mas a senhorita Cornelia e o capitão Jim vinham com frequência até a casinha. A senhorita Cornelia era a alegria da existência de Anne e Gilbert. Eles riam aos montes de seus comentários após as visitas. Quando o capitão e ela visitavam a casinha ao mesmo tempo, havia um banquete para os ouvidos. Travavam uma guerra de palavras: ela atacando, e ele se defendendo. Anne chegou a repreender o capitão por provocar a senhorita Cornelia.

– Ah, como gosto de cutucá-la, senhora Blythe – riu o pecador impenitente. – É a maior diversão que tenho na vida. A língua dela poderia partir uma pedra ao meio. E a senhora e aquele patife do jovem doutor também gostam de escutá-la tanto quanto eu!

O capitão Jim fez uma visita certa tarde para levar um ramo de anêmonas para Anne. O ar perfumado e úmido do fim da tarde à beira-mar dominava o jardim. Havia uma névoa leitosa sobre a água, beijada pela jovem lua, e uma festa prateada de estrelas encobria Glen. O sino da igreja do outro lado do porto tocava com uma doçura onírica; os badalos suaves viajavam pelo entardecer para misturar-se ao lamento primaveril do oceano. As flores do capitão deram o toque final ao charme da noite.

---

18 Referência ao Novo Testamento, Hebreus 11:1. (N. T.)

– Ainda não tinha visto nenhuma nesta primavera e estava sentindo falta delas – disse Anne, afundando o rosto entre as anêmonas.

– Elas não são encontradas em Four Winds, só nas terras ermas para além de Glen. Fiz uma pequena excursão até a Terra-do-nada e as colhi para você. Acredito que são as últimas que você verá nessa primavera.

– Quanta bondade e consideração, capitão Jim. Ninguém mais, nem mesmo Gilbert – ela balançou a cabeça –, lembrou-se de que eu gosto de anêmonas nessa época.

– Bem, eu também levei alguns peixes para o senhor Howard. Ele gosta de comer trutas de vez em quando, e é tudo o que posso fazer para retribuir um favor que ele me fez uma vez. Passamos a tarde toda conversando. Ele gosta de prosear comigo, apesar de ser um homem muito culto e eu um velho marujo ignorante, pois é um desses sujeitos que *precisam* conversar, senão ficam deprimidos, e ouvintes são escassos por aqui. As pessoas da vila o evitam por considerarem-no um infiel. Não acho que ele seja, poucos homens o são; entretanto, Howard é o que podemos chamar de herege. Hereges são pessoas amorais, mas altamente interessantes. Ele apenas se perdeu na busca por Deus, com a crença de que é difícil encontrá-Lo, o que nunca é verdade. A maioria deles acaba esbarrando Nele, cedo ou tarde. Não acredito que ouvir os argumentos do senhor Howard me fará algum mal. Ora, eu acredito no que fui ensinado a acreditar. É extremamente prático, até porque Deus é sempre bom. O problema do senhor Howard é ser inteligente *demais*. Ele crê ser preciso viver à altura da própria sabedoria e que é mais inteligente debater sobre um novo jeito de ir para o céu em vez de seguir pela velha estrada das pessoas comuns e ignorantes. Mas ele chegará lá em algum momento, certo? E então vai rir de si mesmo.

– O senhor Howard era metodista, para começo de conversa – disse a senhorita Cornelia, como se isso fosse herético o suficiente.

– Sabe, Cornelia – disse o capitão Jim com seriedade –, se eu não fosse presbiteriano, acho que seria metodista.

– Ah, que seja – disse a senhorita Cornelia –, se você não fosse presbiteriano, pouco importaria. Por falar em heresia, doutor, eu trouxe o livro que me emprestou, *A Lei Natural no Mundo Espiritual*[19]. Não consegui ler mais de um terço. Posso ler coisas sem sentido e coisas com sentido, contudo esse livro não é nem um nem o outro.

– Ele de fato é considerado herético em alguns círculos – admitiu Gilbert –, mas eu avisei antes de emprestá-lo à senhorita.

– Ah, eu não teria me importado se fosse herético. Consigo suportar a maldade, não a tolice – disse a senhorita Cornelia calmamente, com ares de quem havia batido o martelo sobre *A Lei Natural*.

– Por falar em livros, *Um Louco Amor* finalmente foi concluído duas semanas atrás – comentou o capitão Jim, admirado. – Chegou a 103 capítulos. A história terminou quando se casaram, então suponho que todos os problemas deles chegaram ao fim. É realmente muito bonito quando as coisas terminam assim nos livros, mesmo que isso não aconteça em nenhum outro lugar.

– Nunca leio romances – disse a senhorita Cornelia. – Você sabe como o Geordie Russell está hoje, capitão?

– Sim, eu o visitei a caminho de casa. Está melhorando, ainda que esteja em um mar de problemas, como sempre, pobre homem. É verdade que ele é a causa da maioria deles, mas isso não torna as coisas mais fáceis.

– Ele é muito pessimista – disse a senhorita Cornelia.

– Bem, ele não é exatamente um pessimista, Cornelia. As coisas é que nunca estão do jeito que ele gosta.

– E isso não é ser um pessimista?

– Não, não. Um pessimista nunca espera encontrar algo que lhe agrade. Geordie ainda não chegou a *esse* ponto.

– Você encontraria algo de bom para dizer até do próprio diabo, Jim Boyd.

– Bem, você ouviu a história daquela idosa a qual disse que ele estava perseverando. E não, Cornelia, eu não tenho nada de bom para dizer do diabo.

---

19 Livro de 1883 do evangelista e biólogo escocês Henry Drummond (1851-1897). (N. T.)

– Pelo menos crê nele? – perguntou a senhorita Cornelia seriamente.

– Como pode perguntar isso, sabendo que sou um bom presbiteriano? Como um presbiteriano viveria sem um diabo?

– Você *crê* nele? – insistiu a senhorita Cornelia.

O tom do capitão Jim tornou-se austero.

– Acredito no que um ministro certa vez chamou de "uma força poderosa, maligna e inteligente que atua no universo" – disse solenemente. – Eu acredito *nisso*, Cornelia. Pode chamar de diabo, de "príncipe das trevas", de belzebu ou qualquer outro nome que quiser. Ele está por aí, e nem todos os infiéis e hereges do mundo poderiam fazê-lo desaparecer com argumentos, da mesma forma que tampouco conseguiriam fazer Deus desaparecer. Ele está por aí, e está tramando. Mas creio que ele levará a pior no fim das contas, Cornelia.

– Assim espero – disse a senhorita Cornelia, sem muita esperança. – E, por falar no diabo, tenho certeza de que Billy Booth está possuído. Ouviram falar da última façanha dele?

– Não, o que aconteceu?

– Ele queimou o novo conjunto de lã marrom da esposa, o qual ela comprou em Charlottetown por 25 dólares, afirmando que ele chamou muito a atenção dos homens quando esta o usou pela primeira vez para ir à igreja. Não é típico de um homem?

– A senhora Booth é muito linda, e o marrom lhe cai muito bem – refletiu o capitão.

– É uma boa justificativa para jogar o conjunto novo dela no forno? Billy Booth é um tolo ciumento e está tornando a vida da esposa insuportável. Ela chorou a semana inteira por causa disso. Ah, Anne, gostaria de escrever como você, acredite em mim. Como eu repreenderia alguns dos homens daqui!

– Todos os Booths são excêntricos – disse o capitão. – Billy parecia o mais sensato da família, até que se casou e esse ciúme doentio surgiu. Já o irmão dele, Daniel, sempre foi estranho.

– Tinha ataques de cólera com frequência e se recusava a sair da cama – contou a senhorita Cornelia, saboreando as palavras. – A esposa tinha de fazer todo o trabalho no celeiro até que os acessos passassem. As pessoas escreveram cartas de condolências para ela quando ele morreu; se eu tivesse escrito, teria mandado felicitações. O pai dela, o velho Abram Booth, era um bêbado asqueroso. Estava de pileque no funeral da esposa, e não parava de soluçar e dizer: "Não *beeebi* muito, mas me *siiinto* bem *esquisiiiito*". Dei-lhe uma boa cutucada nas costas com o guarda-chuva quando se aproximou de mim, que serviu para deixá-lo comportado enquanto o caixão era levado da casa. Era para o jovem Johnny Booth ter se casado ontem, mas ele pegou caxumba. Não é típico de um homem?

– Como o coitado poderia ter evitado de pegar caxumba?

– Eu não o chamaria de coitado, acredite em mim, se fosse a Kate Sterns. Não sei como poderia ter evitado pegar caxumba; só sei que o jantar do casamento já foi todo preparado, e tudo vai estragar antes de sua melhora. Que desperdício! Ele deveria ter tido caxumba quando era criança.

– Vamos, Cornelia, não acha que está sendo um pouco irracional?

A senhorita Cornelia não se dignou a responder e virou-se para Susan Baker, uma velha solteirona de rosto avinagrado e bom coração, que fora contratada como empregada na casinha por algumas semanas. Ela tinha ido até Glen visitar uma enferma e acabara de retornar.

– Como está a velha tia Mandy? – perguntou a senhorita Cornelia.

Susan suspirou.

– Muito mal... Muito mal. Receio que logo irá para o céu, coitadinha!

– Ah, não deve estar tão ruim assim! – exclamou a senhorita Cornelia, com simpatia.

O capitão Jim e Gilbert entreolharam-se. Então levantaram e saíram de repente.

– Há momentos – disse o capitão Jim, entre espasmos – em que seria um pecado *não* rir. Duas mulheres tão excelentes!

AMANHECER E ENTARDECER

No início de junho, quando as dunas de areia estavam cobertas por um esplendor de rosas silvestres e Glen foi tomada pelo perfume da florada das macieiras, Marilla chegou à casinha acompanhada de um baú de crina de cavalo preto e pregos de latão, que passara meio século repousando no sótão de Green Gables. Susan Baker, que já nas poucas semanas que estava ali passara a venerar a "jovem esposa do doutor" com um fervor cego, olhou para Marilla com um ciúme desdenhoso de início. Mas, como Marilla não tentava interferir na cozinha nem demonstrava o intuito de interromper sua ajuda prestada à jovem esposa do doutor, a boa empregada reconciliou-se com a presença dela e contou em Glen que a senhorita Cuthbert era uma mulher elegante e sabia o lugar dela.

Em uma tarde, quando a límpida abóbada celeste se coloria de um vermelho glorioso e os tordos animados com o crepúsculo dourado cantavam hinos jubilosos para as estrelas, houve uma súbita comoção na casinha dos sonhos. Telefonemas foram feitos para Glen, e o doutor Dave e uma enfermeira de capa branca foram trazidos às pressas; Marilla caminhava de um lado para o outro no jardim entre as fileiras de conchas, murmurando preces entre os lábios constritos, e Susan estava sentada na cozinha com algodão nos ouvidos e o avental cobrindo a cabeça.

Leslie, observando da casa riacho acima, viu que todas as janelas da casinha estavam iluminadas e não conseguiu dormir naquela noite.

As noites de junho eram curtas; contudo, aquela pareceu uma eternidade para quem aguardava e assistia.

– Ah, não vai acabar nunca? – disse Marilla. Quando viu a expressão grave da enfermeira e do doutor Dave, ela não ousou fazer mais perguntas. E se Anne... Não, ela não podia fazer suposições.

– Não me digam – disse Susan com firmeza, respondendo à angústia nos olhos de Marilla – que Deus poderia ser cruel a ponto de tirar de nós aquela doce criatura que amamos tanto!

– Ele já levou outros tão queridos quanto – disse Marilla em tom solene.

Ao amanhecer, entretanto, quando o sol nascente transformou as brumas sobre as dunas de areia em arcos-íris, a alegria chegou à casinha. Anne estava a salvo, e uma pequenina e alva dama, que tinha os grandes olhos da mãe, estava deitada ao seu lado. Gilbert, lívido e abatido após a noite de agonia, desceu para avisar Marilla e Susan.

– Graças a Deus – disse Marilla, estremecendo.

Susan tirou o algodão dos ouvidos.

– Agora, o café da manhã – disse energicamente. – Sou da opinião de que todos vão ficar satisfeitos em comer alguma coisa. Diga à jovem esposa do doutor para não se preocupar com nada, pois a Susan está no comando. Diga para que se preocupe apenas com a bebê.

Gilbert sorriu um tanto triste e se foi.

Anne, com o rosto empalidecido pelas dores do parto e os olhos irradiando a paixão da maternidade, não precisava que lhe dissessem para pensar apenas na filha. Não conseguia focar em mais nada. Por algumas horas ela experimentou uma felicidade tão rara e intensa que chegou a imaginar se os anjos não a invejavam.

– Pequena Joyce – murmurou quando Marilla veio ver o bebê. – Decidimos chamá-la assim se fosse uma menina. Não conseguimos escolher dentre todas as pessoas queridas as quais gostaríamos de homenagear, e por isso escolhemos Joyce. Assim podemos chamá-la de Joy[20], acho muito apropriado. Ah, Marilla, eu achava que era feliz antes. Mas agora sei que tudo não passou de um sonho agradável. *Essa* é a realidade.

– Você não deve falar, Anne. Espere até estar mais forte – aconselhou Marilla.

– Você sabe o quanto é difícil para mim *não* falar – sorriu Anne.

De início, Anne estava muito frágil e muito contente para perceber a consternação de Gilbert e da enfermeira e o pesar de Marilla. Então, com a sutileza e a frieza do nevoeiro marítimo invadindo a terra, o medo adentrou o coração dela. Por que Gilbert não estava mais alegre? Por que não falava do bebê? Por que a tiraram de perto depois daquela primeira hora celestial? Havia... algo de errado?

– Gilbert – sussurrou Anne, suplicante –, a nossa filha... Está bem, não está? Vamos, diga.

Gilbert demorou para reagir; então inclinou-se e olhou dentro dos olhos dela. Marilla, assustada, ouviu pela porta um gemido dolorido e desolador e correu para a cozinha, onde Susan chorava.

– Ah, aquela pobre criatura! Como ela suportará, senhorita Cuthbert? Tenho medo de que não tenha forças suficientes. Ela estava tão feliz, aguardando pela filha e fazendo planos. Não há nada que possa ser feito?

– Temo que não, Susan. Gilbert disse que não há esperanças. Ele soube de imediato que a bebê não ia sobreviver.

– E é uma criança tão doce – soluçou Susan. – Nunca vi um neném tão alvo; eles geralmente nascem vermelhos ou amarelados. E abriu os olhos grandes como se tivesse meses de idade! Aquela coisinha tão pequenina! Ah, coitada da jovem esposa do doutor!

Ao entardecer, a pequena alma nascida com o amanhecer partiu, deixando corações despedaçados pelo caminho. A senhorita Cornelia tomou a daminha alva das mãos da enfermeira, uma desconhecida,

---

20 "Joy", em inglês, significa alegria. (N. T.)

e vestiu a diminuta figura de cera com o lindo vestido que Leslie havia costurado. Foi um pedido da própria Leslie. Em seguida, ela a colocou ao lado da pobre mãe, que se desfazia em lágrimas.

– "O Senhor o deu, o Senhor o levou", querida – disse em meio às próprias lágrimas. – "Bendito seja o nome do Senhor"[21].

E então foi embora, deixando Anne e Gilbert sozinhos com a filha morta.

No dia seguinte, a pequena e alva Joy foi sepultada em um caixão de veludo que Leslie forrara com flores de macieira, no cemitério da igreja do outro lado do porto. A senhorita Cornelia e Marilla guardaram todas as roupinhas feitas com amor, juntamente com o berço que fora decorado com babados e rendas para os bracinhos e perninhas gorduchos e a cabeça repleta de penugem. A pequena Joy nunca dormiu ali; ela encontrara um leito mais frio e estreito.

– Foi uma grande desilusão para mim – suspirou a senhorita Cornelia. – Esperei tanto por aquele bebê, e eu queria que fosse uma menina.

– Só agradeço pela vida de Anne ter sido poupada – disse Marilla, com um arrepio, relembrando as horas terríveis quando a moça tão amada por ela atravessou o vale das sombras.

– Pobre criatura! Está inconsolável – disse Susan.

– Eu *invejo* Anne – declarou Leslie subitamente – e a invejaria mesmo se tivesse morrido! Ela foi mãe por um belo dia. Eu daria a minha vida por isso com prazer!

– Não fale assim, Leslie, minha querida – repreendeu a senhorita Cornelia. Ela temia que a distinta senhorita Cuthbert pensasse que Leslie era uma pessoa horrível.

A convalescência de Anne foi longa, e muitas coisas a tornaram ainda mais amarga. As flores e o sol de Four Winds a incomodavam profundamente; quando a chuva caía com força, ela a imaginava açoitando impiedosamente a pequena sepultura do outro lado do porto;

---

21 Referência ao Antigo Testamento, Jó 1:21. (N. T.)

e, quando o vento soprava pelos beirais, trazia vozes tristes que ela nunca ouvira antes.

Os visitantes amáveis também a incomodavam, com as frases feitas bem-intencionadas que tentavam mascarar a crueza do luto. Uma carta de Phil Blake foi outro golpe duro. Ela ficou sabendo do nascimento da criança, mas não do falecimento, e escreveu uma carta de parabéns cheia de felicidade que foi muito dolorida para Anne.

– Ela teria me alegrado muito se eu tivesse a minha filha – soluçou para Marilla. – Como não tenho, me parece muito maldosa, mesmo sabendo que Phil jamais me magoaria por nada no mundo. Ai, Marilla, não sei se algum dia serei feliz novamente; pelo resto da vida, *tudo* vai me machucar.

– O tempo tudo cura – disse Marilla, que explodia de compaixão. Contudo, ela só sabia expressá-la por meio de ditos populares.

– Não é *justo* – rebelou-se Anne. – Bebês nascem e crescem onde não são desejados, onde são negligenciados, onde nunca têm uma chance. Eu teria amado e cuidado dela com tanta ternura e teria lhe dado todas as chances de ser feliz. Mesmo assim, não pude ficar com ela.

– Foi a vontade de Deus, Anne – disse Marilla, desamparada diante dos mistérios do universo, do motivo daquela dor imerecida. – A pequena Joy está em um lugar melhor.

– Não consigo acreditar nisso – chorou Anne amargamente. Ao ver o choque de Marilla, ela acrescentou fervorosamente. – Por que teve que nascer, afinal? Por que nascemos, se vamos para um lugar melhor quando morremos? Não acredito ser o melhor para uma criança morrer no parto a viver uma vida plena, amando e sendo amada, com alegrias e dores, desenvolvendo uma personalidade a qual a distinguiria na eternidade. E como se sabe qual é a vontade de Deus? Talvez a força do mal tenha frustrado os propósitos Dele. Não se pode esperar que nos resignemos a isso.

– Ah, não fale assim – disse Marilla, genuinamente alarmada por Anne estar navegando em águas profundas e perigosas. – Mesmo sem compreender, *temos* de ter fé que tudo isso é para o nosso bem.

Sei que é difícil aceitar agora, mas tente ser corajosa, pelo bem de Gilbert. Ele está tão preocupado. Você não está se recuperando tão rápido quanto deveria.

– Ah, sei que tenho sido muito egoísta – suspirou Anne. – Amo Gilbert mais do que nunca e quero viver para o bem dele. Porém, é como se parte de mim tivesse sido enterrada naquele pequeno cemitério, e a dor é tamanha que estou com medo da vida.

– Não vai doer tanto assim para sempre, Anne.

– Pensar que vai parar de doer, às vezes, machuca mais do que tudo, Marilla.

– Sim, eu sei, já me senti assim em outras ocasiões. Mas todos nós a amamos, Anne. O capitão Jim veio todos os dias perguntar por você, a senhora Moore ronda a casa como uma alma penada, e a senhorita Bryant passa a maior parte do tempo, creio eu, cozinhando quitutes para você. Susan não gosta muito deles. Disse que cozinha tão bem quanto a senhorita Bryant.

– Querida Susan! Ah, todos têm sido tão bondosos e amáveis comigo, Marilla. Não sou ingrata; depois que essa dor horrível diminuir um pouco, talvez eu descubra que posso continuar vivendo.

MARGARET DESAPARECIDA

Anne descobriu que podia continuar vivendo; chegou até a sorrir ao ouvir um dos discursos da senhorita Cornelia. Porém, naquele sorriso havia algo novo que nunca mais a abandonou.

No primeiro dia em que conseguiu sair para dar um passeio, Gilbert a levou até o farol de Four Winds, onde a deixou para atravessar o canal de barco e visitar um paciente na vila dos pescadores. Um vento forte soprava sobre o porto e as dunas, criando picos de espumas e lavando a costa com longas faixas prateadas.

– Estou muito orgulhoso por vê-la aqui, senhora Blythe – disse o capitão Jim. – Sente-se, sente-se. Temo que minha casa esteja um pouco empoeirada, mas não há motivos para olhar para a poeira quando temos essa vista, não é mesmo?

– Não me importo com a poeira – disse Anne. – Contudo, Gilbert me aconselhou a ficar em lugares arejados. Acho que vou me sentar naquelas rochas, ali embaixo.

– Gostaria de companhia ou prefere ficar sozinha?

– Se a companhia for sua, com certeza prefiro, em vez de ficar sozinha – disse, sorrindo. Então, suspirou. Nunca antes se importara em ficar sozinha. E, agora, detestava. Agora, sentia-se terrivelmente solitária quando só.

– Aqui é um bom lugar, longe do vento – disse o capitão Jim quando chegaram às pedras. – Venho aqui com frequência. É um ótimo ponto para simplesmente sentar e sonhar.

– Ah... sonhos – suspirou Anne. – Não posso sonhar agora, capitão Jim. Estou farta deles.

– Ah, não está não, senhora Blythe; não mesmo – disse o capitão meditativamente. – Sei como se sente agora, mas as coisas vão melhorar se continuar vivendo, e quando menos perceber vai estar sonhando de novo, graças ao bom Deus! Se não fossem os sonhos, seria melhor sermos enterrados de uma vez. Como suportaríamos viver sem a promessa da imortalidade? É um sonho fadado a acontecer, senhora Blythe. Você verá a sua pequena Joyce novamente, algum dia.

– Só que ela não será o meu bebê – disse Anne, com os lábios trêmulos. – Ah, ela pode ser, como Longfellow disse, "uma bela donzela envolta pela graça celestial"[22], mas será uma estranha para mim.

– Deus lhe reservará algo melhor, creio eu – disse o capitão.

Ficaram em silêncio por um tempo. Então, ele disse com muita sutileza:

– Senhora Blythe, posso lhe contar sobre a Margaret desaparecida?

– É claro – disse Anne gentilmente. Ela não sabia quem era a "Margaret desaparecida", mas sentia que estava prestes a ouvir o romance da vida do capitão.

– Faz tempo que quero lhe contar sobre ela. E sabe por quê? Quero que alguém pense nela de vez em quando depois de minha morte. Não suporto a ideia de que todos os seres vivos esqueçam o nome dela. Sou o único que se lembra dele, agora.

O capitão Jim contou a história: uma história antiga e esquecida, pois fazia mais de cinquenta anos que Margaret adormecera no bote do pai e se perdera no mar. Era o que todos supunham, pois nunca se soube qual fim levou... O bote à deriva deixou o canal e a barreira de dunas para trás, e ela pereceu sob a tormenta escura que

---

22 Referência ao poema *Resignation*, de Henry Wadsworth Longfellow (1807-1882). (N. T.)

surgiu abruptamente naquela tarde de verão, tanto tempo atrás. Para o capitão, entretanto, aqueles cinquenta anos estavam tão distantes quanto o ontem.

– Caminhei pela orla durante meses após o ocorrido – disse com tristeza –, procurando pelo corpinho frágil dela. O mar nunca o devolveu. Eu ainda vou encontrá-la, senhora Blythe, algum dia. Ela está esperando por mim. Gostaria de me lembrar de como ela era, mas não consigo. Já vi uma delicada névoa prateada pairando sobre as dunas ao entardecer que se parecia com ela; em outra ocasião, vi uma bétula branca no bosque que me fez pensar nela. Tinha o cabelo castanho--claro e um rostinho alvo, e dedos compridos como os seus, senhora Blythe, só que mais morenos, pois era uma garota da praia. Às vezes acordo no meio da noite e ouço o mar me chamar como antigamente, e é como se a Margaret desaparecida também me chamasse. E, quando há uma tempestade, posso ouvir o lamento dela em meio aos soluços e gemidos das ondas. E, quando elas riem em um dia alegre, é a risada da Margaret desaparecida que ouço, doce e marota. O mar a tirou de mim, mas algum dia a encontrarei, senhora Blythe. Ele não pode nos manter separados para sempre.

– Fico contente por ter me contado sobre ela – disse Anne. – Já me perguntei diversas vezes por que o senhor passou a vida inteira sozinho.

– Nunca me interessei por mais ninguém. Margaret perdeu-se e levou junto o meu coração – disse o eterno enamorado, que há cinquenta anos era fiel à amada afogada. – Não vai se importar se eu falar demais sobre ela, não é mesmo, senhora Blythe? É um prazer para mim, pois a dor que a lembrança dela me causava foi embora anos atrás, deixando apenas sua bendição. E, se os anos trouxerem mais pessoinhas para o seu lar, como espero que tragam, quero sua promessa de que contará a eles a história da Margaret desaparecida, e o nome dela não será esquecido pela humanidade.

BARREIRAS
QUE CAEM

– Anne – disse Leslie, quebrando de repente o breve silêncio em que se encontravam –, você não sabe como é bom vê-la aqui de novo, trabalhando, conversando e ficando em silêncio comigo.

Elas estavam sentadas em meio às flores azuis da grama que cobria a margem do riacho no jardim de Anne. A água brilhava e cantarolava, as bétulas lançavam sombras raiadas pela luz sobre elas, e as rosas floresciam ao longo dos canteiros. O Sol começava a baixar, e o ar estava tomado por tons musicais que se entrelaçavam. Havia a melodia do vento entre os pinheiros atrás da casa, a das ondas arrebentando nas dunas, e ainda o som dos sinos distantes da igreja ao lado da qual a pequena dama alva repousava. Anne amara aquele sino; agora, contudo, ele lhe trazia pensamentos tristes.

Ela olhou com curiosidade para Leslie, a qual havia posto de lado a costura e falava com uma liberdade que lhe era incomum.

– Naquela noite terrível em que você estava doente – continuou Leslie –, achei que nunca mais iríamos conversar, passear e trabalhar juntas. Foi quando percebi o quanto a sua amizade significa para mim, o que *você* significa para mim, e como eu tenho sido odiosa e intratável.

– Leslie! Leslie! Não permito que insultem meus amigos.

– É a verdade. É exatamente o que tenho sido: odiosa e intratável. Há algo que *preciso* lhe contar, Anne. Acho que você vai me odiar por isso, mas tenho de confessar. Anne, houve momentos no inverno e na primavera em que eu a *odiei*.

– Eu *sabia*! – disse Anne calmamente.

– Você sabia?

– Sim, vi em seus olhos.

– E, ainda assim, continuou gostando de mim e sendo minha amiga.

– Bem, você me odiou apenas em certas ocasiões, Leslie. No resto do tempo você me amou, eu acho.

– Com certeza. Só que aquele outro sentimento horrível esteve sempre presente, no fundo do meu coração, arruinando tudo. Eu o sufocava e chegava até a me esquecer dele, mas em certas circunstâncias ele ressurgia e me possuía. Eu a odiei porque eu a invejava. Ah, estava doente de inveja. Você tem um lar adorável, e amor, e felicidade, e sonhos alegres. Tudo que eu queria ter e nunca tive e jamais terei. Ah, eu jamais terei! *Isso* foi o que me feriu. Não teria odiado você se tivesse alguma esperança de que a minha vida pudesse mudar. Só que eu não tinha... Simplesmente não tinha... E isso não parecia justo. Isso me deixou revoltada e me machucou, e por isso eu a odiei algumas vezes. Ah, tive tanta vergonha dessa sensação... E estou morrendo de vergonha agora... Entretanto, não conseguia me controlar. Naquela noite, temi que você não fosse sobreviver. Achei que eu estava sendo punida por minha maldade... E percebi o quanto a amava. Anne, Anne, eu não tinha nada para amar depois que a minha mãe morreu, a não ser o velho cachorro do Dick. E é tão horrível não ter nada para amar! A vida torna-se tão vazia, e não há *nada* pior do que o vazio. Eu poderia ter amado tanto você se aquela coisa pavorosa não tivesse estragado tudo...

Leslie tremia e começava a ficar incoerente com a violência das próprias emoções.

– Pare, Leslie – implorou Anne. – Pare. Eu compreendo. Não toque mais nesse assunto.

– Mas eu preciso. Quando soube que viveria, jurei que após sua melhora contaria tudo, e não aceitaria mais sua amizade e companheirismo sem antes confessar o que se passava em minha cabeça. E tive muito medo de você dar as costas para mim.

– Não precisa ter medo disso, Leslie.

– Ah, alegro-me tanto, tanto, Anne! – Leslie juntou as mãos morenas e calejadas pelo trabalho com firmeza para que não tremessem. – E agora quero contar tudo, já que comecei. Você não deve se lembrar da primeira vez em que nos vimos. Não foi naquela tarde na praia...

– Não, foi na noite em que Gilbert e eu chegamos. Você estava levando os seus gansos pela colina. Eu me lembro *bem*! Achei você muito linda e passei semanas tentando descobrir quem era.

– Eu sabia quem *vocês* eram, apesar de nunca os ter visto antes. Tinha ouvido falar do novo médico e da esposa que se mudariam para a casinha da senhorita Russell. Eu... Eu a odiei naquele exato momento, Anne.

– Senti o ressentimento em seus olhos, só que não acreditei no que tinha visto. Achei que estivesse errada, afinal, *qual* seria o motivo?

– É porque você parecia muito feliz. Ah, agora você tem que concordar que eu sou odiosa e intratável... Odiar outra mulher só porque ela é feliz, quando a felicidade dela não fez nenhum mal a mim! Por isso não a visitei. Eu sabia muito bem que deveria; é de bom-tom até para os costumes da nossa modesta Four Winds. Porém, não consegui. Costumava observar vocês da minha janela... Dava para ver você e seu marido passeando pelo jardim de tarde... Você correndo pela estradinha da entrada ao encontro dele. E isso me magoava. Apesar disso, eu queria vir aqui. Eu sentia que, se não estivesse tão infeliz, eu poderia ter me afeiçoado e encontrado em você aquilo que nunca tive na vida: uma amiga íntima e *verdadeira* da minha idade. Lembra-se daquele fim de tarde na praia? Você receava que eu a achasse maluca. Mas deve ter achado que eu é que era.

– Não. Eu só não consegui compreender você, Leslie. Em um momento você permitia minha aproximação e em outro me repelia.

– Eu estava muito infeliz. Tinha tido um dia muito duro, Dick estava impossível de lidar. Geralmente ele é muito comportado e tranquilo, sabe, Anne. Em certos dias, porém, é muito diferente. Eu estava tão angustiada que corri para a praia assim que ele foi dormir. Era o meu único refúgio. Sentei-me lá e pensei no meu pai, que tirou a própria vida, e imaginei se também chegaria a tal ponto. Ah, meu coração estava repleto de pensamentos sombrios! E então você surgiu, dançando sozinha na praia como uma criança feliz e despreocupada! Eu... Nunca tinha sentido tanto ódio antes na vida. E, ainda assim, eu ansiava por sua amizade. O primeiro sentimento apoderou-se de mim inicialmente, e depois o segundo. Quando cheguei em casa naquela noite, chorei de vergonha pelo que você deveria estar pensando de mim. E era a mesma coisa sempre que eu vinha aqui. Às vezes, eu ficava feliz e aproveitava a visita. Já em outras, tudo relacionado a você e à sua casa me feria. Você tinha tantas coisinhas adoráveis que eu não poderia ter! Sabe, é ridículo, mas eu tinha uma implicância em especial por seus cachorrinhos de porcelana. Houve momentos nos quais eu quis agarrar o Gog e o Magog e bater os focinhos pretos arrebitados um contra o outro! Ah, você sorri, Anne, mas eu nunca achei graça nisso. Eu vinha aqui e via você e Gilbert, com seus livros e flores, e seus bens domésticos, e suas brincadeiras particulares... E o amor que sentem um pelo outro, evidente em cada olhar e palavra, até quando nem se davam conta... E aí eu voltava para casa... E você sabe como é a minha casa! Ah, Anne, não me veja como uma pessoa invejosa por natureza. Faltavam-me muitas coisas que meus amigos tinham quando era pequena, no entanto nunca me importei com isso; tampouco os odiava. Mas parece que eu me tornei tão odiosa...

– Leslie, querida, pare de se culpar. Você *não* é odiosa nem invejosa. A vida que é obrigada a levar talvez tenha deixado você um pouco ressentida; ela teria arruinado qualquer pessoa de natureza tão delicada e nobre como a sua. Estou permitindo que me conte tudo isso porque acredito que é melhor desabafar e lavar a alma. Só não se culpe mais.

– Tudo bem, então. Eu apenas queria que você me conhecesse como realmente sou. O dia em que me contou sobre sua amada expectativa para a primavera foi o pior de todos, Anne. Jamais me perdoarei pela forma como me comportei. Eu me arrependi com lágrimas.

ANNE E A CASA DOS SONHOS

E, sim, coloquei muitos pensamentos tenros e afetuosos na roupinha que fiz. Mas eu deveria saber que qualquer coisa feita por mim acabaria virando uma mortalha.

– Isso já é demasiadamente amargo e mórbido, Leslie. Afaste esses pensamentos. Fiquei tão feliz com o seu presente. E, já que tive de perder a pequena Joyce, gosto de pensar que a roupa usada por ela foi a que você fez quando se permitiu me amar.

– Sabe, Anne? Creio que vou amar você para sempre depois disso. Acho que nunca mais vou me sentir daquela forma vergonhosa. Ter confessado parece ter ajudado a destruir aquele sentimento, de alguma forma. É muito estranho, e para mim foi muito real e exasperante. É como abrir a porta de um quarto escuro onde você acha que mora uma criatura horripilante... E, quando a luz entra, o seu monstro não passa de uma sombra, que desaparece sob a claridade. Ele nunca mais vai se interpor entre nós.

– Não, pois agora somos amigas de verdade, Leslie, e estou muito contente.

– Espero que não me entenda mal se eu disser mais uma coisa. Anne, meu coração entrou em um luto profundo quando você perdeu a sua filha, e, se eu pudesse tê-la salvado cortando uma de minhas mãos, eu o teria feito. Porém, a sua tristeza acabou nos aproximando. Sua felicidade perfeita não é mais uma barreira entre nós. Ah, não me leve a mal, querida... Não estou contente por sua felicidade não ser mais perfeita, e posso afirmar isso com sinceridade. Contudo, não há mais um abismo entre nós.

– Eu compreendo, Leslie. Agora, vamos deixar o passado para trás com tudo que foi desagradável. Tudo vai ser diferente. Nós duas somos do povo que conhece José, agora. Você tem sido maravilhosa. E, Leslie, não posso deixar de acreditar que a vida ainda lhe reserva algo bom e encantador.

Leslie balançou a cabeça.

– Não – disse, sem forças. – Não há mais esperanças. Dick nunca vai melhorar. E, se recuperasse a memória... Ah, as coisas seriam muito piores. Você, sendo uma esposa feliz, não conseguiria entender. Anne, a senhorita Cornelia chegou a contar como eu me casei com Dick?

– Sim.

– Que bom. Eu queria que soubesse, só não conseguia tocar no assunto. Anne, sinto que a vida tem sido um amargor desde os meus doze anos. Antes disso, tive uma infância feliz. Éramos muito pobres, mas não nos importávamos. Papai era um homem esplêndido, tão inteligente, amoroso e empático. Fomos grandes camaradas, até onde me lembro. E a mamãe era tão doce. Era muito, muito linda. Eu me pareço com ela, só não sou tão bonita.

– A senhorita Cornelia disse que você é ainda mais.

– Ela está errada ou está querendo me proteger. Acho que minha silhueta é melhor, pois a mamãe andava encurvada por causa do trabalho árduo; contudo, tinha um rosto angelical. Eu costumava venerá-la. Todos nós a venerávamos: papai, Kenneth e eu.

Anne lembrou-se de que a senhorita Cornelia havia passado uma impressão muito diferente da mãe de Leslie. E, afinal, a visão do amor não era a mais verdadeira? Mesmo assim, Rose West *foi* egoísta ao obrigar a filha a se casar com Dick Moore.

– Kenneth era meu irmão. Ah, não sei expressar o quanto eu o amava. Ele morreu de uma maneira muito cruel. Você sabe como?

– Sim.

– Anne, eu vi o rosto dele enquanto a roda o esmagava. Ele caiu de costas. Anne... Anne... Posso vê-lo agora. E sempre o verei. Tudo que peço aos céus é que apague essa lembrança da minha mente. Ah, meu Deus!

– Leslie, não precisa falar disso. Eu já conheço a história; não precisa entrar em detalhes que servirão apenas para atormentar sua alma a troco de nada. Ela vai desaparecer da sua lembrança.

Após um momento de luta interna, Leslie recobrou um pouco do autocontrole.

– Foi quando a saúde do papai piorou. Ele passou a depender de nós, e foi aos poucos perdendo o juízo... Já sabe disso, também?

– Sim.

– Então, só me restou a minha mãe. E eu era muito ambiciosa. Pretendia lecionar e economizar para pagar meus estudos na faculdade. Eu ansiava chegar ao topo... Ah, é melhor também não falar disso. Não é necessário. Você sabe o que aconteceu. Não suportaria ver a minha mãezinha querida de coração partido, depois de ter trabalhado feito uma escrava a vida inteira, despejada da própria casa. E é claro que eu poderia ganhar o suficiente para nós duas, mas a mamãe *não podia* deixar o lar dela. Ela chegou ali recém-casada e amou tanto o meu pai... Todas as lembranças dela estavam lá. Até hoje, Anne, quando penso que a fiz feliz durante o último ano de vida dela, não sinto arrependimento. Quanto ao Dick... Eu não o detestava no início. Eu tinha por ele o mesmo sentimento indiferente de amizade que tinha por meus colegas de escola. Apesar de saber que ele bebia demais, não conhecia a história da garota na vila dos pescadores. Se soubesse, *jamais* teria me casado com ele, nem mesmo pelo bem da minha mãe. Passei a odiá-lo *de verdade* depois disso, e a mamãe nunca descobriu. Então ela morreu... e eu fiquei só. Eu tinha apenas dezessete anos e estava sozinha. Dick havia partido no *Four Sisters*, e eu esperava que não fosse demorar para voltar. O mar sempre esteve no sangue dele. Não tinha outra esperança à qual me agarrar. Bem, como você sabe, o capitão o trouxe para casa... E o resto é história. Agora você me conhece, Anne... O pior de mim... E todas as barreiras foram derrubadas. Ainda quer ser minha amiga?

Anne olhou através das bétulas para a branca lanterna de papel de uma lua crescente que descia em direção ao golfo, com uma expressão muito doce.

– Seremos amigas para sempre – disse. – O tipo de amizade que nunca tive. A vida inteira tive muitos amigos queridos e amados; porém, Leslie, há algo em você que eu nunca encontrei em ninguém. Você tem mais a me oferecer com sua rica natureza, e eu tenho mais para lhe dar do que jamais tive em minha infância negligenciada. Somos duas mulheres e amigas para sempre.

Elas deram as mãos e sorriram em meio às lágrimas que embaçavam os pares de olhos acinzentados e azuis.

A SENHORITA CORNELIA RESOLVE AS COISAS

Gilbert insistiu que Susan continuasse ajudando na casinha durante o verão. Anne protestou de início.

– A vida só com nós dois aqui é tão agradável, Gilbert. A presença de outra pessoa acabaria atrapalhando. Susan é uma boa alma, mas é uma estranha. Não vejo problema em fazer o serviço de casa.

– Você deve seguir as orientações do seu médico – disse Gilbert. – Há um velho ditado que diz: "Em casa de ferreiro, o espeto é de pau". E não quero que seja verdadeiro na minha casa. Susan continuará aqui até que recupere as forças e suas maçãs do rosto voltem a ficar viçosas.

– Descanse, querida senhora – disse Susan, entrando abruptamente. – Relaxe e não se preocupe com a despensa. Susan está no leme. Mais vale um punhado de tranquilidade do que ambas as mãos cheias de trabalho e aflição de espírito. Levarei o café da manhã para a senhora todos os dias.

– Não vai mesmo! – riu Anne. – Concordo com a senhorita Cornelia, é um escândalo uma mulher que não está doente fazer o desjejum na cama, e que isso quase justifica o comportamento dos homens!

ANNE E A CASA DOS SONHOS

– Ah, Cornelia – disse Susan, com um desprezo inefável. – Espero que tenha o bom senso de não dar ouvidos a tudo que a Cornelia Bryant diz. Não sei por que ela precisa reclamar sempre dos homens, sendo que é uma solteirona. *Eu* também sou solteira, e vocês não me ouvem difamar os homens. Gosto deles. Teria me casado se tivesse tido a chance. Não é estranho que nunca alguém tenha me pedido em matrimônio, querida senhora? Não sou uma beldade, mas sou tão bonita quanto a maioria das mulheres casadas. Mesmo assim, nunca tive um namorado. Por que será?

– Pode ser o destino – sugeriu Anne, com uma solenidade sobrenatural.

Susan assentiu.

– É o que penso com frequência, querida senhora, e o que me conforta imensamente. Não me importo se ninguém me quer, contanto que seja parte dos planos do Senhor. Mas, às vezes, a dúvida surge, e eu me pergunto se não é o capeta metido nisso. Nessas ocasiões, não consigo me tranquilizar. Talvez – acrescentou Susan, animando-se – eu ainda me case um dia. Minha tia costumava repetir um antigo verso: "Não há gansa pomposa que um ganso honesto não faça de esposa"! É só no túmulo que uma mulher pode perder as esperanças de se casar, querida senhora. Enquanto isso, vou fazer uma fornada de tortas de cereja. São as favoritas do doutor, notei; e eu *adoro* cozinhar para um homem que honra os mantimentos.

A senhorita Cornelia apareceu naquela tarde, esbaforida.

– O mundo e o demônio não me incomodam muito, mas a carne, *sim* – admitiu. – Você parece sempre tão fresca quanto uma alface, querida Anne. É cheiro de torta de cereja que estou sentindo? Se for, convide-me para o chá. Ainda não comi nenhuma neste verão. Todas as minhas cerejas foram roubadas por aqueles malandros dos garotos Gilman, de Glen.

– Cuidado, Cornelia – repreendeu o capitão Jim, que lia um romance sobre o mar em um canto da sala –, você não deveria acusar aqueles pobres garotos sem mãe antes de ter provas. O fato de o pai deles não

149

ser lá muito honesto não é motivo para chamá-los de ladrões. É mais provável que os tordos tenham comido suas cerejas. Há um monte deles neste ano.

– Tordos! – desdenhou a senhorita Cornelia. – Rá! Tordos com duas pernas, acreditem em mim!

– Bem, a maioria dos tordos de Four Winds é assim – disse o capitão seriamente.

A senhorita Cornelia o encarou por um instante. Então, reclinou-se na cadeira de balanço e gargalhou.

– Bem, você me pegou desta vez, Jim Boyd. Tenho que admitir. Veja como ele está satisfeito, querida Anne, sorridente como o gato de Cheshire[23]. Quanto aos tordos, se tiverem pernas peladas e queimadas de sol e usarem calças rasgadas como as que eu vi na minha cerejeira na semana passada, em um amanhecer, pedirei desculpas aos garotos do senhor Gilman. Quando cheguei lá, já tinham ido embora. Não tinha entendido como conseguiram fugir tão rápido, mas o capitão já esclareceu as coisas. Eles saíram voando, é claro.

O capitão Jim riu e foi embora, recusando com pesar o convite para jantar e desfrutar de um pedaço de torta.

– Estou indo à casa de Leslie perguntar se ela quer receber um pensionista – contou a senhorita Cornelia. – Recebi uma carta de uma tal de senhora Daly, de Toronto, que se hospedou comigo dois anos atrás. Ela quer que eu receba um amigo dela durante o verão. O nome dele é Owen Ford. Ele é jornalista e aparentemente é o neto do diretor da escola, o qual construiu esta casa. A filha mais velha de John Selwyn casou-se com um sujeito de Ontário de sobrenome Ford, e este é o filho dela. Ele quer conhecer o lugar onde os avós moraram. Está se recuperando de um caso sério de febre tifoide, e o médico aconselhou que viesse para o litoral. Em vez do hotel, ele prefere um lugar tranquilo e caseiro. Não posso recebê-lo, pois vou viajar em agosto. Fui nomeada representante para a convenção da Sociedade Missionária, em Kingsport. Não sei se

---

23 Também conhecido como o Gato Risonho ou o Gato Listrado de *Alice no País das Maravilhas*, do escritor inglês Lewis Carroll (1832-1898). (N. T.)

Leslie vai querer recebê-lo, mas não sei de mais ninguém. Se ela não puder, ele terá de se hospedar do outro lado do porto.

– Passe aqui depois e nos ajude a comer as tortas de cereja – disse Anne. – Traga Leslie e Dick, se quiserem vir. Então, você vai para Kingsport? Vai se divertir bastante. Pedirei que leve uma carta para um amigo meu que mora lá, o senhor Jonas Blake.

– Convenci a senhora Thomas Holt a ir comigo – disse a senhorita Cornelia. – Ela está precisando de uma folga, acredite em mim. Está se matando de tanto trabalhar. Tom Holt sabe fazer crochê lindamente, só que não consegue sustentar a família. Nunca consegue acordar cedo para trabalhar, apesar de isso não ser um problema quando o assunto é pescaria, pelo que percebi. Não é típico de um homem?

Anne sorriu. Ela aprendera a desconsiderar boa parte das opiniões da senhorita Cornelia sobre os homens de Four Winds. Do contrário, ela acreditaria que são a mais variada coleção de imorais e inúteis do mundo. Ela sabia que esse Tom Holt, por exemplo, era um marido amoroso, um pai adorado e um excelente vizinho. Se tinha propensão a ser preguiçoso, preferindo seguir o talento inato da pesca a ser um agricultor a contragosto, ou se tinha o hábito excêntrico e inofensivo de costurar, ninguém além da senhorita Cornelia parecia se importar. A esposa dele era uma mulher batalhadora, que se realizava ao trabalhar arduamente. A família ganhava o suficiente com a fazenda para viver com conforto, e seus filhos e filhas robustos, herdeiros da energia da mãe, estavam destinados a terem sucesso no mundo. Não havia casa mais alegre em Glen St. Mary do que a dos Holts.

A senhorita Cornelia voltou satisfeita da casa além do riacho.

– Leslie vai hospedá-lo – anunciou. – Aceitou a oportunidade no ato. Ela pretendia juntar um dinheirinho para reformar o telhado no outono, mas não sabia como. Creio que o capitão ficará muito interessado quando ouvir que um neto dos Selwyns virá para cá. Leslie pediu para avisar que estava louca de vontade de comer uma torta de cereja, mas não pode vir porque precisa caçar os perus, os quais escaparam. Disse que, se sobrar algum pedaço, é para você guardá-lo na despensa e ela virá saboreá-lo na hora em que os gatos saírem para caçar, quando é permitido perambular por aí. Querida Anne, não sabe o bem que fez para o meu coração ouvir Leslie mandar um recado desses, rindo como não fazia há tempos. Há uma grande chance de que venha mais tarde. Ela ri e brinca como uma garota e, pelo que diz, vem aqui com frequência.

– Todos os dias; ou então eu vou até lá – disse Anne. – Não sei o que faria sem a Leslie, especialmente agora que Gilbert está tão ocupado. Quase nunca está em casa, exceto algumas poucas horas à noite. Está trabalhando demais. Muitas pessoas do outro lado do porto mandam chamá-lo.

– Eles deveriam se contentar com o médico que têm – disse a senhorita Cornelia. – Se bem que não posso culpá-los, pois ele é metodista. Desde quando o senhor Blythe curou a senhora Allonby, o povo acha que ele é capaz de ressuscitar os mortos. Suspeito que o senhor Dave esteja um tanto enciumado, o que é típico de um homem. Ele acha que o doutor Blythe segue métodos modernos demais! "Bem", eu disse a ele, "foi um método moderno que salvou a Rhoda Allonby. Se *você* a tivesse atendido, ela estaria agora debaixo de uma lápide com algum epitáfio dizendo que foi a vontade de Deus". Ah, eu *adoro* dizer o que penso para o doutor Dave! Ele manda em Glen há anos e se acha mais sábio do que todo mundo. Por falar em médicos, gostaria que o doutor Blythe examinasse o furúnculo no pescoço de Dick Moore. É algo além da capacidade de Leslie. Não sei por que Dick começou a ter furúnculos. Como se já não tivesse problemas suficientes!

– Sabia que o Dick simpatizou comigo? – disse Anne. – Ele me segue como um cachorro e sorri como uma criança contente quando lhe dou atenção.

– Ele não lhe dá arrepios?

– De forma alguma. Gosto do pobre Dick Moore. Acho que ele é digno de compaixão e, de alguma forma, é simpático.

– Você não o acharia simpático nos tempos de esbórnia, acredite em mim. Mas fico feliz por não se incomodar com ele; é melhor

ANNE E A CASA DOS SONHOS

para Leslie. Ela terá mais trabalho quando o hóspede chegar. Espero que seja uma pessoa decente. Você provavelmente vai gostar dele; é um escritor.

– Pergunto-me por que as pessoas acham que, só porque dois indivíduos são escritores, eles têm muito em comum – disse Anne, um tanto desdenhosa. – Ninguém espera de dois ferreiros uma conexão intensa um com o outro meramente por serem ferreiros.

Não obstante, ela esperava a vinda de Owen Ford com uma agradável expectativa. Se fosse jovem e afável, poderia ser uma bela adição para a sociedade de Four Winds. A casinha estava sempre aberta para o povo de José.

A CHEGADA DE OWEN FORD

Certa tarde, a senhorita Cornelia telefonou para Anne.

— O escritor acabou de chegar. Vou levá-lo até a sua casa, e você pode mostrar como chegar à casa de Leslie. É mais rápido do que ir de charrete pela outra estrada, e estou com uma pressa mortal. O bebê dos Reeses caiu em uma panela com água quente em Glen e quase morreu, e eles querem que eu vá para lá o quanto antes... Para cuidar da pele do pobrezinho, eu presumo. A senhora Reese é tão descuidada, e sempre espera que os outros reparem os erros dela. Você não se importa, não é mesmo? As malas dele podem ser levadas amanhã.

— Muito bem – disse Anne. – Como ele é, senhorita Cornelia?

— Você verá como ele é por fora quando o trouxer aqui. Já como é por dentro, só Deus sabe. Não vou dizer mais nada, pois todos os telefones de Glen estão fora do gancho.

— A senhorita Cornelia evidentemente não encontrou muitas falhas na aparência do senhor Ford, do contrário teria comentado independentemente dos outros ouvintes – disse Anne. – Portanto, Susan, concluo que o senhor Ford está mais para bonito do que o contrário.

— Bem, minha querida senhora, eu *gosto* de olhar para um homem bem-apessoado – disse Susan candidamente. – Não seria melhor preparar alguma coisa para ele comer? Posso fazer uma torta de morango de derreter na boca.

– Não, Leslie preparará um jantar para recebê-lo. Além disso, quero que faça essa torta de morango para o meu pobre homem. Ele só vai chegar mais tarde, então deixe a torta e um copo de leite para ele, Susan.

– Assim farei, querida senhora. Susan está no leme. Afinal, é melhor dar uma torta para o seu próprio homem do que para estranhos, que talvez só estejam interessados em comer; e o doutor é tão formoso quanto qualquer outro homem que encontramos por aí.

Quando a senhorita Cornelia chegou com Owen Ford, Anne admitiu secretamente que, de fato, ele era "formoso". Alto e de ombros largos, com cabelos negros e espessos, nariz e queixo proeminentes, e grandes e brilhantes olhos cinzentos escuros.

– E você notou as orelhas e os dentes dele, querida senhora? – inquiriu Susan mais tarde. – Ele tem as orelhas mais bem delineadas que já vi na cabeça de um homem. Tenho um interesse especial por orelhas. Quando era jovem, eu tinha medo de ter de me casar com um homem com orelhas de abano. Uma preocupação inútil, já que nunca tive sequer uma chance com nenhum tipo de orelha.

Anne não notara as orelhas de Owen Ford, mas reparara nos dentes quando os lábios dele se abriram em um sorriso franco e amigável. Sem sorrir, o rosto dele era triste e desprovido de expressão, como o herói melancólico e inescrutável dos sonhos pueris de Anne; no entanto, a alegria, o bom humor e o charme o iluminavam quando sorria. Certamente, do lado de fora, como a senhorita Cornelia dissera, Owen Ford era um sujeito muito apresentável.

– Senhora Blythe, não imagina como estou contente por estar aqui – disse ele, olhando ao redor com avidez e interesse. – Tenho a estranha sensação de estar em casa. Minha mãe nasceu e passou a infância aqui, sabia? Ela costumava falar bastante sobre o antigo lar dela. Conheço a geografia desse lugar tão bem quanto a da casa em que vivi, e obviamente ela me contou as histórias da construção desta casa e da vigília agoniada do meu avô pelo *Royal William*.

Imaginei que uma casa tão antiga havia desaparecido anos atrás, senão teria vindo visitá-la antes.

– Casas antigas não desaparecem com facilidade nesta costa encantada – sorriu Anne. – Esta é uma "terra onde tudo sempre parece o mesmo", ou quase sempre, pelo menos. A casa de John Selwyn não mudou muito, e as roseiras que seu avô plantou para a noiva dele estão em flor neste exato momento.

– Como esse pensamento me conecta a eles! Com a sua permissão, pretendo explorar esse lugar o quanto antes.

– Nossa porta estará sempre aberta para você – prometeu Anne. – E você sabe que o velho capitão que toma conta do farol de Four Winds conhecia bem John Selwyn e a esposa? Ele me contou a história na noite em que chegamos aqui. Sou a terceira noiva a morar nesta velha casa.

– Inacreditável! Esta sim é uma descoberta. Tenho que encontrá-lo.

– Não será difícil, pois somos todos amigos do capitão Jim. Ele está tão ansioso para conhecê-lo quanto você. Sua avó fulgura na lembrança dele como uma estrela. Agora, creio que a senhora Moore está à sua espera. Vou mostrar o nosso atalho.

Anne o acompanhou riacho acima até a casa, por um campo coberto de margaridas brancas como a neve. Havia um barco apinhado de pessoas cantando do outro lado do porto. O som pairava sobre o mar iluminado pelas estrelas como uma música sutil e ultraterrena trazida pelo vento. O grande facho de luz piscava e reluzia. Owen Ford olhou ao redor com satisfação.

– Então, aqui é Four Winds – disse. – Não estava preparado para algo tão bonito, apesar de todos os elogios da minha mãe. Que cores, que paisagem, quanto charme! Estarei forte como um touro em um piscar de olhos. E, se a inspiração nasce da beleza, certamente poderei começar a escrever meu grande romance canadense aqui.

– Ainda não começou? – perguntou Anne.

– Lamentavelmente, não. Ainda não consegui encontrar um tema central adequado. Ele me chama, me seduz e então retrocede, escapando de mim quando estou prestes a agarrá-lo. Talvez em meio a toda essa paz e tranquilidade eu possa capturá-lo. A senhorita Bryant me contou que você escreve.

– Ah, contos para crianças. Não tenho escrito muito desde que me casei. E não tenho planos para um grande romance canadense – riu Anne. – Está muito além de mim.

Owen Ford também riu.

– Ouso dizer que também está além de mim. Ainda pretendo tentar algum dia, se tiver tempo. Um jornalista não tem muito tempo para essas coisas. Já escrevi diversos contos para revistas, mas nunca tive o tempo livre necessário para escrever um livro. Entretanto, nesses três meses de liberdade, eu preciso dar início... Se ao menos eu encontrasse o tema certo... A *alma* do livro.

Uma ideia pipocou no cérebro de Anne com uma subitaneidade que a sobressaltou. Ela não a expressou, entretanto, pois haviam chegado à casa dos Moores. Conforme atravessavam o jardim, Leslie surgiu da escuridão na varanda pela porta lateral à procura de seu convidado. Permaneceu ali, banhada pela cálida luz amarela que saía pela porta aberta. Usava um vestido simples de algodão cor de creme, com a usual faixa carmim. Leslie sempre exibia um toque rubro. Ela contara a Anne que não se sentia satisfeita sem algum detalhe vermelho, mesmo que fosse apenas uma flor. Anne sempre achou que isso simbolizava a personalidade resplandecente e sufocada de Leslie, proibida de se expressar, salvo aquela centelha flamejante. O vestido tinha um decote modesto e mangas curtas. Os braços dela pareciam cálidos como marfim. Cada curva delicada da silhueta dela se destacava contra o anoitecer. Os cabelos pareciam estar em chamas. Atrás dela, estrelas desabrochavam no céu sobre o porto.

Anne ouviu o acompanhante arfar. Mesmo no lusco-fusco, ela podia ver o espanto e a admiração no rosto dele.

– Quem é aquela bela criatura? – perguntou ele.

– Aquela é a senhora Moore. Ela é adorável, não acha?

– Eu... nunca vi algo parecido – respondeu, deslumbrado. – Não estava preparado... Eu não esperava... Deus do céu, ninguém espera encontrar uma *deusa* como uma proprietária de terras! Ora, se ela estivesse com um manto de algas roxas e um diadema de ametistas nos cabelos, seria uma verdadeira rainha do mar. E ainda aceita hóspedes!

– Até as deusas precisam de sustento – disse Anne. – E Leslie não é uma deidade. É apenas uma mulher bonita, tão humana quanto o resto de nós. A senhorita Bryant contou sobre o senhor Moore?

– Sim... que ele tem problemas mentais, ou algo do tipo, não? Mas ela não disse nada sobre a senhora Moore, e eu a imaginara uma típica dona de casa batalhadora do interior, que recebe hóspedes para ganhar a vida honestamente.

– Bem, é o que Leslie está fazendo – afirmou Anne. – E não é algo prazeroso para ela. Espero que não se incomode com Dick. Se for o caso, por favor, não deixe Leslie perceber. Isso a magoaria profundamente. Ele é só um bebê grande, e às vezes pode ser bem irritante.

– Ah, ele não me incomodará. De qualquer forma, acredito que não passarei muito tempo na casa, exceto nas refeições. Mas que lástima! Ela deve ter uma vida dura.

– E tem mesmo; mas Leslie não gosta que sintam pena dela.

Leslie voltou para dentro de casa e os encontrou na porta da frente. Ela cumprimentou Owen Ford com gélida civilidade, informando de maneira profissional que o quarto e o jantar dele estavam prontos. Dick, com um sorriso satisfeito, subiu as escadas a passos pesados com a mala, e Owen Ford instalou-se como inquilino na casa entre os salgueiros.

O LIVRO DA VIDA DO CAPITÃO JIM

– Tive uma ideia que pode se metamorfosear em algo magnífico – contou Anne a Gilbert ao chegar em casa. Ele voltara mais cedo do que o esperado e estava saboreando a torta de cereja de Susan. A própria Susan estava parada em um canto afastado como um espírito benéfico, ainda que austero, deliciando-se em assistir a Gilbert comer a torta tanto quanto ele em saboreá-la

– Qual foi a sua ideia? – perguntou ele.

– Ainda não a revelarei, não até ter certeza de que posso torná-la realidade.

– Como é o Ford?

– Ah, é bastante simpático e muito bonito.

– Ele tem orelhas lindas, querido doutor – interveio Susan, com prazer.

– Tem entre trinta e trinta e cinco anos, eu acho, e pretende escrever um romance. É dono de uma voz agradável e um sorriso encantador e sabe como se vestir. Ainda assim, tive a impressão de que a vida dele não foi fácil.

Owen Ford fez uma visita na tarde seguinte, trazendo um bilhete de Leslie para Anne. Eles assistiram ao pôr do sol do jardim e então deram um passeio pelo porto enluarado no bote que Gilbert providenciara para os passeios de verão. Eles gostaram imensamente de Owen e tiveram a sensação de o conhecerem há muitos anos, o que distingue a irmandade da casa de José.

– Ele é tão bonito quanto as orelhas, querida senhora – comentou Susan quando ele foi embora. Ele lhe dissera que jamais havia provado algo parecido com o bolo de morango dela, ganhando assim o coração suscetível de Susan para sempre.

"Ele tem estilo", refletiu enquanto limpava os restos do jantar. "É muito estranho que não seja casado, pois um homem daquele poderia ter a mulher que quisesse. Bem, talvez ele seja como eu e ainda não tenha encontrado a pessoa certa". O romantismo foi tomando conta das divagações de Susan conforme lavava os pratos.

Duas noites depois, Anne levou Owen Ford até o farol de Four Winds para apresentá-lo ao capitão Jim. Os campos de trevos ao longo da costa ganhavam flores brancas sob o vento do oeste, e o capitão tinha em exibição um de seus melhores poentes. Ele acabara de voltar do porto.

– Tive de ir contar a Henry Pollack que ele está morrendo. Todo mundo estava com medo de dar a notícia. Achavam que ele reagiria da pior maneira possível, pois estava tão determinado a continuar vivo que havia feito planos até o outono. A esposa achou que ele deveria ser informado e me considerava a melhor pessoa para lhe contar sobre o seu estado. Henry e eu somos velhos amigos; navegamos juntos no *Gray Gull* durante anos. Bem, eu fui até lá, sentei-me na beirada da cama de Henry e disse, de maneira simples e direta, pois acredito que essas coisas devem ser ditas o quanto antes: "Amigo, temo que você tenha recebido ordens para zarpar de vez". Estava tremendo por dentro, pois é horrível ter de dar uma notícia dessas a alguém que não faz a mínima ideia de que está morrendo. Foi então, senhora Blythe, que Henry me encarou com aqueles olhos brilhantes e negros e o rosto enrugado e falou: "Conte-me algo que eu não saiba, Jim Boyd, se vai me dar essa informação. Estou ciente *disso* há uma semana". Fiquei perplexo demais para falar, e Henry apenas riu. "Ver você vir até aqui, com uma expressão tão solene quanto uma lápide, e sentar-se aí com as mãos juntas sobre a barriga para me contar uma novidade embolorada como essa! Isso faria até um gato rir, Jim Boyd", disse ele. "Quem lhe contou?", perguntei, feito um tolo. "Ninguém", disse ele. "Estava deitado aqui na semana passada, na noite de terça-feira, e isso simplesmente me ocorreu. Já tinha suspeitas, mas foi aí que eu *soube*. Não disse nada a respeito disso pelo bem da minha esposa. E eu gostaria de ter construído aquele celeiro, porque eu sei que Eben não vai fazer um bom trabalho. Agora que você já tirou esse peso da consciência, Jim, coloque um sorriso no rosto e me conte algo interessante." Bem, e assim foi. Todos estavam com medo de lhe contar as más novas, e ele já sabia. Estranho como a natureza cuida de nós e nos faz perceber as coisas no momento certo, não? Já contei a história de quando Henry prendeu um anzol no nariz, senhora Blythe?

– Não.

– Bem, ele e eu rimos disso hoje. Aconteceu quase trinta anos atrás. Um dia, Henry, eu e mais outras pessoas saímos para pescar cavalinha. Foi um ótimo dia, eu nunca tinha visto um cardume tão grande de cavalinhas no golfo antes, e, no meio da animação geral, Henry entusiasmou-se tanto que conseguiu cravar um anzol em um lado do nariz. Bem, a situação era a seguinte: havia uma barbela de um lado e um grande pedaço de chumbo do outro, de maneira que não podíamos puxá-lo. Queríamos levá-lo de volta o quanto antes, só que Henry não queria desperdiçar aquela oportunidade. Alegou que não deixaria um cardume daqueles, nem sob a ameaça de pegar tétano, e seguiu pescando, cerrando os punhos e grunhindo de vez em quando. Finalmente, o cardume se afastou, e nós voltamos com o carregamento; eu consegui uma lima e comecei a lixar o anzol. Tentei ser o mais cuidadoso possível, mas, se tivessem ouvido o Henry... Não, é melhor assim. Por sorte, não havia damas por perto. Apesar de nunca ter tido o hábito de xingar, ele aprendera diversos epítetos do tipo durante os anos como marujo, e naquela hora ele os pescou da lembrança e arremessou todos contra mim. Por fim, declarou que não aguentava mais e que eu não tinha um pingo de compaixão. Desse modo, nós o colocamos em uma charrete e eu o levei até um médico em Charlottetown, a quase sessenta quilômetros daqui, pois não havia nenhum outro por perto naquela época, com o bendito anzol ainda preso no nariz dele. Quando chegamos lá, o velho doutor Crabb pegou uma lixa e começou a fazer a mesma coisa que eu tentei; a única diferença foi que ele não estava nem um pouco preocupado em ser delicado!

A visita do capitão Jim ao velho amigo revivera muitas lembranças, e a maré de reminiscências dele estava no ponto alto.

– Henry me perguntou hoje se eu me lembro da vez em que o padre Chiniquy abençoou o barco do Alexander MacAllister. Outro caso extraordinário e tão verídico quanto a Bíblia. Certa manhã, nós partimos no barco do Alexander MacAllister ao amanhecer. Havia também um garoto francês a bordo; católico, é claro. O padre Chiniquy havia se convertido ao protestantismo, sendo assim os católicos não o viam com bons olhos. Bem, ficamos sob o sol escaldante até o meio-dia, e nada mordeu nossas iscas. Quando voltamos, o padre Chiniquy precisou ir embora e disse com a educação de sempre: "Sinto muito não poder acompanhá-los, senhor MacAllister, mas deixo a minha bênção. Vocês pegarão mil peixes nesta tarde". Bem, não foram mil, foram exatamente novecentos e noventa e nove peixes, o maior carregamento de um barco pequeno em toda a costa norte naquele verão. Curioso, não é mesmo? Alexander MacAllister disse para Andrew Peters: "Então, o que acha do padre Chiniquy agora?". E Andrews resmungou: "Ora, creio que o velho diabo ainda tem algumas bênçãos sobrando". Ah, como Henry riu disso hoje!

– Você sabe quem é o senhor Ford, capitão Jim? – perguntou Anne, notando que a fonte de recordações do capitão se esgotara por um momento. – Quero que tente adivinhar.

Ele balançou a cabeça.

– Nunca fui bom com adivinhações, senhora Blythe. Mesmo assim, quando cheguei aqui, pensei: "De onde eu conheço e vi esses olhos?". Pois eu já os vi!

– Pense em uma manhã de setembro, muitos anos atrás – disse Anne, suavemente. – Pense em um barco entrando no porto, um barco aguardado há muito tempo, com muito desespero. Pense no dia em que o *Royal William* chegou e na primeira vez que você viu a noiva do diretor da escola.

O capitão Jim pôs-se de pé subitamente.

– São os olhos de Persis Selwyn! – ele quase gritou. – Você não pode ser o filho dela, deve ser o...

– Neto. Sim, eu sou filho de Alice Selwyn.

O capitão aproximou-se de Owen Ford e apertou a mão dele mais uma vez.

– O filho de Alice Selwyn! Céus, seja bem-vindo! Muitas vezes me perguntei onde os descendentes do diretor da escola vivem. Sabia que não havia nenhum na Ilha. Alice... Alice, o primeiro bebê a nascer naquela casinha. Nenhum outro jamais me proporcionou tanta alegria! Segurei-a em meus braços centenas de vezes. Ela deu os primeiros passos sozinha, apoiando-se nos meus joelhos. Posso ver o rosto da mãe dela assistindo à cena, que foi quase sessenta anos atrás. Ela ainda é viva?

– Não, ela morreu quando eu era garoto.

– Ah, não me parece correto estar vivo para ouvir isso – suspirou o capitão Jim. – Mas me alegro de coração por conhecer. Por um momento, voltei a ser jovem. Você ainda não sabe que bênção é isso. A senhora Blythe possui esse dom, e com frequência tenho essa mesma sensação.

O capitão Jim ficou ainda mais animado quando descobriu que Owen Ford era um "verdadeiro homem das palavras", como ele mesmo definiu. Ele o contemplou como um ser superior. O capitão sabia que Anne escrevia, no entanto nunca levara isso muito a sério. Ele achava as mulheres criaturas adoráveis, as quais deveriam ter o direito de votar e tudo o mais que quisessem, com a bênção de Deus; todavia, não acreditava na capacidade delas em serem escritoras.

"Vejam o caso de *Um Louco Amor*", argumentaria ele. "Foi escrito por uma mulher. E o resultado? Uma história de 103 capítulos que poderia ter sido contada em dez. Uma escritora nunca sabe quando parar, é esse o problema. Escrever bem é saber quando parar".

– O senhor Ford quer ouvir uma de suas histórias, capitão Jim – disse Anne. – Conte aquela sobre o capitão que enlouqueceu e começou a imaginar que era o Holandês Voador.

Era a melhor história do capitão Jim, uma mistura de horror e comédia. Embora Anne já a tivesse ouvido várias vezes, ela riu com gosto e estremeceu de medo da mesma forma que o senhor Ford. Em seguida vieram outros casos, pois o capitão tinha uma plateia que lhe agradava. Ele contou como o barco dele foi atropelado por um navio a vapor; contou sobre a vez em que foi abordado por piratas malaios; sobre quando o barco pegou fogo; como ajudou um prisioneiro político a escapar da República da África do Sul; do outono em que naufragou nas Ilhas da Madalena, onde ficou até o verão; da vez em que um tigre escapou a bordo do barco; da ocasião em que a tripulação dele fez um motim e o largou em uma ilha deserta; esses e muitos outros contos trágicos, engraçados ou grotescos. O mistério do mar, o fascínio das terras longínquas, a tentação da aventura, os encantos do mundo: os ouvintes puderam experimentar tudo isso. Owen Ford ouvia, com a cabeça apoiada em uma das mãos e o Segundo Oficial ronronando sobre o colo, com os olhos vidrados no rosto enrugado e eloquente do capitão Jim.

– Por que não mostra ao senhor Ford o seu livro da vida? – perguntou Anne quando o capitão finalmente decretou que as histórias haviam terminado por ora.

– Ah, não quero incomodá-lo com isso – protestou o capitão, que secretamente não pensava em outra coisa.

– Eu adoraria vê-lo, capitão Boyd – disse Owen. – Se for tão maravilhoso quanto suas histórias, valerá a pena.

Com falsa relutância, o capitão Jim pegou o livro do velho baú e o entregou a Owen.

– Não acho que você vai perder muito tempo com minhas velhas anotações. Não tive muito estudo – acrescentou às pressas. – Eu só o escrevi para divertir o meu sobrinho Joe. Ele sempre me pede para

ANNE E A CASA DOS SONHOS

contar histórias. Veio aqui ontem e me perguntou, em um tom de reprovação, enquanto eu carregava um bacalhau de nove quilos para fora do barco: "Tio Jim, peixes não são animais?". Eu havia lhe ensinado que devemos ser bons com os animais e nunca os maltratar, sob hipótese alguma. Eu me safei dizendo que os peixes eram um tipo diferente de animal, mas o Joe não me pareceu satisfeito com a resposta, e eu tampouco fiquei. Temos de tomar muito cuidado com o que dizemos para aquelas criaturinhas. Eles não deixam passar nada.

Enquanto falava, o capitão observava de canto de olho Owen examinar o livro da vida. Ao perceber que o convidado estava perdido na leitura, virou-se com um sorriso para o armário e começou a preparar o chá. Owen Ford deixou o livro de lado para beber uma xícara de chá com a mesma relutância com que um avarento se separa de seu ouro; então, retomou-o avidamente.

– Ah, pode levar essa coisa com você se quiser – disse o capitão, como se "essa coisa" não fosse o maior tesouro dele. – Tenho de ir lá embaixo e prender meu bote. Uma ventania se aproxima. Vocês viram o céu nesta noite? Um céu repleto de ondas feitas de nuvens faz com que os barcos baixem suas velas.

Owen Ford aceitou a oferta com alegria. No caminho de volta, Anne lhe contou a história da Margaret desaparecida.

– Aquele velho capitão é um senhor extraordinário – disse Owen Ford. – E que vida levou! Teve mais aventuras em uma semana de vida do que a maioria de nós tem na vida inteira. Você acredita que todas as histórias são verdadeiras?

– Com certeza. Garanto que o capitão Jim é incapaz de contar uma mentira; além disso, todas as pessoas por aqui dizem que as coisas aconteceram exatamente como ele conta. Ela tinha os velhos amigos marujos para corroborar suas histórias, mas agora é o último dos antigos capitães dos mares da Ilha do Príncipe Edward. Quase todos já foram extintos.

ESCREVENDO O LIVRO

Na manhã seguinte, Owen Ford chegou muito entusiasmado à casinha dos sonhos.

– Senhora Blythe, este livro é maravilhoso, absolutamente maravilhoso. Se eu pudesse usar todo esse material, estou certo de que conseguiria escrever o livro do ano. Acha que o capitão Jim permitiria?

– Permitir? Tenho certeza de que ficaria empolgadíssimo! – exclamou Anne. – Devo admitir, era isso que eu tinha em mente quando o levei até lá na noite passada. O capitão sempre quis alguém para redigir apropriadamente o livro da vida dele.

– Gostaria de me acompanhar até a farol nesta tarde, senhora Blythe? Eu mesmo perguntarei sobre o livro, mas gostaria que você dissesse a ele sobre ter me contado a história da Margaret e lhe pedisse permissão para eu a usar como base para o romance, o qual interligará todas as histórias do livro da vida dele de maneira harmoniosa.

O capitão Jim ficou mais extasiado do que nunca com o plano de Owen Ford. Finalmente aquele grande sonho se concretizaria, e o mundo conheceria o "livro da vida" dele. Também ficou muito satisfeito com a inclusão da história de Margaret.

ANNE E A CASA DOS SONHOS

– Incluir o nome dela fará com que este jamais seja esquecido – disse, esperançoso.

– Trabalharemos juntos! – entusiasmou-se Owen. – Você com a alma do livro, e eu com o corpo. Ah, nosso livro ficará famoso, capitão Jim. E temos de pôr as mãos à obra o quanto antes.

– E pensar que meu livro será escrito pelo neto do diretor da escola! – exclamou o capitão. – Rapaz, seu avô era um grande amigo meu. Achei que não havia alguém igual a ele. Agora vejo por que tive de esperar tanto tempo pela pessoa certa para escrevê-lo. O seu lugar é aqui, a alma desta velha costa do norte existe dentro de você, e ninguém mais seria capaz de redigi-lo.

Foi combinado que o pequeno cômodo ao lado da sala de estar do farol seria o local de trabalho de Owen. Era necessário que o capitão Jim ficasse por perto enquanto ele escrevia, para poder consultá-lo sobre muitos assuntos referentes ao universo dos mares e das navegações, o qual Owen desconhecia.

Ele começou a trabalhar no livro na manhã seguinte, dedicando-se de corpo e alma. O capitão foi um homem feliz naquele verão. Ele considerava a sala onde Owen trabalhava um local sagrado. Owen discutia tudo com ele, contudo não o deixava ver o manuscrito.

– Você terá de esperar até que seja publicado. Aí, poderá desfrutá-lo da melhor forma.

Owen mergulhou nos segredos do livro da vida e usou-os livremente. Ele fantasiou e idealizou Margaret até ela se transformar em uma vívida realidade no papel. Conforme progredia, o livro possuía a mente de Owen, que trabalhava com um afinco febril. Ele permitiu que Anne e Leslie lessem e fizessem críticas sobre o manuscrito, e o capítulo final, que posteriormente foi considerado idílico pelos críticos, foi modelado com base nas sugestões de Leslie.

Anne parabenizou a si mesma pelo sucesso da ideia.

– Quando olhei para Owen Ford, soube que era a pessoa certa – contou para Gilbert. – No semblante dele havia o humor e a paixão que,

167

juntos com a arte da expressão, são necessários para a escrita de um livro desses. Como a senhora Rachel diria: ele estava predestinado para a função.

Owen Ford escrevia nas manhãs. As tardes eram geralmente ocupadas por passeios agradáveis com os Blythes. Leslie os acompanhava com frequência, já que era hábito do capitão cuidar de Dick para dar uma folga a ela. Eles passearam de barco pelo porto e os três rios que desaguavam nele; comeram mariscos no banco de areia e mexilhões nas pedras; colheram morangos nas dunas; saíram para pescar bacalhau com o capitão Jim; caçaram tarambolas nos campos da costa e patos silvestres na enseada, ao menos os homens. Ao anoitecer, vagavam pelos campos baixos repletos de margaridas sob a lua dourada ou ficavam na sala de estar da casinha, onde a brisa marinha muitas vezes justificava acender a lareira, falando sobre as mil e uma coisas que pessoas jovens, felizes, animadas e espertas encontram para conversar.

Leslie era outra pessoa depois do dia de sua confissão para Anne. Não havia traços da frieza e do distanciamento de outrora nem sombra do velho amargor. A jovialidade que lhe fora negada parecia ter ressurgido com a maturidade de uma mulher adulta; ela desabrochava como uma flor de chamas e perfume; sua risada era a primeira que ressoava, e seu raciocínio era o mais ágil nos encontros ao entardecer daquele verão mágico. Quando não podia estar presente, todos sentiam como se um sabor requintado estivesse faltando. A beleza de Leslie era ressaltada pela alma que despertara dentro dela, como o brilho róseo de uma lamparina em um vaso impecável de alabastro. Havia momentos em que os olhos de Anne pareciam arder diante do fulgor dela. A Margaret desaparecida do livro de Owen Ford, ainda que tivesse os cabelos castanhos-claros e o rosto delicado da garota que há tanto tempo fora levada pelo mar, "para o leito onde repousa a Atlantis perdida", tinha a personalidade de Leslie Moore que se revelara a ele naqueles dias célebres no porto de Four Winds.

Em suma, foi um verão inesquecível: um daqueles raros de acontecer na vida das pessoas, mas que deixam uma rica herança de recordações. Um verão que, graças à combinação afortunada de clima bom, amigos encantadores e atividades agradáveis, chegou o mais próximo da perfeição que é possível neste mundo.

"Bom demais para durar", disse Anne para si mesma com um leve suspiro, quando a friagem no vento e um tom mais escuro de azul no golfo avisavam que o outono se aproximava.

Naquela tarde, Owen Ford anunciou o término do livro e que suas férias estavam chegando ao fim.

– Ainda tenho muito trabalho pela frente para revisá-lo e poli-lo – disse –, mas o principal já está feito. Escrevi a última frase nesta manhã. Se eu conseguir encontrar uma editora, será lançado no próximo verão ou outono.

Owen não duvidava de que encontraria uma editora. Ele sabia que havia escrito um livro muito bom, um livro que obteria muito sucesso, que ganharia *vida*. Sabia que conquistaria fama e fortuna; ainda assim, ao concluir a frase final, ele baixou a cabeça sobre o manuscrito e assim permaneceu por um bom tempo. Seus pensamentos estavam longe do bom trabalho finalizado.

A CONFISSÃO DE OWEN FORD

– Lamento muito por Gilbert não estar em casa – disse Anne. – Allan Lyons, que mora em Glen, sofreu um sério acidente. Ele só vai chegar tarde da noite. Mas me disse que estará de pé bem cedo para se despedir de você. É uma pena. Susan e eu havíamos organizado uma pequena festa para sua última noite aqui.

Ela estava sentada ao lado do riacho do jardim, no banquinho rústico que Gilbert construíra. Owen Ford estava de pé ao lado dela, encostado na coluna de bronze do tronco de uma bétula. O rosto dele estava muito pálido, exibindo as marcas das noites precedentes sem dormir. Anne, ao erguer o olhar, imaginou se ele conseguira o descanso de que tanto precisava naquele verão. Será que havia trabalhado demasiadamente no livro? Ela lembrou que ele não parecia estar bem há uma semana.

– Na verdade, estou contente que o doutor não esteja – disse Owen lentamente. – Queria ficar a sós com você, senhora Blythe. Precisa desabafar com alguém, senão vou enlouquecer. Há uma semana tento encarar meu dilema e não consigo. Uma mulher com olhos como os seus sempre entende. Você é do tipo de indivíduo para quem as pessoas instintivamente contam as coisas. Senhora Blythe, eu amo Leslie. *Amo!* A palavra não parece ser intensa o suficiente.

A voz dele falhou de repente devido à paixão suprimida. Ele virou-se e escondeu o rosto no braço. O corpo inteiro dele tremia. Anne o encarou, pálida e atormentada. Ela não podia imaginar! Aliás, como ela não tinha pensado nisso antes? Agora, era algo que parecia natural e inevitável. Ela estranhou a própria cegueira. É que... É que... coisas assim não aconteciam em Four Winds. No resto do mundo, as paixões humanas desafiam as convenções e leis humanas, mas não *ali*, certamente. Leslie hospedava pensionistas ocasionalmente havia dez anos, e nada parecido já tinha acontecido. Ah, *alguém* deve ter suspeitado! Por que a senhorita Cornelia não pensou nisso? Ela estava sempre pronta para soar o alarme contra os homens. Anne sentiu um ressentimento irracional da senhorita Cornelia. Então, murmurou para si mesma. Não havia motivos para apontar um culpado, pois o dano estava feito. E Leslie... Como Leslie estava? Era com ela que Anne estava mais consternada.

– A Leslie sabe disso, senhor Ford? – perguntou Anne com cautela.

– Não, não... A menos que tenha adivinhado. Você com certeza não acha que eu seria capaz de tamanha canalhice, senhora Blythe. Não pude evitar de me apaixonar por ela, é essa a verdade, e meu sofrimento é maior do que posso aguentar.

– *Ela* está interessada em você? – perguntou Anne. No instante em que a pergunta cruzou seus lábios, ela percebeu que era um erro. Owen Ford negou profusamente.

– Não, não, é claro que não. Mas eu poderia ganhar o interesse dela se fosse descomprometida. Sei que conseguiria.

"Ela tem interesse, e ele sabe disso", pensou Anne. Em voz alta, ela disse com firmeza e compaixão:

– Ela é comprometida, no entanto, senhor Ford. E a única coisa que você pode fazer é partir em silêncio e deixá-la viver a própria vida.

– Eu sei, eu sei – murmurou Owen. Ele se sentou no banco em meio à grama e encarou melancolicamente a água de tom âmbar do riacho.

– Sei que não há nada que eu possa fazer, nada além de dizer apenas "adeus, senhora Moore, obrigado por ter sido gentil comigo neste verão", como eu teria dito para a dona de casa sonhadora, energética e diligente que eu imaginei que fosse. Em seguida, pagarei por minha estadia como qualquer outro pensionista honesto e irei embora! Ah, é muito simples. Sem dúvida, sem perplexidade; apenas uma estrada reta em direção ao fim do mundo! E eu a seguirei, senhora Blythe, não precisa ter medo. Mesmo que seja mais fácil caminhar sobre barras de ferro incandescentes.

Anne pôde sentir a dor na voz dele. E não havia quase nada que ela pudesse dizer naquela situação. A culpa estava fora de questão, conselhos não eram necessários, e o compadecimento seria um insulto à agonia cruel daquele homem. Ela podia apenas fazer companhia a ele em um labirinto de compaixão e arrependimento. O coração dela se partia ao pensar em Leslie! A pobre garota já não tinha sofrido o suficiente na vida?

– Não seria tão difícil partir se ao menos Leslie fosse feliz – continuou Owen apaixonadamente. – Mas ter consciência da morte em vida que ela leva, da situação na qual eu a deixarei! *Isso* é o pior de tudo. Daria a minha vida para fazê-la feliz. Só que não posso fazer nada para ajudá-la... Nada. Ela está presa para sempre àquele pobre infeliz, sem nenhuma perspectiva a não ser envelhecer em uma sucessão de anos vazios, estéreis e sem propósito. Tenho de seguir em frente e nunca mais vê-la, mesmo ciente do que ela está enfrentando. É horrível, horrível!

– É muito difícil – disse Anne com pesar. – Nós, os amigos dela aqui, sabemos tudo que ela enfrenta.

– E ela tem tanto gosto pela vida – disse Owen, inconformado. – A beleza é o menor dos dons de Leslie, e ela é a mulher mais deslumbrante que eu já conheci. Aquela risada dela! Passei o verão tentando provocar aquele riso, só pelo prazer de ouvi-lo. E os olhos dela são azuis e profundos como o golfo lá fora. Nunca vi um tom azul tão vivo. E o dourado dos cabelos! Já viu Leslie com os cabelos soltos, senhora Blythe?

– Não.

– Eu vi, uma vez. Eu tinha saído para pescar com o capitão Jim, só que o mar estava muito agitado, e então acabei voltando. Ela aproveitou

ANNE E A CASA DOS SONHOS

a oportunidade do que seria uma tarde sozinha para lavar os cabelos e estava sentada na varanda sob o sol para secá-los. Ele chegava até os pés dela em uma cascata de ouro. Ela correu para dentro ao me ver, e o vento fez um redemoinho com os cabelos ao redor dela, como Dânae[24] em sua nuvem. Por algum motivo, foi só então que me dei conta de que a amava e que a amei desde o primeiro instante em que a vi, destacando-se contra a escuridão. E ela terá de continuar aqui, cuidando de Dick, contando moedas e economizando para meramente sobreviver, enquanto eu passo o resto da vida ansiando em vão por ela, incapaz de lhe oferecer a pequena ajuda de um amigo. Na noite passada, caminhei pela praia quase até o amanhecer e pensei bastante. Apesar de tudo, meu coração não está arrependido de ter vindo para Four Winds. Por pior que seja a situação, sinto que teria sido ainda pior nunca ter conhecido Leslie. É uma dor abrasadora e rascante amá-la e ter de deixá-la, mas nunca tê-la amado é inconcebível. Suponho que tudo isso pareça loucura; todas essas emoções terríveis sempre soam tolas quando as expressamos com nossas palavras inadequadas. Elas não devem ser proferidas, apenas sentidas e suportadas. Eu não deveria ter dito nada, por mais que tenha me ajudado... um pouco. Pelo menos, isso me deu forças para ir embora respeitavelmente amanhã de manhã, sem causar uma cena. Você escreverá para mim de vez em quando e me dará notícias sobre ela, não é mesmo, senhora Blythe?

– Sim – disse Anne. – Ah, lamento tanto que esteja indo embora... Vamos sentir muito a sua falta. Ficamos tão amigos! Se não fosse por isso, você poderia voltar nos próximos verões. Talvez, quando conseguir esquecê-la...

– Eu jamais a esquecerei e jamais voltarei a Four Winds – afirmou Owen taxativamente.

O silêncio e o crepúsculo recaíram sobre o jardim. Ao longe, as ondas desfaziam-se, no banco de areia, gentil e monotonamente. O vento do anoitecer entre os álamos soava como uma melodia triste,

---

24 Personagem da mitologia grega, Dânae é filha do rei Acrísio, de Argos, e foi alvo do interesse amoroso de Zeus, de quem teve um filho após ser fecundada por uma chuva de ouro. (N. T.)

estranha e antiga, um sonho interrompido de velhas lembranças. Uma faia jovem e esbelta erguia-se diante dos tons delicados de amarelo, esmeralda e rosa do céu do poente, dando a cada folha e ramo uma aura trêmula, sombria e mágica.

– Não é lindo? – disse Owen, com a entonação de alguém que deseja encerrar o assunto, apontando para a árvore que se destacava.

– É tão lindo que chega a doer – respondeu Anne. – Coisas perfeitas como essa sempre mexeram comigo. Lembro que, quando era pequena, eu chamava isso de "dor esquisita". Por que será que essa aflição parece inerente à perfeição? Seria por causa da angústia da conclusão, ao percebermos que não há nada melhor além daquele ponto, a não ser o retrocesso?

– Talvez seja o infinito preso dentro de nós tentando se conectar com o infinitivo semelhante expresso na perfeição visual – divagou Owen.

– Acho que você pegou um resfriado. É melhor esfregar um pouco de sebo no nariz antes de dormir – disse a senhorita Cornelia, que entrara pelo portãozinho entre os pinheiros, a tempo de ouvir o comentário de Owen. Ela gostava dele, mas era uma questão de princípios esnobar qualquer fala pomposa de um homem.

A senhorita Cornelia era a personificação da comédia que está sempre à espreita nas tragédias da vida. Anne, cujos nervos estavam à flor da pele, riu histericamente, e Owen chegou até a sorrir. Certamente, as emoções fortes e a paixão desvaneciam na presença da senhorita Cornelia; a situação já não parecia mais tão irremediável, sombria e dolorosa como era alguns momentos antes. Naquela noite, porém, o sono passou longe dos olhos de Anne.

NO BANCO DE AREIA

Owen Ford deixou Four Winds na manhã seguinte. Anne foi visitar Leslie ao final da tarde e não encontrou ninguém. A casa estava trancada, e não havia luz em nenhuma janela. Parecia uma moradia desprovida de alma. Leslie tampouco a procurou no dia seguinte, o que Anne achou um mau sinal.

Como Gilbert ia pescar no fim da tarde, Anne foi com ele até o farol com a intenção de ficar um pouco com o capitão Jim. Contudo, o grande facho de luz que cortava a neblina do anoitecer outonal estava sob os cuidados de Alec Boyd; o capitão não estava.

– O que você vai fazer? Quer vir comigo? – perguntou Gilbert.

– Não quero ir até a enseada, mas cruzarei o canal com você e ficarei passeando pela praia até a hora de voltarmos. Os rochedos parecem muito escorregadios e perigosos nesta noite.

Sozinha no banco de areia, Anne entregou-se ao charme fantasmagórico da noite. O clima estava agradável para uma noite de setembro, e a tarde fora muito brumosa; agora, a lua cheia havia diminuído a névoa e transformado o porto e seus arredores em um mundo estranho, fantástico e irreal, envolto em um nevoeiro prateado que dava ares espectrais a tudo.

A escuna preta do capitão Josiah Crawford, que navegava canal abaixo, levando um carregamento de batatas para os portos de Bluenose, era um barco fantasma com destino a terras inexploradas e distantes impossíveis de serem alcançadas. O grasnado das gaivotas, ocultas no céu, era o lamento das almas condenadas de marujos. Os caracóis de espuma na praia eram pequenos duendes que escapuliam das cavernas do mar. As dunas de areia grandes e arredondadas eram os ombros de gigantes adormecidos de alguma lenda antiga do norte. As pálidas luzes que cintilavam do outro lado do porto eram fachos enganosos de alguma terra encantada. Anne entreteve-se com mil devaneios enquanto vagava pela bruma.

Será que Anne estava sozinha? Algo começou a surgir em meio à neblina diante dela, tomando forma e contornos, e de repente correu na direção dela pela areia molhada.

– Leslie! – exclamou Anne, espantada. – O que está fazendo *aqui*, a essa hora?

– O que *você* está fazendo aqui? – disse Leslie, tentando rir. O esforço foi em vão. Ela parecia pálida e fatigada, mesmo com o rosto e os olhos emoldurados pelos cachos dourados que escapavam da capa escarlate.

– Estou esperando pelo Gilbert, que está na enseada. Eu pretendia aguardá-lo no farol, mas o capitão não está.

– Bem, vim aqui porque queria caminhar, e caminhar, e *caminhar* – disse Leslie, inquieta. – A maré estava muito alta na praia das rochas, eu acabaria ficando aprisionada contra as pedras. Tive de vir para cá, do contrário ficaria louca, eu acho. Cruzei o canal sozinha, no bote do capitão Jim. Estou aqui há uma hora. Venha, vamos conversar. Não consigo ficar parada. Ah, Anne!

– Leslie, querida, qual é o problema? – perguntou Anne, por mais que já soubesse muito bem do que se tratava.

– Não posso dizer; e não me pergunte. Não me importaria se você ficasse sabendo... Aliás, eu gostaria que você soubesse, mas não posso contar. Não posso contar a ninguém. Eu fui uma tola, Anne... Ah! Como dói ser tola! Não há nada mais doloroso no mundo.

Ela riu amargamente. Anne colocou o braço sobre os ombros dela.

– Leslie, você está sentindo algo especial pelo senhor Ford?

Ela virou-se abruptamente.

– Como você sabe? – admirou-se – Anne, como descobriu? Ah, está escrito na minha testa, para todos lerem? É tão evidente assim?

– Não, não. Eu... não posso explicar como descobri. De alguma maneira, eu simplesmente soube. Leslie, não me olhe assim!

– Você me odeia? – exigiu saber Leslie, em um tom grave e firme. – Acha que sou uma mulher indigna, vil? Ou apenas uma boba?

– Nada disso. Venha, querida, vamos conversar com sensatez, da mesma forma que faríamos em qualquer outra das grandes crises da vida. Você vem pensando obsessivamente no assunto e por isso só consegue enxergá-lo sob uma ótica pessimista. Você sabe de sua tendência a fazer isso quando tudo dá errado e prometeu que tentaria lutar contra esse impulso.

– Mas... ah, é tão... vergonhoso – murmurou Leslie. – Amá-lo... sem ser correspondida... quando não estou livre para amar ninguém.

– Não há nada de vergonhoso nisso. Entretanto, sinto muito que tenha se interessado pelo Owen, pois, sendo as coisas como são, isso só a tornará mais infeliz.

– Eu não me *interessei* por ele – disse Leslie, caminhando e falando energicamente. – Se fosse assim, eu poderia ter evitado. Eu nunca havia imaginado algo do tipo até semana passada, quando ele me contou que havia terminado o livro e precisava ir embora. Foi então que eu soube. Senti como se alguém tivesse me dado um golpe brutal. Eu não disse nada... Não consegui dizer nada... E não sei qual foi a minha expressão. Receio que meu rosto tenha me entregado. Oh, eu morreria de vergonha se ele soubesse ou sequer suspeitasse.

Anne ficou em um silêncio angustiado, graças às deduções que fizera após a conversa com Owen. Leslie continuou a falar com fervor, como se encontrasse alívio nisso.

– Fui tão feliz neste verão, Anne, mais do que já fui em toda a vida. Pensei que fosse porque as coisas foram esclarecidas entre mim e você, e que a nossa amizade era o que estava tornando a vida mais bonita e completa outra vez. E em parte *era*, mas... ah, nem de longe era só isso. Agora sei por que tudo parecia tão diferente. Tudo acabou, e ele foi embora. Como conseguirei viver, Anne? Quando voltei para a casa nesta manhã, depois que ele se foi, a solidão me atingiu como um tapa.

– Não será tão difícil com o tempo, querida – disse Anne, que sentia a dor dos amigos de maneira tão aguda que não conseguia dizer palavras fáceis de conforto. Além disso, ela se lembrava de como discursos bem-intencionados a haviam machucado em momentos assim, e hesitou.

– Ah, me parece que ficará cada vez mais difícil – disse Leslie, com pesar. – Não tenho mais esperanças. Manhãs virão uma após a outra... E ele não voltará... Ele nunca voltará. Quando penso que jamais voltarei a vê-lo, sinto como se uma grande e cruel mão estivesse apertando meu coração, aniquilando-o. Por muito tempo eu sonhei com o amor... achando que era a coisa mais linda do mundo... E, agora, sei como realmente é. Ele estava frio e distante quando foi embora ontem... Disse "Adeus, senhora Moore" com a maior indiferença do mundo... Como se nem amigos fôssemos... Como se eu não significasse nada para ele. Sei que isso é verdade; não é como se eu quisesse que ele se importasse, só acho que *poderia* ter sido um pouco mais gentil.

"Ah, como eu queria que Gilbert estivesse aqui", pensou Anne. Ela estava dividida entre a solidariedade por Leslie e a necessidade de evitar trair a confiança de Owen. Ela sabia por que a despedida dele fora tão gélida, desprovida da cordialidade que a camaradagem entre eles exigia; todavia, não podia contar a Leslie.

– Não consegui evitar, Anne... Não consegui – disse a pobre Leslie.

– Eu sei.

– Acha que a culpa é toda minha?

– Você não tem culpa de nada.

– E você... não vai contar para o Gilbert, vai?

– Leslie! Acredita mesmo que eu faria uma coisa dessas?

– Ah, não sei... Vocês são tão próximos. Aposto que conta tudo para ele.

– Tudo que diz respeito a mim, sim. Não os segredos dos meus amigos.

– Não suportaria se ele soubesse, mas estou contente que *você* saiba. Eu me sentiria culpada se houvesse algo que eu tivesse vergonha de lhe contar. Espero que a senhorita Cornelia não descubra. Às vezes sinto como se aqueles olhos castanhos intensos e bondosos pudessem ler a minha alma. Ah, queria que essa neblina nunca desaparecesse; gostaria de ficar aqui para sempre, escondida de todos os seres vivos. Não sei como continuarei vivendo. Antes da chegada de Owen, tive momentos horríveis ao regressar para casa após me encontrar com Gilbert e você. Vocês voltavam para o lar juntos, e eu para a minha casa *sozinha*. Então Owen começou a me fazer companhia, e nós ríamos e conversávamos da mesma forma que você e Gilbert, e eu não tive mais momentos de solidão e inveja. E agora! Ah, sim, fui uma ingênua. Enfim, chega de falar da minha insensatez. Nunca mais vou importunar você com ela novamente.

– Aí vem Gilbert, e você voltará conosco – disse Anne, que não pretendia deixar Leslie vagar sozinha pelo banco de areia em uma noite como aquela e naquele estado de ânimo. – Há espaço suficiente no bote para três pessoas, e amarraremos o seu atrás.

– Ah, terei de me contentar em ser novamente aquela que sobra – disse a pobre Leslie, com outra risada amarga. – Perdoe-me, Anne, isso foi odioso. Eu deveria ser grata... Eu *sou* grata por ter dois amigos ótimos que não me deixam de lado. Não dê ouvidos para meu rancor. Sinto como se tivesse uma dor imensa e tudo me machucasse.

– Leslie parecia muito quieta, não acha? – comentou Gilbert ao chegar em casa com Anne. – O que será que estava fazendo sozinha no banco de areia?

– Ela estava exausta, e você sabe que ela gosta de ir lá depois de um dos dias ruins do Dick.

– É uma pena ela não ter conhecido e se casado com um sujeito como Ford anos atrás – ruminou ele. – Eles teriam formado um belo par, não concorda?

– Pelo amor de Deus, Gilbert, não vire um casamenteiro. É uma profissão abominável para um homem – exasperou-se Anne, temendo que ele descobrisse a verdade se continuasse naquela linha de pensamento.

– Ainda bem, Anne, que não sou um casamenteiro – protestou Gilbert, um tanto surpreso com o tom dela. – Só estou pensando em hipóteses.

– Bem, não pense. É uma perda de tempo.

Subitamente, ela acrescentou:

– Ah, Gilbert, gostaria que todo mundo fosse feliz como nós.

ASSUNTOS VARIADOS

– Estava lendo as notas de falecimento – disse a senhorita Cornelia, abaixando o *Daily Enterprise* e pegando a costura.

O porto parecia sombrio e lúgubre sob o céu carregado de novembro. As folhas mortas e encharcadas grudavam e se acumulavam nos peitoris das janelas; mas a casinha estava cheia de alegria com a lareira acesa de uma energia primaveril com as samambaias e os gerânios.

– É sempre verão aqui, Anne – disse Leslie em certa ocasião; todos os convidados da casa dos sonhos sentiam o mesmo.

– Parece que o *Enterprise* está publicando todos os obituários ultimamente – comentou a senhorita Cornelia. – Todas as edições trazem algumas colunas deles, e eu leio cada linha. É um dos meus passatempos, especialmente quando trazem alguma poesia original. Aqui está um exemplo: "Ela foi para junto do Criador e não vagará mais por este lugar. Com alegria costumava dançar e cantar a música do lar, doce lar". Quem disse que não temos talentos poéticos na Ilha? Já percebeu a quantidade de pessoas boas que morrem, querida Anne? É uma lástima. Aqui temos dez obituários, todos de santos e cidadãos exemplares, até os homens. Como o velho Pete Stimson, que "deixa um grande círculo de amigos lamentando sua partida prematura". Senhor, esse homem tinha oitenta anos, e todo mundo que o conhecia desejava a morte dele há trinta anos. Leia os obituários quando estiver triste, querida Anne, especialmente os das pessoas conhecidas. Se você tiver um mínimo de senso de humor, eles vão levantar o seu ânimo, acredite em mim. Quem dera eu pudesse escrever o obituário de certas pessoas. "Obituário" não é uma palavra horrorosa? Esse Peter de quem estava falando tinha cara de obituário. Sempre que o via, a palavra *obituário* surgia na minha mente. Só conheço uma palavra pior do que essa, que é "viúva". Querida, eu posso ser uma velha solteirona, mas pelo menos nunca serei a viúva de homem nenhum!

– É *mesmo* uma palavra feia – disse Anne, rindo. – O cemitério de Avonlea é cheio de lápides com os dizeres: "Em sagrada memória de Fulana de Tal, *viúva* de Sicrano de Tal". Sempre me faziam pensar em roupas puídas, comidas pelas traças. Por que a maioria das palavras ligadas à morte são tão desagradáveis? Adoraria que o costume de chamar um cadáver de "restos mortais" fosse abolido. Eu literalmente estremeço quando ouço dizerem em um funeral: "Aqueles que desejam ver os restos mortais, sigam por aqui, por favor". Sempre tenho a impressão tenebrosa de que estou prestes a ver uma cena de um banquete canibal.

– Bem – começou a senhorita Cornelia calmamente –, só espero que, quando eu morrer, ninguém me chame de "nossa irmã falecida". Tenho aversão a esse negócio de irmãos e irmãs desde que um evangelista itinerante deu alguns sermões em Glen, cinco anos atrás. Não gostei dele logo de cara; senti em meus ossos que havia algo de errado com ele. E havia mesmo. Vejam só, ele fingia ser presbiteriano... "presbitariano", como costumava dizer... quando na verdade era metodista. Chamava todo mundo de irmão e irmã. Agarrou a minha mão fervorosamente uma noite e perguntou, implorando: "Minha querida irmã Bryant, você é uma cristã?". Eu apenas o encarei por um instante e disse tranquilamente: "O único irmão que já tive, senhor Fiske, foi enterrado quinze anos atrás, e desde então não adotei nenhum outro. E acredito que sou cristã desde o tempo em que você ainda engatinhava". *Isso* deu um jeito nele, acredite em mim. Não sou contra todos os evangelistas, Anne. Tivemos alguns homens bons e honestos, que espalhavam o bem e faziam os

ANNE E A CASA DOS SONHOS

pecadores contorcer-se de vergonha. Mas o tal do Fiske não era um desses. Em uma noite, eu ri bastante comigo mesma. O Fiske pediu para que todos os cristãos se levantassem. E eu não me movi, acredite em mim! Nunca gostei desse tipo de coisa. Só que a maioria das pessoas gostava, e aí ele pediu para todos que quisessem se tornar cristãos se levantassem. Quando ninguém se mexeu, ele começou a cantar um hino a plenos pulmões. Bem na minha frente estava o pequeno Ikey Baker, sentado no banco dos Millisons. Era um bom garoto de dez anos, e os Millisons o faziam trabalhar até a exaustão. O coitadinho estava sempre tão cansado que caía no sono sempre que ia à igreja ou a algum lugar onde pudesse ficar parado por alguns instantes. Tinha dormido durante toda a cerimônia, e eu fiquei contente de vê-lo descansar um pouco, acredite em mim. Bem, quando a voz do Fiske alcançou o volume máximo e todos se uniram a ele, o pobrezinho acordou sobressaltado. Ele achou que fosse um hino como outro qualquer e que todos deveriam se levantar, então se pôs de pé no mesmo instante, sabendo da punição pela Maria Millison se fosse pego dormindo durante o culto. Fiske olhou para ele e gritou: "Outra alma salva! Aleluia!". E ali estava o pobre e assustado Ikey, meio desperto e bocejando, sem a mínima ideia do que estava acontecendo. Pobre criança, nunca tinha tempo para pensar em algo além do corpinho fatigado.

– Leslie foi a um dos cultos, e o tal do Fiske não perdeu tempo – prosseguiu a senhorita Cornelia. – Ah, ele tinha um cuidado especial com as almas das jovens bonitas, acredite em mim! Só que Leslie nunca mais voltou, porque ele feriu os sentimentos dela. Então, passou a rezar todas as noites, em público, para que Senhor tocasse o coração dela. Por fim, eu procurei o senhor Leavitt, o nosso ministro naquela época, e disse que, se o Fiske não parasse, eu iria me levantar e jogar meu hinário nele na próxima vez que mencionasse "aquela jovem bela e impenitente". E eu o teria feito, acredite em mim. O senhor Leavitt de fato resolveu o problema, e o senhor Fiske continuou pregando até que Charles Douglas colocou um fim na carreira dele em Glen. A senhora Charley havia passado o inverno inteiro na Califórnia.

Ela fora acometida por uma melancolia religiosa durante todo o outono; herança de família. O pai dela se preocupava tanto, pensando ter cometido um pecado imperdoável, que morreu em um manicômio. Por isso, quando Rose Douglas começou a mostrar os indícios, Charley a mandou visitar a irmã dela em Los Angeles. Voltou para casa perfeitamente bem, justo quando as reuniões de Fiske estavam no auge. Ela desceu do trem em Glen, sorridente e saltitante, e a primeira coisa que viu foi uma pergunta escrita no telhado preto do galpão de carga, em letras brancas de mais de meio metro de altura: "Para onde você vai: o céu ou o inferno?". Rose deu um grito e desmaiou; ao chegar em casa, estava pior do que nunca. Charley disse ao senhor Leavitt que todos da família Douglas abandonariam a igreja se o Fiske continuasse na vila. O ministro foi obrigado a ceder, já que a contribuição dos Douglas correspondia à metade de seu salário, e assim Fiske foi embora e nós voltamos a depender de nossas bíblias para as instruções de como chegar ao paraíso. Posteriormente, o senhor Leavitt descobriu que ele era um metodista disfarçado e se sentiu muito mal, acredite em mim. O ministro tinha lá os defeitos dele, mas era um presbiteriano exemplar.

– Recebi uma carta do senhor Ford ontem – disse Anne. – Ele mandou saudações a você.

– Não quero as saudações dele – disse a senhorita Cornelia secamente.

– Por quê? – perguntou Anne, perplexa. – Achei que gostasse dele.

– Bem, eu gosto, de certa forma. Mas jamais o perdoarei pelo que fez com Leslie. A pobre criança está se acabando em lágrimas por ele, como se já não tivesse problemas suficientes, enquanto ele está em Toronto, desfrutando da vida como sempre, aposto. Típico dos homens.

– Ah, senhorita Cornelia, como descobriu?

– Santo Deus, minha querida Anne, eu tenho olhos, não tenho? E conheço a Leslie desde que era um bebê. Um novo tipo de angústia surgiu nos olhos dela durante o outono, e sei que aquele escritor está por trás disso, de alguma forma. Nunca me perdoarei por tê-lo trazido até aqui. Não suspeitava que ele poderia agir do modo como agiu; achei que era como todos os outros homens já hospedados na casa dela:

asnos presunçosos pelos quais nunca se interessaria. Um deles tentou flertar com ela certa vez, e Leslie o colocou no devido lugar com muita firmeza; e eu aposto que não tentou novamente. Então, não achei que houvesse algum risco.

– Leslie não pode suspeitar que você sabe o segredo dela – apressou-se Anne em dizer. – Acho que isso a magoaria.

– Confie em mim, querida Anne. Eu não nasci ontem. Ah, malditos sejam todos os homens! Um deles arruinou a vida de Leslie, e agora outro da tribo quer terminar de destruí-la. Anne, este mundo é um lugar horrível, acredite em mim.

– "Há algo de errado no mundo que algum dia será corrigido"[25] – citou Anne, sonhadora.

– Se assim for, será um mundo sem homens – disse a senhorita Cornelia sombriamente.

– O que os homens fizeram agora? – perguntou Gilbert, ao entrar na sala.

– Maldade, maldade! O que mais eles sabem fazer?

– Foi Eva quem comeu a maçã, senhorita Cornelia.

– Mas foi uma criatura do sexo masculino que a tentou – retrucou ela, triunfal.

Leslie, após a aflição inicial, descobriu ser possível continuar vivendo, como o resto de nós, não importa quais sejam as nossas tormentas pessoais. É possível que tenha até desfrutado de alguns momentos dela, quando estava junto do círculo alegre na casinha dos sonhos. No entanto, se Anne esperava que ela estivesse se esquecendo de Owen Ford, o olhar furtivo da amiga sempre que o nome dele era mencionado a trazia para a realidade. Por pena desse anseio faminto, Anne sempre evitava contar ao capitão Jim e a Gilbert as notícias das cartas de Owen quando Leslie estava por perto. O rubor e o desconcerto em tais momentos demonstravam eloquentemente as emoções que dominavam o ser dela. Leslie nunca falava dele com Anne, todavia, tampouco sobre aquela noite na barreira de dunas.

---

25 Referência ao poema *The Miller's Daughter*, de Alfred Tennyson. (N. T.)

Um dia o velho cão dela morreu, e seu luto foi amargo.

– Ele foi meu amigo por tanto tempo – disse ela a Anne, pesarosa. – Ele era do Dick, sabe; ele o arranjou cerca de um ano antes de nos casarmos. Ele o deixou comigo quando zarpou no *Four Sisters*. Carlo se afeiçoou a mim, e seu amor canino foi o que me ajudou naquele primeiro ano terrível depois da morte da mamãe, quando eu estava sozinha. Quando soube que Dick estava voltando, eu temi que Carlo não fosse ser mais tão companheiro meu. Mas ele não voltou a se aproximar do Dick, embora tivessem sido bons amigos. Rosnava e avançava nele como se fosse um estranho. Eu fiquei contente. Era bom ter algo cujo amor era inteiramente meu. Aquele velho cachorro foi tão bom para mim, Anne. Ele ficou tão frágil no outono e pensei que não iria viver por muito mais tempo; mesmo assim, achei que conseguiria cuidar dele durante o inverno. Parecia ter melhorado nesta manhã. Estava deitado no tapete na frente da lareira, quando de repente se levantou, aproximou-se, colocou a cabeça no meu colo e me encarou com aqueles grandes olhos amorosos e tenros. Então, simplesmente estremeceu e morreu. Vou sentir muito a falta dele.

– Quero dar outro cachorro para você, Leslie – disse Anne. – Vou dar um *setter gordon* adorável para Gilbert de Natal. Deixe-me presenteá-la, também.

Leslie balançou a cabeça.

– Agora não, mas obrigada, Anne. Ainda não estou com vontade de ter outro cachorro. Sinto como se não houvesse espaço para outro no meu coração. Talvez, com o tempo, eu peça outro a você. Eu preciso mesmo de um, por motivos de segurança. Havia em Carlo algo quase humano; não seria decente preencher o espaço dele tão depressa, coitadinho.

Anne viajou para Avonlea uma semana antes do Natal. Gilbert foi em seguida, e houve uma grande celebração do ano novo em Green Gables, onde as famílias Barry, Blythe e Wright reuniram-se para devorar o jantar que custara à senhora Rachel e a Marilla muito planejamento e preparação. Quando voltaram para Four Winds, a casinha estava quase encoberta

ANNE E A CASA DOS SONHOS

pela neve, pois a terceira tempestade daquele inverno que se mostrou fenomenalmente tempestuoso deixara montes imensos de neve por onde passara. Mas o capitão Jim desobstruiu as portas e as janelas, e a senhorita Cornelia acendeu o fogo.

– Que bom que está de volta, querida Anne! Você já viu montes de neve como esses? Só é possível ver a casa dos Moores do segundo andar. Leslie vai ficar muito feliz ao saber de sua volta. Ela está quase soterrada viva lá. Felizmente o Dick sabe tirar a neve com a pá e acha muito divertido. Susan pediu para avisar que virá amanhã. Aonde você vai, capitão?

– Acho que vou até Glen prosear um pouco com o velho Martin Strong. Ele não tem muito tempo de vida sobrando e vive sozinho. Também não tem muitos amigos; passou a vida inteira ocupado demais para fazer amizades. No entanto, ganhou muito dinheiro.

– Bem, como não podia servir a Deus e a Mamon ao mesmo tempo, ele achou melhor servir ao último – disse a senhorita Cornelia secamente. – Agora ele não pode reclamar que o dinheiro não é uma companhia muito boa.

O capitão despediu-se, mas lembrou ter deixado alguma coisa no jardim e deu meia-volta.

– Recebi uma carta do senhor Ford, senhora Blythe, dizendo que meu livro da vida vai ser publicado no próximo outono. Fiquei muito animado com a notícia. E pensar que o verei impresso, finalmente!

– Aquele homem é completamente louco pelo seu livro da vida – disse a senhorita Cornelia, compassiva. – Na minha opinião, existem livros demais no mundo hoje em dia.

GILBERT E ANNE DISCORDAM

Gilbert deixou de lado o pesado tomo médico no qual estava debruçado, derrotado pela chegada do anoitecer naquele fim de tarde de março. Ele reclinou-se na cadeira e olhou meditativamente pela janela. Era o início da primavera; a época mais feia do ano, provavelmente. Nem mesmo o crepúsculo redimia a paisagem morta e úmida e o gelo escuro e sujo do porto que ele via. Nenhum sinal de vida era visível, salvo um grande corvo voando solitariamente sobre um campo cinza-escuro. Gilbert especulou sobre o corvo. Seria um pai de família, com uma esposa charmosa aguardando por ele no bosque além do jardim? Talvez fosse um jovem de penas pretas e brilhantes, à procura de um par para cortejar. Ou ainda um solteirão cínico, crente de que aquele que viaja sozinho viaja mais rápido? Quem quer que fosse, a ave logo desapareceu soturnamente, e Gilbert voltou-se para uma vista mais alegre, dentro da própria casa.

A luz da lareira bruxuleava, reluzindo nas costas brancas e verdes de Gog e Magog, na cabeça marrom e lisa do belo cão deitado no tapete, nos retratos nas paredes, no vaso repleto de narcisos colhidos da floreira da janela, e em Anne, sentada junto à mesinha com a costura de lado e as mãos juntas sobre o joelho enquanto desenhava cenas no fogo:

castelos na Espanha cujas torres altas atravessavam as nuvens iluminadas pela Lua e as faixas do ocaso, barcos que partiam do Porto da
Esperança diretamente para o porto de Four Winds com cargas preciosas. Anne voltara a ser uma sonhadora, ainda que uma espécie de temor
a acompanhasse dia e noite, nublando e obscurecendo sua visão.

Gilbert estava acostumado a se referir a si mesmo como "um velho homem casado". Contudo, ele ainda olhava para Anne com olhar
incrédulo de um namorado, incapaz de acreditar totalmente que ela
era dele. Talvez fosse apenas um sonho, afinal, influenciado por aquela
mágica casa dos sonhos. A alma dele ainda caminhava nas pontas dos
pés perto dela, temendo que o encantamento se quebrasse e o sonho
se dissipasse.

– Anne – disse com calma –, preciso da sua atenção. Quero conversar com você.

– O que foi? – perguntou alegremente. – Como você está sério,
Gilbert. Não fiz nada de errado hoje. Pergunte para Susan.

– Não é sobre você, ou nós, que quero falar. É sobre o Dick Moore.

– Dick Moore? – repetiu Anne, endireitando-se na cadeira, em alerta.
– O que você teria a dizer sobre ele?

– Tenho pensado bastante sobre ele ultimamente. Lembra-se de
quando eu tratei aqueles furúnculos no pescoço dele, no verão passado?

– Sim... Sim.

– Eu aproveitei a oportunidade para examinar as cicatrizes na cabeça
dele com mais atenção. Sempre achei o caso dele muito interessante,
do ponto de vista médico. Anne, cheguei à conclusão de que, se Dick
for levado a um bom hospital e passar por uma operação com trefi-
na em vários locais do crânio, a memória e as faculdades dele podem
ser restauradas.

– Gilbert! – protestou Anne. – Você não pode estar falando sério!

– É claro que estou. E decidi que é meu dever abordar o assunto
com Leslie.

– Gilbert Blythe, você *não* pode fazer isso – exclamou veementemente.
– Ah, Gilbert, não. Não seja tão cruel. Prometa que não fará isso.

– Não imaginei que você fosse reagir assim. Anne, seja sensata...

– Não serei sensata... Não posso ser sensata... Eu *sou* sensata. É você que está sendo insensível. Gilbert, já considerou o que significaria para Leslie se Dick Moore recobrasse as faculdades mentais? Pare e pense! Ela já é infeliz o bastante. A vida como enfermeira e cuidadora do Dick é mil vezes mais fácil do que a de esposa dele. Eu sei, eu *sei*! É inconcebível. Não se meta. Deixe tudo como está.

– Eu já considerei esse aspecto do caso, Anne. Mas acredito que um médico tenha um compromisso com a sanidade da mente e do corpo de um paciente acima de qualquer consideração, independentemente das consequências. Creio que é meu dever lutar para restaurar a saúde e a sanidade dele, se é que há esperanças.

– Mas o Dick não é paciente seu – disse ela, atacando de outro ângulo. – Se Leslie tivesse perguntado sobre a possibilidade de alguma coisa ser feita, então seria seu dever dizer o que realmente pensa. Você não tem o direito de interferir.

– Não chamo isso de interferir. O tio Dave disse a Leslie que nada podia ser feito doze anos atrás. E é claro que ela acredita nisso.

– E por que o tio Dave falou isso, se não é verdade? – argumentou, triunfante. – Ele não sabe tanto quanto você?

– Acho que não, por mais que pareça vaidade e presunção da minha parte dizer isso. E você sabe tão bem quanto eu que ele é avesso ao que chama de "essas ideias novas de cortar e costurar". É contra até operações de apendicite.

– Ele está certo – afirmou Anne, mudando completamente de tática. – Também acho que vocês, doutores modernos, gostam demais de fazer experimentos com sangue e carne de seres humanos.

– Rhoda Allonby não estaria viva se eu tivesse medo de certos experimentos – contrapôs Gilbert. – Eu me arrisquei e salvei a vida dela.

– Estou cansada de ouvir falar de Rhoda Allonby – protestou Anne. O que era uma injustiça, pois Gilbert não voltou a mencionar o nome da senhora Allonby depois do dia em que contou sobre o sucesso da operação dela. E ele não podia ser culpado pelo que os outros diziam.

Gilbert sentiu-se ferido.

– Estou surpreso com o seu posicionamento, Anne – disse rigidamente, antes de se levantar e ir em direção ao escritório. Era o mais próximo que eles já tinham chegado de brigar.

Mas Anne correu atrás dele e o trouxe de volta.

– Gilbert, você não vai sair bufando. Sente-se aqui, e eu lhe pedirei perdão. Não deveria ter dito aquilo. Mas... Ah, se você soubesse...

Anne refreou-se bem a tempo. Ela estava prestes a revelar o segredo de Leslie.

– ... o que sente uma mulher em uma situação dessas – concluiu, sem muita convicção.

– Acho que sei. Já ponderei sobre o assunto de todos os ângulos possíveis e cheguei à conclusão de que é meu dever contar a Leslie sobre a minha alternativa para o problema de Dick; aí termina a minha responsabilidade. É ela que vai decidir o que fazer.

– Acho que você não tem o direito de colocar tamanha responsabilidade sobre os ombros dela. Leslie já tem muito o que suportar. E é pobre; como ela pagaria por essa operação?

– Quem decidiria isso é ela – insistiu Gilbert, obstinado.

– Você acredita que Dick pode ser curado. Mas tem certeza?

– Claro que não. Ninguém pode ter certeza de uma coisa dessas. O cérebro dele pode ter sofrido lesões irreversíveis. Entretanto, se a perda da memória e das outras faculdades for consequência da pressão dos ossos em certas áreas do cérebro, então ele pode ser curado.

– É só uma possibilidade! – insistiu Anne. – Agora, suponhamos que você conte à Leslie e ela decida pela operação. Custará muito caro. Ela terá de fazer um empréstimo ou vender a pequena propriedade. E suponhamos que a operação seja um fracasso e o Dick continue o mesmo. Como Leslie pagará o dinheiro devido ou como sustentará a ela e àquela criatura grande e inútil se vender a fazenda?

– Ah, eu sei, eu sei. Ainda assim, é meu dever informá-la. Não posso escapar dessa convicção.

– Ah, eu conheço a teimosia dos Blythes – murmurou Anne. – Não tome essa responsabilidade para si mesmo, no entanto. Consulte o doutor Dave.

– Eu já fiz isso – disse Gilbert com relutância.

– E o que ele disse?

– Resumindo, como você mesma disse: deixe tudo como está. Além do preconceito com cirurgias modernas, receio que ele compartilhe do seu ponto de vista: "Não faça isso, pelo bem de Leslie".

– Pois então! – exclamou Anne, triunfante. – Creio que deveria considerar a opinião de um homem de quase oitenta anos, Gilbert. Ele já viu muita coisa e salvou inúmeras vidas. Certamente a opinião dele deve pesar mais do que a de um mero garoto.

– Obrigado.

– Não ria. O assunto é muito sério.

– É o que estou tentando dizer. O assunto é muito sério. Dick é um fardo inútil e pode voltar a ser racional e produtivo se...

– Ele era tão útil antes! – interveio Anne, com ironia.

– Ele pode ter a chance de ser bom e redimir o passado. A esposa dele não sabe disso. Portanto, é meu dever conscientizá-la de tal possibilidade. Essa é, em resumo, a minha decisão.

– Não diga "decisão" ainda, Gilbert. Consulte outra pessoa. Pergunte ao capitão Jim o que ele acha.

– Muito bem. Mas não prometo acatar a opinião dele, Anne. Isso é algo que um homem precisa decidir por conta própria. Minha consciência jamais me deixaria em paz se eu me omitisse.

– Ah, a sua consciência! Suponho que o tio Dave também tenha uma consciência, não?

– Sim, só que não sou guardião da consciência dele. Vamos, Anne, se esse assunto não dissesse respeito a Leslie, se fosse um caso puramente abstrato, você concordaria comigo. Você sabe disso.

– Não – jurou Anne, tentando acreditar em si mesma. – Você pode argumentar a noite toda, Gilbert, mas não conseguirá me convencer. Pergunte para a senhorita Cornelia.

ANNE E A CASA DOS SONHOS

– Você deve estar desesperada, Anne, para chamar a senhorita Cornelia como reforço. Ela dirá "é típico de um homem" e ficará furiosa. Mas não importa. Essa decisão não cabe à senhorita Cornelia. Leslie é a única que pode tomá-la.

– Você sabe muito bem o que ela decidirá. – Anne estava à beira das lágrimas. – Ela também tem um ideal dos próprios deveres. Não sei como é capaz de jogar essa responsabilidade nas costas dela. Eu não seria.

– "Porque é correto fazer o que é correto; porque é sábio, apesar das consequências"[26] – recitou Gilbert.

– Ah, um par de versos é um argumento convincente! – zombou Anne. – Típico de um homem.

E então riu, apesar de tudo. Ela soara como um eco da senhorita Cornelia.

– Bem, se não vai aceitar Tennyson como autoridade, talvez você acredite nas palavras de alguém superior a ele – disse Gilbert, em tom solene. – "Conhecereis a verdade, e a verdade vos libertará."[27] Acredito nisso, Anne, com todo o meu coração. É o maior e melhor verso da Bíblia, da literatura, e o mais *verdadeiro*, se é que existem graus de legitimidade. É o primeiro dever de um homem dizer a verdade, tal qual a vê.

– Nesse caso, a liberdade não libertará a pobre Leslie – suspirou Anne. – Ela provavelmente acabará aprisionando-a ainda mais. Ah, Gilbert, não consigo *crer* que você tenha razão.

---

26 Referência ao poema *Oenone*, de Alfred Tennyson. (N. T.)
27 Referência ao Novo Testamento, João 8:32. (N. T.)

A DECISÃO
DE LESLIE

Uma súbita epidemia de um tipo virulento de gripe em Glen e na vila dos pescadores deixou Gilbert muito ocupado nas duas semanas seguintes, e ele não teve tempo de cumprir a promessa e visitar o capitão Jim. Anne esperava fervorosamente que ele tivesse desistido de Dick Moore, e, decidindo não instigá-lo, não tocou mais no assunto. Porém, ela pensava nisso incessantemente.

"Pergunto-me se seria correto dizer ao Gilbert que Leslie gosta do Owen", pensou. "Ele jamais permitiria que Leslie soubesse, de forma que o orgulho dela não sofreria, e talvez isso pudesse convencê-lo a deixar Dick Moore em paz. Será que eu deveria? Não, eu não posso. Promessas são sagradas, e não tenho o direito de trair Leslie. Isso está arruinando a primavera, está arruinando tudo!"

Uma noite, Gilbert de repente propôs uma visita ao capitão Jim. Anne concordou com o coração pesado, e lá foram os dois. Duas semanas sob o brilho gentil do sol fez milagres com a paisagem que o corvo de Gilbert sobrevoara. As colinas e os campos estavam secos, marrons e agradáveis, prontos para a floração; o cais estava repleto de risadas novamente; a longa estrada do porto parecia uma fita vermelha lustrosa; no banco de areia, um grupo de garotos que saíram para pescar queimava a grama espessa e morta do verão anterior. As chamas lançavam um brilho róseo sobre as dunas e se destacavam contra a escuridão do golfo mais adiante, iluminando o canal e a vila dos pescadores. Era uma cena pitoresca com a qual Anne teria se deleitado em outra ocasião; contudo, não estava gostando do passeio. Tampouco Gilbert. A camaradagem usual e os gostos e pontos de vista que compartilhavam com a comunidade de José estavam ausentes, infelizmente. A desaprovação de Anne era evidente no inclinar altivo do queixo e na cortesia estudada dos comentários. Os lábios de Gilbert estavam comprimidos, exibindo a obstinação dos Blythes, mas seus olhos pareciam preocupados. Ele pretendia cumprir o que acreditava ser seu dever; todavia, estar em desacordo com Anne era um preço alto a ser pago. Ambos ficaram contentes quando chegaram ao farol; e sentiram remorso por isso.

O capitão Jim deixou de lado a rede na qual trabalhava e os recebeu com alegria. Sob a luz daquele fim de tarde primaveril, ele parecia mais velho do que nunca para Anne. Os cabelos estavam muito mais grisalhos, e as mãos fortes tremiam sutilmente. Mas os olhos eram vivazes, e a alma que espiava através deles, galante e destemida.

O capitão ouviu em silêncio, e com espanto, o que Gilbert estava ali para dizer. Anne sabia o quanto aquele senhor venerava Leslie, e tinha quase certeza de que ele ficaria do lado dela, mesmo sem muitas muitas esperanças de que isso influenciasse Gilbert. Portanto, ela ficou imensuravelmente surpresa quando o capitão afirmou, de forma lenta e pesarosa, mas sem hesitar, que Leslie deveria ser informada.

– Ah, capitão Jim, não achei que fosse dizer isso – exclamou ela, em tom de censura. – Achei que não fosse querer criar mais problemas para ela.

O capitão balançou a cabeça.

– E não quero. Sei como se sente, senhora Blythe, pois sinto o mesmo. Só que não podemos deixar os sentimentos assumirem o leme da nossa vida. Não, não; naufrágios seriam muito frequentes se fizéssemos isso. Só existe uma bússola na qual podemos confiar para definir nosso curso: o que é certo a fazer. Concordo com o doutor. Se há uma chance para o Dick, Leslie precisa saber. Não há dois lados nessa história, na minha opinião.

– Bem – disse Anne, cedendo ao desespero –, esperem só até a senhorita Cornelia ficar sabendo.

– A Cornelia vai nos escorraçar, sem dúvida – assegurou o capitão. – Vocês, mulheres, são criaturas adoráveis, senhora Blythe, ainda que um tanto ilógicas. Você é uma dama com educação superior, diferentemente da Cornelia, mas as duas são iguais nesse aspecto. Não creio que haja algo de errado nisso. A lógica é inflexível e impiedosa, acredito. Agora, vou preparar uma xícara de chá e nós conversaremos sobre coisas agradáveis, para aplacar os ânimos um pouco.

O chá do capitão Jim e a conversa acalmaram a mente de Anne a tal ponto que ela não fez Gilbert sofrer no caminho de volta tanto quanto pretendia. Ela não mencionou a pergunta que não queria se calar e conversou afavelmente sobre outros assuntos. Gilbert entendeu que havia sido perdoado, sob protestos.

– O capitão Jim parece muito frágil e cansado nesta primavera. O inverno o envelheceu – disse Anne com tristeza. – Receio que logo ele partirá em busca da Margaret desaparecida. Não suporto pensar nisso.

– Four Winds não será a mesma quando ele zarpar pela última vez – concordou Gilbert.

Na noite seguinte, ele foi até a casa do riacho. Anne andou de um lado para o outro, desolada, até que ele regressou.

– Bem, o que Leslie disse? – exigiu saber quando Gilbert entrou.

– Muito pouco. Acho que ficou um tanto aturdida.

– Ela vai fazer a operação?

– Vai pensar no assunto e decidirá em breve.

Gilbert deixou-se cair na poltrona diante da lareira. Parecia exausto. A conversa com Leslie não fora fácil. O terror surgido nos olhos dela ao compreender o que ele queria dizer não era uma lembrança agradável. Agora que estava feito, ele se sentia acossado por dúvidas sobre a sabedoria de sua decisão.

Anne olhou para ele com remorso; em seguida, sentou-se no tapete e apoiou a cabeça de cabelos vermelhos e brilhantes no braço dele.

– Gilbert, eu me comportei de maneira irascível. Isso não vai mais acontecer. Por favor, apenas me chame de ruiva e me perdoe.

Ele então compreendeu que, independentemente do que acontecesse, não haveria um "eu avisei". Mas não o confortou por completo. O dever é uma coisa em teoria, mas outra na prática, especialmente diante do olhar aflito de uma mulher.

O instinto fez Anne manter distância de Leslie pelos próximos três dias. Na tarde do terceiro dia, Leslie foi até a casinha e disse a Gilbert que havia tomado uma decisão: ela iria levar Dick até Montreal para fazer a operação.

Leslie estava muito pálida e parecia ter se ocultado detrás do manto da indiferença novamente. Mas os olhos dela não tinham mais o pavor que assombrara Gilbert; eles eram frios e brilhosos. Ela começou a discutir os detalhes com ele de maneira prática, profissional. Havia muitos planos a serem feitos e muitas coisas a serem consideradas. Quando conseguiu todas as informações de que precisava, foi embora. Anne ofereceu-se para acompanhá-la até parte do caminho.

– Melhor não – disse Leslie sucintamente. – A chuva de hoje deixou a estrada enlameada. Boa noite.

– Será que perdi uma amiga? – disse Anne, com um suspiro. – Se a operação for um sucesso e Dick Moore voltar a ser ele mesmo, Leslie se refugiará em algum recôncavo da alma dela onde nenhum de nós a alcançará.

– Talvez ela o deixe.

– Leslie jamais faria isso, Gilbert. O senso de dever dela é forte demais. Ela me contou que a avó dela sempre lhe dizia para jamais esquivar-se de qualquer responsabilidade assumida, independentemente de quais fossem as consequências. É uma das regras primordiais da vida dela. Suponho que seja muito antiquada.

– Não diga isso, Anne. Você sabe que não acha isso antiquado e também considera sagrada uma responsabilidade assumida. E você está certa. Esquivar-se das responsabilidades é a maldição da vida moderna, o cerne de toda inquietação e descontentamento que vem assolando o mundo.

– Disse o pregador – brincou Anne. Ela concordava com ele, no entanto, e estava de coração partido por Leslie.

Uma semana depois, a senhorita Cornelia chegou à casinha como uma avalanche. Gilbert estava fora, e Anne foi obrigada a suportar o choque do impacto sozinha. Ela mal havia tirado do chapéu quando começou:

– Anne, é verdade o que eu ouvi? O doutor Blythe disse a Leslie que Dick pode ser curado e ela vai levá-lo para Montreal para uma operação?

– Sim, é verdade, senhorita Cornelia – disse Anne com bravura.

– Bem, isso foi de uma crueldade desumana, é essa a verdade – disse a senhorita Cornelia, violentamente agitada. – Pensei que o doutor Blythe fosse um homem decente. Não achei que fosse capaz de algo do tipo.

– O doutor Blythe achou dever dele informar Leslie de que ainda havia esperança para Dick. E eu concordo – acrescentou ela, sentindo a lealdade a Gilbert levar a melhor.

– Ah, não concorda, não – disse a senhorita Cornelia. – Ninguém com um pingo de compaixão concordaria.

– O capitão Jim também concorda.

– Não me fale daquele velho pateta – exclamou a senhorita Cornelia. – E não me importa quem esteja de acordo com ele. Pense, *pense* no que isso significaria para aquela pobre garota atormentada.

– Nós pensamos nisso. Mas Gilbert acredita que um médico deve priorizar o bem-estar de um paciente diante de todas as demais considerações.

– É típico de um homem. E eu esperava mais de você, Anne – disse a senhorita Cornelia, mais angustiada do que colérica. Em seguida, ela bombardeou Anne com os mesmos argumentos que ela usara para atacar Gilbert; e Anne defendeu o marido corajosamente com as armas que ele usara para a própria proteção. Longo foi o combate; por fim, a senhorita Cornelia recuou.

– É uma vergonha, uma iniquidade – declarou, quase aos prantos. – É isso que é. Pobre Leslie!

– Não acha que Dick merece um pouco de consideração? – pleiteou Anne.

– Dick! Dick Moore! Ele já é feliz. O comportamento e a reputação dele como membro da sociedade nunca foram os melhores. Ora, ele era um bêbado e talvez até coisa pior. Quer que ele volte a rondar por aí à solta?

– Ele pode se corrigir – disse a pobre Anne, sentindo-se acuada por uma inimiga por fora e por uma traidora por dentro.

– Até parece! – retrucou a senhorita Cornelia. – Dick Moore ficou do jeito que está em uma briga de bar. Ele *mereceu* essa punição. Creio que o doutor não deveria interferir nos desígnios de Deus.

– Ninguém sabe como o Dick se feriu, senhorita Cornelia. Talvez não tenha sido assim. Ele pode ter sido assaltado.

– Ele nasceu assim e não vai mudar. Bem, pelo visto, já está tudo resolvido e não há mais nada para discutir. Se assim for, vou me calar. Não pretendo gastar a minha saliva à toa. Sei quando é hora de ceder. Mas, antes, quero me certificar de que não há *nenhum* outro jeito. Agora, devotarei as minhas energias para confortar e apoiar Leslie. Afinal – acrescentou a senhorita Cornelia, com uma nesga de esperança –, talvez nada possa ser feito por Dick.

A VERDADE LIBERTA

Depois de ter decidido o que fazer, Leslie deu início aos preparativos com sua resolução e agilidade características. Em primeiro lugar, a casa deveria ser limpa, mesmo que uma questão de vida ou morte tivesse de esperar. A casa cinzenta próxima ao riacho foi impecavelmente limpa e organizada, com a ajuda da prática senhorita Cornelia. Tendo dito o que pensava para Anne, Gilbert e o capitão Jim, sem poupar nenhum deles, a senhorita Cornelia nunca tocou no assunto com Leslie. Ela aceitou a operação de Dick, referindo-se ao fato quando necessário de maneira profissional e ignorando-o quando não era. Leslie nunca tentou discutir o assunto e passou aqueles lindos dias de primavera distante e reservada. Visitou poucas vezes Anne e, embora fosse sempre cortês e afável, essa mesma cortesia era uma barreira de gelo entre ela e as pessoas da casinha. As velhas piadas, o riso e a camaradagem não eram capazes de atravessá-la. Anne recusava-se a ficar magoada. Ela sabia que Leslie estava tomada por um terror insuportável, que a roubava de todos os pequenos momentos de felicidade e as horas de prazer. Quando uma grande paixão toma posse da alma, todos os outros sentimentos ficam espremidos em um canto. Leslie Moore nunca sentira um pavor tão imenso do futuro e mesmo assim continuou no caminho escolhido, como os mártires de antigamente, sabendo que ele culminaria na agonia da fogueira.

A questão financeira foi resolvida mais facilmente do que Anne havia temido. O capitão Jim emprestou a Leslie o dinheiro necessário e, por insistência dela, os dois fizeram uma hipoteca da pequena fazenda.

– É um problema a menos na cabeça daquela pobre garota – disse a senhorita Cornelia à Anne – e na minha também. Se Dick melhorar, poderá trabalhar novamente e ganhar o suficiente para pagar os juros; se não melhorar, sei que o capitão Jim dará um jeito de ajudar Leslie. Ele me disse: "Estou ficando velho, Cornelia, e não tenho nenhum filho. Leslie não aceitaria um presente de uma alma viva, mas talvez aceite de um morto". Então, *isso* está resolvido. Quem dera tudo fosse acertado com a mesma facilidade. Já o miserável do Dick tem se comportado muito mal nesses últimos dias. Está com o diabo no corpo, acredite em mim! Leslie e eu não conseguíamos trabalhar por causa das travessuras dele. Ele perseguiu todos os patos pelo quintal até que a maioria morreu. E não nos ajudou em nada. Em alguns dias, conseguiu ser muito útil, carregando baldes de água e lenha. Nesta semana, contudo, se nós o mandássemos buscar água, ele tentava descer pelo poço. Eu pensei: "Se ao menos você despencasse de cabeça, tudo se resolveria lindamente".

– Ah, senhorita Cornelia!

– Não me venha com "senhorita Cornelia!", querida Anne. *Qualquer pessoa* teria pensado o mesmo. Se os médicos de Montreal forem capazes de transformar Dick Moore em uma criatura racional, então são mesmo maravilhosos.

Leslie levou Dick para Montreal no começo de maio. Gilbert os acompanhou para auxiliá-los e cuidar dos trâmites necessários. Ele voltou para casa com a notícia de que o médico consultado concordara sobre existir uma boa chance de Dick se recuperar.

– Que reconfortante – foi o comentário sarcástico da senhorita Cornelia.

Anne apenas suspirou. Leslie estava muito distante quando se despediram. Mas ela prometeu escrever. Dez dias após o retorno de Gilbert, Leslie mandou uma carta contando que a operação fora bem-sucedida e que Dick estava se recuperando bem.

– O que ela quer dizer com "bem-sucedida"? – perguntou Anne. – Que o Dick recuperou a memória?

– Provavelmente não, já que ela não mencionou nada – disse Gilbert. – Ela usou o termo "bem-sucedida", pois foi o que o médico disse. Quer dizer que a operação foi realizada e teve resultados dentro dos conformes. Ainda é muito cedo para saber se as faculdades mentais de Dick voltarão, parcial ou integralmente. É improvável que a memória dele volte de repente. O processo será gradual, se for mesmo ocorrer. Ela disse mais alguma coisa?

– Sim, aí está a carta. É muito breve. Coitada, deve estar sob muita pressão. Gilbert Blythe, há um monte de coisas que eu gostaria de lhe dizer, mas seria maldade da minha parte.

– A senhorita Cornelia as dirá por você – disse Gilbert com um sorriso pesaroso. – Ela me ataca sempre quando nos encontramos, deixando claro que me considera um assassino, e que é uma lástima o doutor Dave ter me deixado tomar o lugar dele. Com a senhorita Cornelia, a força da condenação não pode avançar mais.

– Se a senhorita Cornelia ficar doente, ela não mandaria chamar o doutor Dave nem o médico metodista – disse Susan, com despeito. – Ela interromperia o merecido descanso do senhor no meio da noite, querido doutor, se ficasse doente, com toda a certeza. E provavelmente diria que seus honorários são exorbitantes. Mas não dê ouvidos a ela, doutor.

Durante muito tempo não tiveram notícias de Leslie. Os dias de maio se foram em uma doce sucessão, e a costa de Four Winds voltou a ficar verde e a florescer. Em um dia do fim de maio, Gilbert chegou em casa e encontrou Susan diante do estábulo.

– Receio que algo tenha perturbado a sua esposa, querido doutor – disse misteriosamente. – Ela recebeu uma carta nesta tarde e desde

ANNE E A CASA DOS SONHOS

então não para de andar de um lado para o outro no jardim, falando sozinha. Você sabe que ela não deveria ficar tanto tempo de pé. Ela não considerou adequado me contar as notícias, e não gosto de bisbilhotar, querido doutor, mas é óbvio que algo a deixou preocupada. E não é bom para ela ter emoções fortes.

Gilbert correu para o jardim. Será que havia acontecido algo em Green Gables? Anne, sentada no banquinho rústico perto do riacho, não parecia perturbada, ainda que também não estivesse muito animada. Seus olhos pareciam mais cinza do que nunca, e as bochechas tinham um rubor intenso.

– O que aconteceu, Anne?

Anne emitiu um risinho estranho.

– Acho que você dificilmente acreditará se eu contar, Gilbert. Eu ainda não consegui acreditar. Como Susan disse outro dia: "Sinto-me como uma mosca que nasce sob o sol, desorientada". É tão incrível. Já li a carta algumas vezes, e em todas é a mesma coisa: não consigo crer nos meus próprios olhos. Ah, Gilbert, você estava certo, absolutamente certo. Agora percebo isso com clareza e estou com muita vergonha de mim mesma. Algum dia você me perdoará?

– Anne, eu vou lhe dar um chacoalhão se não começar a falar com coerência. Redmond teria vergonha de você. O que aconteceu?

– Você não vai acreditar... Não vai...

– Vou ligar para o tio Dave – disse Gilbert, fingindo que ia entrar na casa.

– Sente-se, Gilbert. Vou tentar contar. Recebi uma carta, e, ah, Gilbert, é tão maravilhoso, tão incrivelmente maravilhoso! Nenhum de nós jamais sonhou...

– Pelo visto – disse Gilbert, sentando-se com um ar resignado –, a única coisa a ser feita nesse caso é ter paciência e abordar o assunto categoricamente. De quem é a carta?

– Da Leslie, e... Ah, Gilbert...

– Ah, Leslie! E o que ela diz? Alguma notícia do Dick?

Anne ergueu a carta e a exibiu, com uma calma dramática.

– Não *existe* nenhum Dick! O homem que pensávamos que era Dick Moore, que todo mundo em Four Winds acreditou por doze anos ser Dick Moore, é na verdade o primo dele, George Moore, da Nova Escócia, que aparentemente sempre se pareceu muito com ele. Dick Moore morreu de febre amarela treze anos atrás em Cuba.

A SENHORITA CORNELIA DISCUTE O ASSUNTO

– Quer dizer então, querida Anne, que Dick Moore não é o Dick Moore, e sim outra pessoa? Foi *isso* que você me disse por telefone?

– Sim, senhorita Cornelia. É muito surpreendente, não acha?

– É... É... Típico de um homem – disse, desamparada. Ela tirou o chapéu com os dedos trêmulos. Pela primeira vez na vida, a senhorita Cornelia estava inegavelmente perplexa. – Parece não fazer sentido. Acabei de ouvir suas palavras, e eu acredito nelas, mas não consigo absorvê-las. Dick Moore está morto, e esteve morto todos esses anos, e Leslie está livre?

– Sim. A verdade a libertou. Gilbert estava certo quando disse que aquele era o verso mais importante da Bíblia.

– Conte-me tudo, querida Anne. Estou abalada desde que recebi seu telefonema, acredite em mim. Cornelia Bryant nunca esteve tão impressionada antes!

– Não há muito que contar. A carta de Leslie foi curta; ela não entrou em detalhes. O tal do George Moore recobrou a memória e sabe quem é. Ele disse que Dick pegou febre amarela em Cuba, e o *Four Sisters* precisou

LUCY MAUD MONTGOMERY

continuar sem ele. George ficou para trás para cuidar do primo. Só que ele morreu pouco tempo depois. George não escreveu para Leslie porque pretendia vir contar pessoalmente.

– E por que não veio?

– Suponho que por causa do acidente. Gilbert diz que provavelmente George Moore não se lembra de nada do que aconteceu, ou o que o causou, e talvez nunca lembre. Provavelmente aconteceu logo após a morte de Dick. Descobriremos mais quando Leslie escrever novamente.

– Ela disse o que pretende fazer? Quando voltará para casa?

– Leslie disse que ficará com George Moore até ele ter condições de deixar o hospital. Ela escreveu para a família dele na Nova Escócia. Ao que parece, o único parente conhecido é uma irmã casada, muito mais velha do que ele. Ela ainda era viva quando George zarpou no *Four Sisters*, mas não sabemos o que pode ter acontecido desde então. Você chegou a conhecer o George Moore, senhorita Cornelia?

– Sim. Agora estou me lembrando. Ele veio visitar o tio Abner dezoito anos atrás, quando Dick tinha por volta de dezessete anos. Eram primos duplos, sabe. Os pais deles eram irmãos, e as mães irmãs gêmeas, e eram terrivelmente parecidos. É claro que não era uma daquelas semelhanças absurdas que vemos nos livros – acrescentou a senhorita Cornelia com desdém –, em que duas pessoas são tão idênticas que podem trocar de lugar sem os seus entes queridos e mais próximos notarem. Naquela época, era muito fácil dizer quem era o George e quem era o Dick, se fossem vistos juntos. Já a alguma distância, não era tão fácil assim. Aqueles dois arteiros pregavam muitas peças nas pessoas e se divertiam com isso. George Moore era um pouco mais alto e mais cheinho do que Dick, embora nenhum dos dois pudesse ser chamado de gordo. Dick era mais moreno do que George e também tinha cabelos mais claros. Mas seus traços eram muito semelhantes, e ambos tinham aqueles olhos esquisitos: um era azul, e o outro castanho. Fora isso, não eram tão parecidos assim. George era um bom sujeito, ainda que fosse um malandro, e alguns diziam que já naquele tempo era chegado a uma bebida; e todos gostavam mais dele do que de Dick. Ele passou cerca de um mês aqui. Leslie nunca o conheceu; tinha apenas oito anos então, e agora me lembro de que passou aquele inverno do outro lado do porto, na casa da avó, a senhora West. O capitão Jim também não estava por aqui; aquele foi o inverno em que ele naufragou na Ilha da Madalena. Acho que nenhum dos dois ouviu falar do primo de Dick da Nova Escócia que se parecia tanto com ele. E ninguém pensou nele quando o capitão trouxe o Dick... ou melhor, o George... para casa. É claro, todos acharam que ele havia mudado consideravelmente, pois estava mais encorpado. Achamos que fosse culpa do que tinha acontecido com ele e, como já disse, George tampouco era gordo. Não havia como termos descoberto, pois o sujeito já tinha perdido as faculdades mentais. No entanto, é algo impressionante. E Leslie sacrificou os melhores anos da vida dela para cuidar de um homem que não tinha nenhum direito sobre ela! Ah, malditos sejam os homens! Não importa o que façam, pois farão sempre errado. E não importa quem sejam, pois nunca são quem realmente deveriam ser. Eles me deixam exasperada.

– Gilbert e o capitão Jim são homens, e graças a eles a verdade foi finalmente descoberta – disse Anne.

– Bem, devo admitir isso – concedeu a senhorita Cornelia relutantemente. – Sinto muito ter ralhado tanto com o doutor. É a primeira vez na vida que sinto vergonha de algo dito a um homem. Mas não sei se eu deveria contar a ele. Acho que o doutor terá de simplesmente imaginar. Bem, querida Anne, foi uma bênção Deus não ter atendido nossas preces. Rezei muito para que a operação não curasse o Dick. Claro, não pedi isso de forma tão explícita; porém, era o que estava no fundo da minha mente, e não tenho dúvida de que o Senhor sabe disso.

– Bem, ele atendeu o espírito das suas preces. Você desejou com afinco para as coisas não se tornarem ainda mais difíceis para Leslie. Receio que, secretamente, eu também desejei que a operação não fosse bem-sucedida e estou tremendamente envergonhada.

– Como você acha que Leslie recebeu a notícia?

– Pela forma como escreveu, parece estar atordoada. Acho que, assim como nós, ela ainda não tomou plena consciência. "Tudo parece um sonho estranho para mim, Anne." Foi a única coisa que disse sobre si mesma.

– Pobre criança! Suponho que, quando um prisioneiro é finalmente liberto de suas amarras, ele se sente perdido sem elas por um tempo. Anne, querida, há um pensamento que não me deixa em paz. E o Owen Ford? Nós duas sabemos que Leslie gostava dele. Já lhe ocorreu que talvez ele gostasse dela?

– Sim... Ocorreu-me... – admitiu, pois até aí não havia nada demais.

– Bem, eu não tinha nenhum motivo para pensar assim, mas acho que ele *deveria* gostar dela. Anne, Deus sabe, não sou uma casamenteira e desprezo esse tipo de coisa. Mas, se eu fosse você e estivesse escrevendo para Owen, eu mencionaria casualmente o que aconteceu. É o que eu faria.

– Claro, mencionarei isso na próxima carta – disse Anne, um tanto distante. Por algum motivo, ela não podia discutir aquele assunto com a senhorita Cornelia. Ainda assim, Anne tinha de admitir que a mesma ideia vinha espreitando em sua mente desde quando se inteirara da liberdade de Leslie. Só que ela não queria profaná-la, colocando-a em palavras.

– É claro que não há pressa, querida. Mas Dick Moore morreu há treze anos, e Leslie já perdeu muito tempo de vida por causa dele. Vamos ver o que acontecerá. Quanto a George Moore, que voltou à vida quando todos achavam que já havia partido desta para uma melhor, sinto muito por ele. Creio que não haja mais lugar para ele aqui.

– Ele ainda é jovem e, se conseguir se recuperar completamente, como é provável, poderá ter um lugar no mundo novamente. Deve ser muito estranho para ele, coitado. Suponho que todos esses anos após o acidente nunca existiram para ele.

O RETORNO
DE LESLIE

Quinze dias depois, Leslie Moore retornou para a casa onde passara tantos anos amargurados. Sob o crepúsculo de junho ela atravessou os campos e foi até a casa de Anne, onde apareceu tão repentinamente quanto um fantasma no jardim perfumado.

– Leslie! – exclamou Anne, espantada. – De onde você surgiu? Não sabíamos que havia voltado. Por que não nos escreveu? Nós teríamos recebido você na estação.

– Não consegui escrever, Anne. Pareceu-me tão fútil tentar dizer algo com pena e tinta. E eu queria voltar sem fazer alarde, discretamente.

Anne abraçou Leslie e a beijou. Leslie retribuiu o beijo com afeição. Parecia pálida e cansada, e arfou ao sentar-se na grama ao lado de um canteiro de narcisos que se destacavam sob a luz suave e prateada do poente como estrelas douradas.

– E você voltou sozinha, Leslie?

– Sim. A irmã de George Moore veio para Montreal e o levou para a casa dela. O coitadinho ficou triste por se separar de mim, mesmo eu tendo me tornado uma desconhecida para ele quando a memória retornou. Ele se apegou a mim naqueles primeiros dias difíceis, tentando compreender que o Dick não havia morrido no dia anterior, como lhe parecia. Foi muito duro para ele. Eu o ajudei do jeito que pude. As coisas ficaram mais fáceis quando a irmã dele chegou, pois ele tinha a impressão de tê-la visto há poucos dias. Por sorte ela não mudara muito, e isso também ajudou.

– É tudo tão estranho e fantástico, Leslie. Acho que nenhum de nós ainda se deu conta disso.

– Eu ainda não. Quando entrei em casa novamente, uma hora atrás, senti que tudo fora um sonho; que Dick ainda estava lá, com aquele sorriso infantil, como esteve por tanto tempo. Anne, ainda estou abalada. Não me sinto contente nem triste; não sinto *nada*. É como se algo tivesse sido arrancado da minha vida, deixando um buraco imenso. Não me sinto eu mesma... Parece que me transformei em outra pessoa e ainda não me acostumei. É uma sensação atordoante e horrível, de solidão e desamparo. É bom ver você de novo; é como se você fosse uma âncora para a minha alma à deriva. Ah, Anne, estou com medo do que virá: as fofocas, o assombro e os questionamentos. Quando penso em tudo isso, tenho vontade de nunca ter voltado para cá. O doutor Dave estava na estação quando desci do trem e me trouxe para casa. O coitado está se sentindo muito mal por ter me dito anos atrás que o Dick não tinha salvação. "Honestamente, era o que eu pensava, Leslie", disse ele. "Contudo, deveria ter dito para não confiar somente na minha opinião; deveria ter dito para que consultasse um especialista. Você teria sido poupada de muitos anos de dificuldades, e o pobre George Moore, de muitos anos desperdiçados. Eu me culpo muito, Leslie." Eu disse para que não se sentisse assim, pois havia feito o que era certo. Ele sempre foi tão gentil comigo; não poderia permitir que se preocupasse tanto.

– E o Dick... O George, quero dizer? A memória dele foi totalmente restaurada?

– Pode-se dizer que sim. Evidentemente, há muitos detalhes dos quais ainda não consegue se lembrar, mas a cada dia que passa está se recordando mais. Ele deu um passeio na tarde posterior ao enterro de Dick. Carregava consigo o dinheiro e o relógio de Dick, que pretendia me entregar quando viesse para cá, juntamente com uma carta.

ANNE E A CASA DOS SONHOS

Ele confirmou que foi a um lugar frequentado por marinheiros... E nada mais. Anne, nunca vou me esquecer do momento em que se lembrou do próprio nome. Ele me encarou com uma expressão confusa, mas inteligente. Eu perguntei: "Você me reconhece, Dick?". Ele respondeu: "Nunca a vi antes. Quem é você? E meu nome não é Dick. Sou George Moore, e o Dick morreu de febre amarela ontem! Onde estou? O que aconteceu comigo?". Eu... desmaiei, Anne. Desde então, venho sentindo que estou em um sonho.

– Logo você se ajustará ao novo estado das coisas, Leslie. E você é jovem, tem toda a vida pela frente e ainda terá pela frente muitos anos maravilhosos!

– Talvez eu consiga encarar as coisas dessa forma daqui a uns tempos, Anne. Agora eu me sinto muito cansada e indiferente para pensar no futuro. Sinto-me... Anne, eu me sinto sozinha. Não é estranho? Sabe, eu me afeiçoei muito ao pobre Dick... George, eu deveria dizer... Da mesma forma que teria me afeiçoado a uma criança dependente de mim para tudo. Só que jamais teria admitido isso, por vergonha. Sabe, eu odiava e desprezava muito o Dick antes de partir, e quando o capitão Jim me avisou que o estava trazendo de volta, achei que iria voltar a sentir o mesmo. Mas não foi bem assim, embora eu continuasse a odiá-lo. Desde o instante em que voltou para casa, senti apenas dó... Um dó que me feria e me perturbava. Eu supus ser porque o acidente o deixara tão indefeso e diferente; agora sei que era porque havia uma personalidade diferente ali dentro. Carlo sabia, Anne. Eu sei que sabia. Sempre achei estranho o fato de Carlo não gostar mais do Dick; cães geralmente são tão leais... *Ele* sabia que aquele não era o dono dele, embora o resto de nós não soubesse. Eu nunca tinha visto George Moore, sabe? Agora me lembro de Dick ter comentado casualmente sobre um primo da Nova Escócia que era praticamente o gêmeo dele; todavia isso escapou da minha memória, e de qualquer forma eu não teria dado importância a isso. Sabe, nunca me ocorreu questionar a identidade do Dick. Todas as mudanças nele me pareciam resultado do acidente.

– Ah, Anne – prosseguiu Leslie –, aquela noite em abril, quando Gilbert disse que o Dick poderia ser curado! Nunca vou me esquecer dela. Foi como se eu fosse prisioneira em uma câmara de tortura horrenda e uma porta tivesse sido aberta para que eu escapasse. Eu ainda estava acorrentada à câmara, ainda que não estivesse mais dentro dela. E, naquela noite, eu senti como se uma força impiedosa estivesse me arrastando novamente para dentro, de volta para uma tortura ainda mais terrível do que antes. Não culpo o Gilbert. Sei que ele agiu corretamente. E foi muito atencioso comigo ao dizer que, em vista dos gastos e da incerteza da operação, se eu escolhesse não correr o risco, não iria me culpar de forma alguma. E eu sabia o que deveria decidir, e não conseguia encarar a verdade. Caminhei de um lado para o outro como uma louca, tentando juntar forças para encará-la. Eu não conseguia, Anne... Achei que não conseguiria... E, quando o sol raiou, cerrei os dentes e decidi que *não* optaria pela operação. Que iria deixar as coisas como estavam. Foi muita crueldade, eu sei. Teria sido uma bela punição por tamanha mesquinhez se eu tivesse seguido em frente com essa decisão. Mantive-me firme durante o dia inteiro. Naquela tarde, eu tive de ir até Glen fazer algumas compras. O Dick estava em um de seus dias calmos, então eu o deixei sozinho. Fiquei fora mais tempo do que pretendia, e ele começou a sentir a minha falta. Sentiu-se solitário. Quando cheguei em casa, ele correu na minha direção como uma criança, com um sorriso de satisfação no rosto. Anne, por algum motivo, eu simplesmente cedi naquele momento. O sorriso naquele rosto inexpressivo foi demais para mim. Senti como se estivesse negando a uma criança a chance de crescer e evoluir. Eu sabia que tinha de lhe dar uma chance, independentemente das consequências. Então, vim até aqui e falei com Gilbert. Ah, Anne, você deve ter me achado insuportável nas semanas antes da minha partida. Não foi a minha intenção... Eu só não conseguia pensar em nada além do que tinha de fazer; tudo e todos ao meu redor eram como sombras.

– Eu entendi, Leslie. E agora tudo terminou. A corrente foi quebrada, e não há mais nenhuma câmara.

ANNE E A CASA DOS SONHOS

– Não há mais nenhuma câmara – repetiu Leslie, absorta, arrancando folhas da grama com os dedos longos e bronzeados. – Parece-me que não há mais nada, Anne. Você... Você se lembra da loucura que eu lhe contei naquela noite, nas dunas de areia? Pelo visto, não dá para deixar de ser uma tola da noite para o dia. Às vezes, acho que algumas pessoas são tolas para sempre. E ser uma tola desse tipo é quase como ser um cachorro preso a uma corrente.

– Você vai se sentir muito diferente depois que esse cansaço e essa confusão passarem – disse Anne, que, ciente de uma coisa que Leslie não sabia, não se sentiu obrigada a sentir muita compaixão. Leslie deitou-se com os esplêndidos cabelos dourados sobre os joelhos de Anne.

– De qualquer forma, eu tenho *você*. A vida não será vazia com uma amiga como você. Anne, afague a minha cabeça, como se eu fosse uma garotinha... Como se *você* fosse minha mãe... E deixe-me dizer, agora que a minha língua teimosa está um pouco solta, o quanto você e a sua amizade significam para mim desde a noite em que a encontrei na praia rochosa.

O BARCO DOS SONHOS CHEGA AO PORTO

    Em uma manhã, quando o nascer do sol emanava ondas douradas sob o golfo, uma cegonha cansada sobrevoou a barreira das dunas de areia do porto de Four Winds enquanto regressava da Terra das Estrelas Vespertinas. Ela carregava sob as asas uma criaturinha dorminhoca e de olhos curiosos. A ave exausta olhou ao redor com ansiedade. Sabia que estava perto do destino, mas ainda não conseguia vê-lo. O imponente farol branco sob o penhasco de arenito vermelho tinha um bom aspecto, só que nenhuma cegonha em sã consciência deixaria um recém-nascido ali. Uma velha casa acinzentada rodeada de salgueiros, em meio a um vale florido cortado por um riacho, parecia mais promissora, entretanto não era o lugar mais adequado. A morada verde logo adiante estava indubitavelmente fora de questão. Logo a cegonha animou-se ao avistar o local exato, uma casinha branca aninhada em um bosque vistoso e farfalhante, com uma espiral de fumaça azul saindo da chaminé, uma casa que parecia destinada a receber bebês. A ave suspirou aliviada e pousou suavemente no telhado.

Meia hora depois, Gilbert correu pelo corredor e bateu na porta do quarto de visitas. Uma voz sonolenta respondeu e, após alguns instantes, o rosto pálido e assustado de Marilla espiou pela fresta da porta.

– Marilla, Anne me pediu para avisar que um certo jovem cavalheiro chegou. Não trouxe muita bagagem, mas evidentemente pretende ficar.

– Pelo amor de Deus! – disse Marilla, atônita. – Não me diga que tudo já acabou, Gilbert. Por que não me chamou?

– Anne não queria importuná-la sem necessidade. Ninguém foi chamado até duas horas atrás. Não houve nenhum risco dessa vez.

– E... E... Gilbert... O bebê está vivo?

– Certamente. Ele pesa quatro quilos e meio e... Ora, escute só. Ele não parece ter nenhum problema nos pulmões, não acha? A enfermeira disse que o cabelo dele será ruivo. Anne ficou furiosa, e eu morri de rir.

Foi um dia maravilhoso na casinha dos sonhos.

– O maior dos sonhos tornou-se realidade – disse Anne, lívida e extasiada. – Ah, Marilla, mal posso acreditar, depois daquele dia horrível no último verão. Meu coração foi partido naquela ocasião e agora está curado.

– Este bebê ocupará o lugar de Joy – disse Marilla.

– Ah, não, não, *não*, Marilla. Ninguém jamais conseguiria. Meu querido homenzinho tem um lugar só dele, e a pequena Joy tem e sempre terá o dela. Se estivesse viva, ela teria um ano de idade agora. Ela estaria tropeçando por aí nos pezinhos, balbuciando palavras. Posso enxergá-la claramente, Marilla. Ah, agora sei que o capitão Jim estava certo ao dizer que Deus não permitiria que minha filha se tornasse uma estranha quando a encontrasse no além. Aprendi isso no ano passado. Eu acompanhei o desenvolvimento dela dia após dia, semana após semana, e sempre acompanharei. Eu saberei como ela está todos os anos, e, quando nos reencontrarmos, ela não será uma desconhecida. Ah, Marilla, veja esses adoráveis dedinhos do pé! Não é estranho que sejam tão perfeitos?

– Seria estranho se não fossem – disse Marilla, taxativa. Agora que tudo estava terminado, voltara a ser ela mesma.

– Ah, eu sei. É como se não devessem estar totalmente formados, entende? Mas estão, até mesmo as unhas minúsculas. E as mãos... Veja essas mãozinhas, Marilla.

– Elas parecem mãos – admitiu Marilla.

– Veja como se agarram ao meu dedo. Tenho certeza de que ele já me conhece. Ele chora quando a enfermeira o tira de perto de mim. Ah, Marilla, você acha... Você acha mesmo... que os cabelos dele ficarão vermelhos?

– Não estou vendo muito cabelo, de qualquer cor – disse Marilla. – E eu não me preocuparia com isso até que se tornasse algo visível, se fosse você.

– Marilla, ele *tem* cabelo, repare na pelugem macia sobre a cabeça dele. De qualquer forma, a enfermeira disse que os olhos dele serão acastanhados e que a testa será idêntica à de Gilbert.

– E ele tem orelhinhas primorosas, querida senhora – disse Susan. – Foi a primeira coisa que percebi. Os cabelos podem ser traiçoeiros, e os olhos e o nariz mudam com o tempo, não dá para saber como vão ficar, mas as orelhas são as mesmas do começo ao fim, você sempre sabe o que esperar. Vejam só o formato delas; e estão bem rentes à cabecinha preciosa dele. A senhora do doutor nunca terá vergonha delas.

A recuperação de Anne foi rápida e tranquila. As pessoas a visitaram para admirar o menino, da mesma forma que a humanidade adora os recém-nascidos desde bem antes dos Três Reis Magos terem se curvado em homenagem ao Menino Jesus diante da manjedoura em Belém. Leslie, que lentamente se redescobria na nova vida, rodeava-o como uma linda madona de cabelos dourados. A senhorita Cornelia cuidava dele tão habilmente quanto qualquer mãe em Israel. O capitão Jim o tomou nas grandes mãos morenas e o contemplou com ternura, com olhos que viam o filho que nunca tivera.

– Como vai se chamar? – perguntou a senhorita Cornelia.

– Anne escolheu o nome dele – respondeu Gilbert.

ANNE E A CASA DOS SONHOS

– James Matthew, em homenagem aos maiores cavalheiros que já conheci, o que inclui você – disse Anne, lançando um olhar bem-humorado para o marido.

Gilbert sorriu.

– Não cheguei a conhecer Matthew de verdade; ele era tão tímido que nós, garotos, nunca conseguimos nos aproximar dele. Mas concordo que o capitão Jim é uma das almas mais raras e admiráveis de Deus. Ele ficou muito emocionado por termos dado ao nosso rapazinho o nome dele. É como se nunca tivesse conhecido um xará.

– Bem, James Matthew é um nome que perdurará, que não será desgastado pelo tempo – disse a senhorita Cornelia. – Fico feliz por não o ter batizado com algum nome afetado e romântico do qual ele terá vergonha quando se tornar avô. A filha da senhora William Drew, que mora em Glen, chama-se Bertie Shakespeare. Uma combinação e tanto, não? E fico contente por não ter tido muita dificuldade em escolhê-lo. Algumas pessoas não têm tanta sorte. Quando o primeiro menino do Stanley Flagg nasceu, houve tanta discussão sobre o nome de quem ele receberia que o pobrezinho levou dois anos para ser batizado. Só que aí ele ganhou um irmãozinho, e a família ficou com o "Bebê Maior" e o "Bebê Menor". Por fim, chamaram o bebê maior de Peter, e o menor de Isaac, em homenagem aos avôs, e foram batizados juntos. E os irmãos tentaram competir para ver quem chorava mais alto. Conhece aquela família escocesa que mora em Glen, os MacNabs? Eles têm doze filhos, e o mais velho e o mais novo se chamam Neil: Neil Grande e Neil Pequeno, na mesma família. Bem, acho que ficaram sem ideias para nomes.

– Li em algum lugar – disse Anne, rindo –, que o primeiro filho é um poema, e o décimo uma prosa comum. Talvez a senhora MacNab tenha achado que o décimo segundo não passava de uma história repetida.

– Bem, famílias grandes têm as suas vantagens – disse a senhora Cornelia, com um suspiro. – Fui filha única durante oito anos, e tudo que eu queria era um irmão ou uma irmã. Mamãe disse para eu pedir

217

por um em minhas preces, e foi o que eu fiz, acredite em mim! Bem, um dia a tia Nellie veio e disse: "Cornelia, tem um irmãozinho para você lá no quarto da sua mãe. Pode ir lá em cima para conhecê-lo". Fiquei tão animada e feliz que subi correndo as escadas. E a velha senhora Flagg ergueu o bebê para que eu o visse. Deus, nunca fiquei tão desapontada na minha vida, querida Anne. Eu tinha rezado por um *irmão dois anos mais velho que eu*.

– Quanto tempo levou para superar a decepção? – perguntou Anne, em meio às risadas.

– Bem, fiquei brava com a Providência por um bom tempo, e passei semanas sem nem olhar para o neném. Ninguém sabia o motivo, já que eu não tinha contado para ninguém. Então ele começou a ficar fofo, a estender as mãozinhas para mim, e eu me afeiçoei a ele. Mas eu só passei a gostar mesmo dele no dia em que uma colega de escola foi em casa e disse que ele era pequeno demais para a idade dele. Fiquei furiosa e disse que ela não sabia o que era um bebê bonito de verdade, pois o nosso era o mais lindo do mundo. Depois desse dia, eu simplesmente o venerei. A mamãe morreu quando ele tinha três anos, e eu virei a irmã e a mãe dele. Coitadinho, nunca teve uma saúde boa, e morreu aos vinte e poucos anos. Eu teria feito qualquer coisa, querida Anne, para que tivesse continuado vivo.

A senhorita Cornelia suspirou. Gilbert estava no andar de baixo; Leslie, que cantava para o pequeno James Matthew junto à janela, colocou-o no berço quando adormeceu e foi embora. A senhorita Cornelia esperou até que ela estivesse longe o bastante para inclinar--se e sussurrar, em tom conspiratório:

– Anne, querida, recebi uma carta do Owen Ford ontem. Ele está em Vancouver e quer saber se eu posso hospedá-lo por um mês. Você sabe o que isso significa.

– Não temos nada a ver com isso, e também poderíamos impedi-lo de vir para Four Winds – apressou-se Anne em dizer. Ela não gostava de como aqueles sussurros da senhorita Cornelia lhe davam a sensação de ser uma casamenteira; no entanto, acabou sucumbindo.

– Leslie não pode saber até que ele esteja aqui. Se descobrir, estou certa de que irá embora de vez. Ela me contou nesses dias que pretende fazer isso no outono, de qualquer forma; vai para Montreal para estudar enfermagem e ver o que pode fazer da vida dela.

– Bem, querida Anne – disse a senhorita Cornelia, assentindo com ares de sabedoria –, o que tiver de ser, será. Nós duas fizemos a nossa parte e devemos deixar o restante nas mãos d'Ele.

POLÍTICA EM FOUR WINDS

Quando Anne voltou a descer as escadas, a Ilha, assim como o resto do Canadá, estava em alvoroço com a campanha para as eleições gerais. Gilbert, que era um ardente conservador, encontrou-se preso em um vórtice, sendo muito requisitado para fazer discursos em diversos comícios. A senhorita Cornelia não aprovava que ele se envolvesse nesses assuntos e disse isso a Anne.

– O doutor Dave nunca fez isso. O doutor Blythe descobrirá que está cometendo um erro, acredite em mim. Nenhum homem decente deveria se meter na política.

– O governo do país deveria ficar somente no poder dos velhacos, então? – ponderou Anne.

– Contanto que sejam velhacos conservadores, sim – disse a senhorita Cornelia, avançando com as honras da guerra. – Os homens e os políticos são farinha do mesmo saco. Os liberais só estão cobertos por uma camada *consideravelmente* mais espessa do que a dos conservadores. Liberal ou não, meu conselho para o doutor Blythe é se manter longe da política. Quando menos se espera, ele se candidatará e passará metade do ano em Ottawa, deixando a clínica às moscas.

– Ah, bem, não nos precipitemos – disse Anne. – Isso não vai nos levar a lugar algum. Em vez disso, vamos pensar no pequeno Jem.

O nome dele deve ser escrito com G. Não é perfeito? Veja as covinhas nos cotovelos dele. Nós o educaremos para que seja um bom conservador, você e eu, senhorita Cornelia.

– Para que seja um bom homem. São raros e valiosos; todavia, não gostaria que ele se tornasse um liberal. Quanto às eleições, você e eu deveríamos agradecer por não morarmos do outro lado do porto. O ar está tomado pela tensão. Todos os Elliotts, Crawfords e MacAllisters estão em pé de guerra e preparados para a batalha. Este lado continua calmo e pacífico, já que tem poucos homens. Não há dúvida de que os conservadores ganharão de novo por grande maioria dos votos.

A senhorita Cornelia estava errada. Na manhã após as eleições, o capitão Jim passou na casinha para contar as novidades. Tão virulento era o micróbio da política partidarista que até um pacífico senhor de idade como o capitão estava com as bochechas coradas e os olhos brilhantes como os de um rapaz.

– Senhora Blythe, os liberais ganharam com uma maioria esmagadora. Após dezoito anos sob a má administração dos conservadores, este país oprimido finalmente terá uma chance.

– É a primeira vez que ouço o senhor fazer um discurso tão incendiado, capitão. Não imaginava que tinha tanto rancor político – riu Anne, que não tinha ficado muito animada com o resultado. O pequeno Jem tinha dito "dá-dá" naquela manhã. O que eram principados e poderes, a ascensão e a queda de dinastias, a vitória dos liberais, comparados àquele milagre?

– Isso vem de muito tempo – disse o capitão Jim, com um sorriso reprovador. – Eu me achava um liberal moderado, mas, quando chegou a notícia de que ganhamos, percebi o quão liberal realmente sou.

– O senhor sabe que o doutor e eu somos conservadores.

– Ah, bem, é o único defeito em vocês, senhora Blythe. A senhorita Cornelia também é conservadora. Eu passei na casa dela antes de vir aqui.

– Você sabia que estava arriscando a vida?

– Sim, mas não resisti à tentação.

– Como ela reagiu?

– Com calma até, senhora Blythe, com calma. Disse: "Bem, a providência castiga países com períodos de humilhação, assim como faz com as pessoas. Vocês, liberais, passaram frio e fome por muitos anos. Aqueçam-se e se alimentem o quanto antes, pois não durarão muito tempo no poder". Eu disse: "Ora, Cornelia, talvez a providência ache que o Canadá precisa de um longo período de humilhação". Ah, Susan, você ficou sabendo? Os liberais ganharam as eleições.

Susan tinha acabado de vir da cozinha, junto com um aroma de pratos deliciosos que parecia sempre acompanhá-la.

– É mesmo? – disse, com uma linda indiferença. – Bem, o meu pão leva o mesmo tempo para crescer com os conservadores no poder ou não. E o partido que fizer chover antes do fim da semana, querida senhora, para salvar a nossa horta da ruína, será o partido em que a Susan votará. Agora, poderia vir aqui e me dar a sua opinião sobre a carne para o jantar? Receio que esteja muito dura e acho melhor trocarmos de açougueiro, além do governo.

Uma semana depois, Anne foi até o farol para ver se o capitão Jim tinha algum peixe fresco, separando-se do pequeno Jem pela primeira vez. Era uma tragédia. E se ele chorasse? E se Susan não soubesse exatamente o que ele queria? Susan estava calma e tranquila.

– Tenho tanta experiência com ele quanto você, querida senhora, não tenho?

– Sim, com ele; não com outros bebês. Eu já cuidei de três pares de gêmeos quando era criança, Susan. Quando choravam, eu lhes dava óleo de menta ou rícino sem me preocupar. É curioso me lembrar de como eu lidava com facilidade com aquelas crianças e suas birras.

– Bem, se o pequeno Jem chorar, colocarei uma bolsa de água quente sobre a barriguinha dele.

– Não muito quente – disse Anne, afoita. – Ah, será que eu deveria ir mesmo?

– Não se preocupe, querida senhora. Susan não é mulher de queimar um bebezinho. Bendito seja, nunca chora.

ANNE E A CASA DOS SONHOS

Anne finalmente saiu de casa e desfrutou do passeio até o farol, sob as longas sombras do entardecer. O capitão Jim não estava na sala, mas outro homem estava: um homem de meia-idade charmoso, com um queixo proeminente e barbeado, que Anne desconhecia. Não obstante, assim que ela se sentou, ele começou a falar com a segurança de um velho conhecido. Nada havia de impróprio na maneira ou no que dizia, contudo Anne não gostou daquela intimidade em um completo desconhecido. Suas respostas foram frias; o mínimo exigido pelos bons modos. Sem incomodar-se, ele continuou por vários minutos e então desculpou-se e foi embora. Anne podia jurar que havia um brilho peculiar nos olhos dele que a incomodou. Quem era aquela pessoa? Havia algo vagamente familiar nele, apesar de Anne não ter dúvida de que nunca o tinha visto antes.

– Quem era aquele sujeito que acabou de sair? – perguntou Anne, quando o capitão Jim chegou.

– Marshall Elliott.

– Marshall Elliott! Ah, capitão... não era... sim, *era* a voz dele! Ah, eu não sabia quem era e fui muito seca com ele! Por que não me contou? Ele deve ter reparado que eu não o reconheci.

– Ele não disse nada para não estragar a piada. Não se preocupe com isso; ele deve ter achado graça da situação. Sim, o Marshall cortou a barba e os cabelos. O partido dele enfim venceu. Também não o reconheci de início. Ele estava na loja de Carter Flagg em Glen, na noite após o dia da eleição, junto com uma multidão que aguardava o resultado. Por volta da meia-noite o telefone tocou: os liberais haviam ganhado. Marshall simplesmente levantou-se e saiu, sem celebrar ou gritar; deixou isso a cargo dos outros, que quase derrubaram a loja do Carter. Obviamente, todos os conservadores estavam na loja de Raymond Russell. Não houve muito barulho por lá. Marshall desceu a rua em direção à barbearia do Augustus Palmer. Augustus estava dormindo, mas ele bateu na porta até o barbeiro levantar da cama e descer para ver o que diabos estava acontecendo.

"Abra seu estabelecimento e faça o melhor trabalho da sua vida, Gus", disse Marshall. "Os conservadores estão fora do poder, e você vai atender um bom liberal antes do nascer do sol."

– O Gus ficou enfurecido, em parte por ter sido tirado da cama, mas principalmente por ser um conservador. Havia jurado que não atenderia nenhum homem depois da meia-noite.

"Você vai fazer o que eu quiser, filho", disse Marshall, "ou então vai levar umas palmadas no traseiro que a sua mãe se esqueceu de lhe dar".

– O Gus sabia que ele era capaz de fazer isso, pois o Marshall era forte como um touro, e o Gus, um fracote. Assim, ele cedeu e abriu a barbearia. "Eu vou atender você, mas, se disser uma palavra sobre os liberais enquanto eu estiver trabalhando, cortarei a sua garganta com a navalha", ameaçou. Quem diria que o pequeno Gus é capaz de ser tão sanguinário! Isso mostra o que um partido político pode fazer com um homem. Marshall ficou de boca fechada e foi embora assim que se livrou do cabelo e da barba. Quando a velha empregada dele ouviu o barulho de passos na escada, espiou pela porta do quarto para ver se era ele ou o garoto contratado para trabalhar na casa. Ao deparar-se com um estranho no corredor com uma vela, ela deu um grito e desmaiou. Tiveram de chamar um médico para reanimá-la, e vários dias se passaram até que conseguisse olhar para Marshall sem começar a tremer.

O capitão Jim não tinha peixe. Ele raramente saía com o barco durante o verão e havia encerrado suas longas expedições há muito tempo. Ele passava boa parte do tempo sentado diante da janela, observando o golfo, com a cabeça cada vez mais branca apoiada em uma das mãos. Ficou sentado ali naquela noite durante vários minutos, travando uma batalha com o passado que Anne não se atreveria a perturbar. Em seguida, apontou para o arco-íris no oeste.

– É lindo, não acha, senhora Blythe? Gostaria que tivesse visto o nascer do sol nesta manhã. Foi simplesmente maravilhoso. Já vi todos os tipos de amanhecer nesse golfo. Eu viajei pelo mundo todo e posso afirmar que nunca vi uma cena mais deslumbrante do que a alvorada nesta costa, no verão. Um homem não pode escolher a hora de partir, senhora Blythe; ele parte quando o Grande Capitão dá as ordens. Se fosse possível, eu escolheria zarpar quando a aurora chega ao porto. Já assisti a ela muitas vezes, imaginando como seria atravessar essa grande glória branca em direção ao que quer que nos aguarde no além, em mares ainda desconhecidos por mapas terrenos. Acho que encontrarei a Margaret desaparecida lá.

O capitão Jim falava frequentemente com Anne sobre a Margaret desaparecida desde que contara a respeito dela. O amor dele por Margaret era evidente em cada palavra, um amor que jamais desbotou ou foi esquecido pelo tempo.

– De qualquer forma, quando a minha hora chegar, quero que seja rápida e tranquila. Não pense que sou um covarde, senhora Blythe; já fiquei cara a cara com uma morte horrível mais de uma vez sem empalidecer. Entretanto, a ideia de uma morte lenta me enche de um horror doentio.

– Não fale em nos deixar, meu *querido* capitão – implorou Anne, com a voz embargada, afagando a mão velha e morena do capitão que já fora muito forte, mas que agora era frágil. – O que faríamos sem você?

O capitão Jim abriu um belo sorriso.

– Ah, vocês se virariam bem, muito bem, e creio que não se esqueceriam deste velho aqui, senhora Blythe; não, acho que vocês jamais se esquecerão dele. O povo que conhece José nunca se esquece de seus semelhantes. Será uma recordação que não machucará. Gosto de pensar que a minha lembrança sempre será agradável para os meus amigos; eu espero e acredito nisso. Não falta muito para a Margaret desaparecida me chamar pela última vez. Estarei preparado para atendê-la. Só estou entrando nesse assunto porque gostaria de lhe pedir um pequeno favor. Aqui está o meu velho Segundo Oficial... – O capitão Jim estendeu a mão e acariciou a grande bola dourada, quentinha e aveludada que dormia no sofá. O gato se desenrolou como uma mola, fazendo um som gostoso e rouco, uma mistura de ronronar e miado, esticou as patas no ar, virou para o outro lado e voltou a se enrolar.

– *Ele* vai sentir a minha falta quando eu partir. Não suporto a ideia de abandoná-lo aqui passando fome, como já foi abandonado antes. Se alguma coisa acontecer comigo, você dará a ele algo de comer e um cantinho para morar, senhora Blythe?

– É claro que darei.

– É tudo que eu lhe peço. Eu já separei algumas coisas curiosas para dar para o pequeno Jem. E não quero ver lágrimas nesses olhos bonitos, senhora Blythe. Talvez eu ainda fique por aqui por um bom tempo. Ouvi você recitar uma poesia no inverno passado, um verso de Tennyson. Adoraria ouvi-la novamente, se não se importar.

Suave e claramente, enquanto a brisa marinha os embalava, Anne repetiu os lindos versos da maravilhosa obra derradeira de Tennyson, *Crossing the Bar*. O capitão marcou o ritmo gentilmente com a mão senil.

– Sim, sim – disse ele, quando ela terminou –, isso mesmo, isso mesmo. Se ele não foi marinheiro, como você me disse, então não sei como conseguiu colocar tão bem em palavras os sentimentos de um velho marujo. Ele não queria a "tristeza das despedidas", assim como eu também não quero, senhora Blythe, pois eu estarei muito bem além da barreira das dunas de areia.

BELEZA EM VEZ DE CINZAS[28]

– Alguma notícia de Green Gables, Anne?
– Nada de especial – respondeu ela, dobrando a carta de Marilla. – Jake Donnell esteve lá para consertar o telhado. Ele é um carpinteiro de pleno direito agora, o que me leva a crer que escolheu a profissão que queria. Você lembra que a mãe dele queria que ele fosse professor de faculdade? Nunca vou esquecer o dia em que ela foi à escola e ralhou comigo por não chamá-lo de St. Clair.

– Será que alguém o chama assim agora?

– É evidente que não. Parece que ele conseguiu escapar dessa e até a mãe dele teve que se conformar. Sempre achei que um garoto com o queixo e a boca do Jake seria capaz de conseguir o que quisesse na vida. Diana me escreveu contando que Dora tem um namorado. Pense nisso, aquela criança!

– Dora tem dezessete anos – disse Gilbert. – Charlie Sloane e eu éramos loucos por você aos dezessete, Anne.

– Gilbert, estamos mesmo envelhecendo – disse Anne, com um sorriso melancólico. – As crianças que tinham seis anos quando nos achávamos

---

28 Referência ao Antigo Testamento, Isaías 61:3. (N. T.)

adultos já têm idade suficiente para terem namoricos. O de Dora é o Ralph Andrews, irmão de Jane. Eu me lembro dele como um garotinho gorducho e de cabelos claros, que era sempre o último da classe. Pelo que sei, agora ele é um jovem muito charmoso.

– Dora provavelmente se casará cedo. Ela é como a Charlotta IV e não perderá a primeira chance por medo de que seja a última.

– Bem, se ela se casar com Ralph, espero que ele seja mais confiante que o irmão, Billy – refletiu Anne.

– Vamos torcer para que ele consiga pedi-la em casamento por conta própria – disse Gilbert, rindo. – Anne, você teria se casado com o Billy se ele tivesse feito o pedido em pessoa, em vez de mandar Jane no lugar dele?

– Talvez. – Anne teve um acesso de riso ao recordar o primeiro pedido de casamento dela. – O choque do momento poderia ter me hipnotizado e levado a fazer alguma tolice. Sejamos gratos por ele ter feito o pedido por intermédio de uma representante.

– Recebi uma carta de George Moore ontem – disse Leslie do canto onde estava lendo.

– Ah, e como ele está? – perguntou Anne com interesse, além de uma sensação irreal de estar falando de alguém que não conhecia.

– Ele está bem, mas está com dificuldades para se adaptar a todas as mudanças referentes ao antigo lar e aos amigos. Ele voltará para o mar na primavera, pois está em seu sangue, como George afirma, e ele anseia por isso. E ele me contou algo que me deixou muito contente por ele, coitado. Antes de zarpar no *Four Sisters*, ele estava noivo de uma garota e não me contou nada sobre ela em Montreal, pois supunha que ela já o tivesse esquecido e se casado com outra pessoa tempos atrás, enquanto que, para ele, o amor e o noivado dos dois ainda estavam vivos. Foi muito difícil para ele. Quando retornou para casa, porém, George descobriu que ela não havia se casado e que ainda gostava dele, então eles vão se casar neste outono. Vou pedir que a traga para cá; ele diz que quer conhecer o lugar onde morou por tantos anos sem saber.

– Que lindo romance – disse Anne, cujo fascínio pelo romantismo era imortal. – E pensar que, se fosse por mim, George Moore jamais teria se levantado do túmulo no qual sua identidade fora enterrada – acrescentou, com um suspiro de autocensura. – Como eu briguei contra a sugestão de Gilbert! Bem, eis a minha punição: eu jamais poderei ter uma opinião diferente da de Gilbert novamente! Se eu tentar, ele jogará na minha cara o caso do George Moore!

– Como se isso pudesse conter uma mulher! – brincou Gilbert. – Só não se transforme em um eco meu, Anne; um pouco de oposição dá tempero à vida, e não quero uma esposa como a de John MacAllister, que mora do outro lado do porto. Não importa o que ele fale, em seguida ela diz, com aquela vozinha fastidiosa e sem vida: "É verdade, meu querido John!".

Anne e Leslie riram. A risada de Anne era prateada, e a de Leslie, dourada, e a combinação das duas era tão satisfatória quanto um acorde musical perfeito.

Susan, que chegou no final das risadas, fez eco com um suspiro ressoante.

– Susan, qual é o problema? – perguntou Gilbert.

– Tem alguma coisa errada com o pequeno Jem? – preocupou-se Anne, alarmada.

– Não. Acalme-se, querida senhora, mas aconteceu uma coisa. Meu Deus, essa semana foi péssima para mim. Eu arruinei o pão, como vocês sabem muito bem, queimei a camisa favorita do doutor e quebrei a grande travessa. Agora, além de tudo isso, fiquei sabendo que a minha irmã Matilda quebrou a perna e quer que eu passe uns tempos com ela.

– Ah, eu sinto muito... Sinto muito por sua irmã ter se acidentado, digo – exclamou Anne.

– Ah, enfim, a humanidade nasceu para sofrer, querida senhora. Parece algo saído da Bíblia, mas me disseram que foi um sujeito chamado Burns que escreveu. Não há dúvida de que nós nascemos para enfrentar problemas, assim como as fagulhas voam com o vento.

Quanto à Matilda, não sei o que fazer. Ninguém da nossa família quebrou a perna alguma vez. Ela é minha irmã, e sinto que é meu dever cuidar dela, se puder me liberar por algumas semanas, querida senhora.

– É claro, Susan, é claro. Posso conseguir alguém para me ajudar enquanto você estiver fora.

– Eu não irei se você não conseguir, querida senhora, apesar da situação de Matilda. Não quero que você se preocupe e que, como consequência, aquela criança abençoada sofra, não importa quantas pernas estejam quebradas.

– Ah, você deve ir ajudar a sua irmã o quanto antes, Susan. Eu posso conseguir uma garota do vilarejo para me ajudar temporariamente.

– Anne, você aceitaria a minha ajuda durante a ausência de Susan? – exclamou Leslie. – Por favor! Eu adoraria, e também seria um ato de caridade da sua parte. Sinto-me terrivelmente solitária naquele lugar imenso. Não há nada para se fazer e de noite não sinto apenas solidão, eu sinto medo, mesmo com as portas trancadas. Há dois dias, um vagabundo estava rondado a casa.

Anne concordou com alegria e, no dia seguinte, Leslie se instalou como convidada na casinha dos sonhos. A senhorita Cornelia aprovou calorosamente o combinado.

– Parece providencial – disse ela a Anne em segredo. – Sinto muito por Matilda Cow, mas o acidente dela não poderia ter acontecido em hora melhor. Leslie estará aqui quando Owen Ford vier para Four Winds, e os velhos fofoqueiros de Glen não terão sobre o que falar, como teriam se ela estivesse morando naquela casa sozinha e ele fosse visitá-la. Eles já estão alvoroçados, pois ela não ficou de luto. Eu disse a um deles: "Se acha que ela deveria ficar de luto por George Moore, esta foi a ressurreição dele, e não o funeral, na minha opinião; quanto ao Dick, confesso que não acho correto ficar de luto por um homem que faleceu treze anos atrás e que Deus o tenha!". E, quando Louisa Baldwin comentou que achava estranho Leslie não ter percebido que aquele não era o próprio marido, eu disse: "Você nunca suspeitou que aquele não era Dick Moore e vocês foram vizinhos de porta a vida inteira, além disso, por natureza, você é dez vezes mais desconfiada do que a Leslie". Mas não se pode deter a língua das pessoas, querida Anne, e me alegro muito por Leslie estar debaixo do seu teto enquanto Owen a corteja.

Owen Ford foi até a casinha em um fim de tarde de agosto, quando Leslie e Anne estavam absortas adorando o bebê. Ele parou na porta da sala de estar aberta, sem ser visto pelas duas, e observou a linda cena com olhos ávidos. Leslie estava sentada no chão com o neném no colo, brincando com as mãozinhas gordas que ele agitava no ar.

– Oh, que garotinho mais precioso! – murmurou, cobrindo de beijos uma das mãos minúsculas.

– "Ti" lindeza da mamãe – cantarolou Anne, debruçada sobre o braço da cadeira. – "Ti" mãozinha "maisi" pequenininha do meu menininho!

Nos meses anteriores à chegada do pequeno Jem, Anne devorara vários livros de especialistas e havia depositado a sua fé em um em especial, *Sir Oráculo: os Cuidados e a Educação das Crianças*. O *sir* Oráculo implorava para que os pais, por tudo que fosse mais sagrado no mundo, nunca falassem "como crianças" com os filhos. Os pais devem falar com o idioma clássico com eles desde o nascimento, para que aprendam a falá-lo sem vícios desde os primeiros balbucios. O *sir* Oráculo perguntava: "Como pode uma mãe esperar que seu filho aprenda a falar da maneira correta quando ela continuamente acostuma a massa cinzenta impressionável dele com distorções tão absurdas da nossa nobre língua, como as que as mães imprudentes infligem diariamente às indefesas criaturas entregues aos seus cuidados? Uma criança que é constantemente chamada de 'coisinha mais lindinha' é capaz de desenvolver um conceito adequado de si, de suas possibilidades e do seu destino?".

Anne ficou profundamente impressionada e informou Gilbert de que pretendia criar uma regra inflexível: jamais, sob hipótese alguma, falar "como criança" com os filhos. Gilbert concordou e prometeram nunca fazer isso. Promessa que Anne violou sem nenhum pudor no primeiro instante em que o pequeno Jem foi colocado em seus braços. "Ah, que coisinha mais fofinha!", exclamou ela. E continuou a chamá-lo assim desde então. Quando Gilbert a provocava, Anne ria do *sir* Oráculo.

– Ele nunca teve filhos, Gilbert. Estou certa disso, do contrário não teria escrito tanta bobagem. É simplesmente impossível não falar assim com um neném. É natural e não há nada de errado. Seria desumano falar com aquelas criaturinhas minúsculas e delicadas da mesma forma que nos dirigimos a meninos e meninas. Bebês precisam de todo o amor, mimos e gracinhas que puderem ter, e com o pequeno Jem não vai ser diferente, que Deus abençoe o coraçãozinho dele.

– Mas você ultrapassa todos os limites, Anne – protestou Gilbert, que, sendo apenas um pai, e não uma mãe, não estava totalmente convencido de que o *sir* Oráculo estava enganado. – Nunca ouvi algo parecido com a forma como você fala com essa criança.

– Provavelmente, não. Agora, não me venha com essa. Eu não cuidei dos três pares de gêmeos dos Hammonds antes de ter onze anos? Você e o *sir* Oráculo não passam de dois teóricos de sangue frio. Gilbert, olhe só para ele! Está sorrindo para mim; ele sabe do que estamos falando. E "vochê concoda co" a mamãe, não é, anjinho?

Gilbert o abraçou.

– Ah, vocês, mães! Só Deus sabe o que estava tramando quando fez vocês.

Assim, o pequeno Jem foi mimado e amado e cresceu como uma verdadeira criança da casa dos sonhos, e Leslie era tão coruja quanto Anne. Quando terminavam o serviço doméstico e Gilbert não estava por perto, elas se entregavam sem pudor ao prazer de adorar o menino, como na ocasião em que Owen Ford as surpreendeu.

Leslie foi a primeira a notá-lo. Mesmo sob a luz fraca do entardecer, Anne pôde ver a palidez que tomou conta do rosto lindo dela, destacando o vermelho dos lábios e das bochechas.

Owen aproximou-se, ansioso, momentaneamente incapaz de enxergar Anne.

– Leslie! – disse, estendendo a mão. Era a primeira vez que ele a chamava pelo nome. A mão de Leslie estava fria, porém ficou muito quieta durante todo o tempo, enquanto Anne, Gilbert e Owen riam e conversavam. Antes do fim da visita, ela pediu licença e subiu para o quarto. A alegria de Owen esvaneceu, e ele foi embora logo em seguida, com um ar derrotado.

Gilbert olhou para Anne.

– O que está acontecendo? Você está tramando alguma coisa que eu ainda não compreendi. O ar desta noite estava carregado de eletricidade. A Leslie parecia a musa da tragédia, o Owen brincava e ria por fora, enquanto a observava com os olhos da alma. Você parecia prestes a explodir com uma animação suprimida. Confesse, que segredo você está ocultando do seu marido?

– Não seja bobo, Gilbert – foi a resposta da esposa dele. – Leslie agiu de maneira absurda, e eu vou lá lhe dizer isso.

Anne encontrou Leslie junto à janela do quarto. O pequeno cômodo ressoava com o estrondo rítmico do mar. Leslie estava sentada com os dedos entrelaçados sob o luar nebuloso, uma presença bela e acusadora.

– Anne – disse ela, em um tom grave e reprovador –, você sabia que Owen Ford estava vindo para Four Winds?

– Sabia – disse Anne, sem rodeios.

– Ah, você deveria ter me contado, Anne! – exclamou Leslie. – Se tivesse me contado, eu teria ido embora, não teria ficado aqui para vê-lo. Você deveria ter me contado. Não foi justo da sua parte, Anne... Ah, não foi justo!

Os lábios de Leslie estavam tremendo, e seu corpo inteiro parecia tenso. Contudo, Anne riu sem culpa, inclinou-se e beijou o rosto emburrado da amiga.

– Leslie, você é uma pateta adorável. Owen Ford não veio correndo do Pacífico até o Atlântico por um desejo ardente de me ver. Também não acho que ele foi inspirado por uma paixão selvagem e frenética pela senhorita Cornelia. Tire o manto da tristeza, minha amiga, dobre-o e guarde-o em algum lugar com lavanda, pois ele nunca mais será necessário. Algumas pessoas conseguem enxergar a situação de longe, mesmo que você não consiga. Não sou uma profetisa, mas vou arriscar fazer uma previsão. A amargura da sua vida terminou. Depois disso, você terá todas as alegrias e sonhos, e ouso dizer os pesares também, de uma mulher feliz. O presságio da sombra de Vênus tornou-se realidade para você, Leslie. O ano que passou trouxe o melhor presente da sua vida: o amor por Owen Ford. Agora, vá para a cama e tenha uma boa noite de sono.

Leslie obedeceu e foi para a cama, mas é questionável se conseguiu dormir bem. Tampouco é improvável que tenha sonhado acordada, A vida foi tão dura com a pobre Leslie, o caminho que fora forçada a trilhar foi tão severo, que ela não ousou sussurrar para o próprio coração as esperanças que tinha para o futuro. Ela ficou assistindo ao facho giratório iluminar as horas curtas da noite de verão, e seus olhos rejuvenesceram novamente. No dia seguinte, quando Owen Ford veio convidá-la para um passeio na praia, ela disse sim.

A NOVIDADE SURPREENDENTE DA SENHORITA CORNELIA

A senhorita Cornelia foi até a casinha em uma tarde abafada, em que o golfo exibia uma tonalidade translúcida de azul, e os lírios alaranjados no portão do jardim de Anne erguiam suas taças imperiais para serem preenchidas pelo ouro derretido que transbordava do sol de agosto. Não que a senhorita Cornelia se preocupasse com oceanos pintados ou flores sedentas pela luz. Ela sentou-se em sua cadeira de balanço favorita e, insolitamente, não fez nada. "Não trabalhou nem fiou"[29], e também não disse nenhuma palavra depreciativa sobre nenhuma parcela da humanidade. Em suma, a conversa com a senhorita Cornelia foi desprovida de tempero naquele dia, e Gilbert, que ficara em casa para ouvi-la, em vez de ir pescar como pretendia, ficou preocupado. O que será que havia acontecido com ela? Ela não parecia desanimada ou preocupada. Pelo contrário, exibia um ar de nervosismo.

---
29 Referência ao Novo Testamento, Mateus 6:28. (N. T.)

– Onde está a Leslie? – perguntou, sem muito interesse.

– Foi colher framboesas com Owen no bosque atrás da fazenda – respondeu Anne. – Só voltarão por volta da hora do jantar, creio eu.

– Eles parecem que não sabem da existência de uma coisa chamada relógio – disse Gilbert. – Ainda não consegui compreender a situação. Vocês duas devem saber de alguma coisa. Anne, minha esposa desobediente, não quer me contar nada. Você poderia fazer essa gentileza, senhorita Cornelia?

– Não, não poderia, mas vim contar outra coisa – disse, com o ar determinado de quem deseja confessar algo de uma vez por todas. – Vou me casar.

Anne e Gilbert ficaram em silêncio. Se a senhorita Cornelia tivesse anunciado suas intenções de afogar-se no canal, eles teriam acreditado, mas não naquilo. Assim, eles aguardaram, pois era óbvio que ela havia cometido um erro.

– Bem, vocês dois parecem perplexos – disse por fim, com um brilho nos olhos. Agora que o momento constrangedor da revelação tinha passado, a senhorita Cornelia voltara a ser ela mesma. – Acham que sou jovem e inexperiente demais para me casar?

– É que... é algo um tanto inesperado – disse Gilbert, tentando se recompor. – Já ouvi você dizer que não se casaria nem com o melhor homem do mundo.

– Não vou me casar com o melhor homem do mundo – respondeu a senhorita Cornelia. – Marshall Elliott está longe de ser o melhor.

– Vai se casar com Marshall Elliott? – exclamou Anne, recuperando-se após o segundo choque.

– Sim. Poderia ter me casado com ele a hora que eu quisesse nos últimos vinte anos, mas você acha mesmo que eu iria entrar na igreja ao lado de um fardo de feno ambulante?

– Estou muito contente e desejo toda a felicidade do mundo a vocês – disse Anne, de maneira mecânica e inadequada. Ela não estava preparada para aquela notícia e jamais havia se imaginado felicitando a senhorita Cornelia por um noivado.

ANNE E A CASA DOS SONHOS

– Obrigada, sei que ficariam contentes por mim. Vocês são os primeiros a ficar sabendo.

– Sentiremos muito a sua falta, querida senhorita Cornelia – disse Anne, começando a ficar um pouco triste e sentimental.

– Ah, vocês não vão me perder – retrucou ela, sem sentimentalismo. – Não pensem que eu vou me mudar para o outro lado do porto com todos aqueles MacAllisters, Elliotts e Crawfords. "Da vaidade dos Elliotts, do orgulho dos MacAllísters e da presunção dos Crawfords, livrai-nos Senhor." Marshall vai morar na minha casa. Estou cansada de ter que procurar por empregados. Aquele Jim Hastings, que eu contratei nesse verão, é decididamente o pior de todos e faria com que qualquer pessoa se casasse. Sabe o que ele fez? Ele virou o vasilhame da manteiga e derrubou uma grande quantidade de creme no pátio. E nem se preocupou! Só deu uma risada e disse que leite é bom para a terra. Não é típico de um homem? Eu disse que não tinha o hábito de fertilizar meu quintal com creme de leite.

– Bem, eu também desejo muitas felicidades, senhorita Cornelia – disse Gilbert, solenemente. – No entanto – acrescentou, incapaz de resistir à tentação de provocar a senhorita Cornelia, apesar do olhar suplicante de Anne –, receio que os seus dias de independência acabaram. Como você sabe, o Marshall Elliott é um homem muito obstinado.

– Gosto de um homem determinado – respondeu a senhorita Cornelia. – Amos Grant, que costumava me cortejar há muito tempo, não era assim, nunca vi alguém tão inconstante. Uma vez ele pulou no lago para se matar, depois então mudou de ideia e nadou até a beira. Não é típico de um homem? O Marshall teria se comprometido e afogado.

– E dizem que também é temperamental – persistiu Gilbert.

– Ele não seria um Elliott se não fosse assim, mas fico feliz. Será bem divertido irritá-lo e, em geral, é possível conseguir alguma coisa de um homem temperamental quando chega a hora de pedir desculpas, mas não com um homem que é sempre plácido e exasperante.

Lucy Maud Montgomery

– Você sabe que ele é um liberal, senhorita Cornelia.

– Sim, ele é – admitiu a senhorita Cornelia pesarosamente. – E é óbvio que não tenho esperanças de transformá-lo em um conservador, porém ele é presbiteriano, então suponho que devo ficar satisfeita com isso.

– Você se casaria com ele se fosse metodista, senhorita Cornelia?

– Não. A política é algo deste mundo, mas a religião é de ambos os mundos.

– E a senhorita pode se tornar uma viúva, no fim das contas.

– Não. Marshall viverá mais do que eu. Todos os Elliotts são longevos, diferentemente dos Bryants.

– Quando vão se casar? – perguntou Anne.

– Daqui a um mês. Meu vestido de noiva será azul-marinho, e gostaria de perguntar a você, querida Anne, se um véu combina com um vestido dessa cor. Sempre pensei que gostaria de usar um véu se algum dia me casasse. O Marshall disse que eu deveria usar o que quiser. Não é típico de um homem?

– E por que você não o usaria, se quer tanto? – perguntou Anne.

– Bem, não quero ser diferente das outras pessoas – disse a senhorita Cornelia, que não se parecia absolutamente com ninguém na face da Terra. – Como estava dizendo, eu gostaria de entrar na igreja usando véu. Porém, talvez ele não deva ser usado com nenhum outro vestido que não seja branco. Por favor, querida, diga-me a sua opinião sincera e seguirei o seu conselho.

– Acho que véus costumam ser usados somente com vestidos brancos – admitiu Anne –, o que é uma mera convenção. Concordo com o senhor Elliott, senhorita Cornelia. Não vejo nenhum motivo para você não usar o véu, se é o que deseja.

A senhorita Cornelia, que fazia suas visitas em xales de algodão estampados, balançou a cabeça.

– Se não for apropriado, não usarei – disse, com um suspiro de desgosto pelo sonho perdido.

– Já que está decidida a se casar, senhorita Cornelia – disse Gilbert solenemente –, eu lhe darei os excelentes conselhos para lidar com o seu esposo que a minha avó deu para a minha mãe quando ela se casou com o meu pai.

– Bem, acho que eu sei lidar com Marshall Elliott – disse a senhorita Cornelia placidamente. – Mas vamos escutar seus conselhos.

– O primeiro é: agarre-o.

– Ele já foi agarrado. Continue.

– O segundo é: alimente-o bem.

– Com todas as tortas que quiser. Qual é o próximo?

– O terceiro e o quarto são: fique de olho nele.

– Concordo – disse a senhorita Cornelia enfaticamente.

ROSAS VERMELHAS

O jardim da casinha, enrubescido pelas últimas rosas de agosto, era um refúgio amado pelas abelhas. Os moradores viviam por ali, fazendo piqueniques em um canto além do riacho ou assistindo ao crepúsculo sentados sobre a grama, com grandes mariposas cruzando a penumbra aveludada. Owen Ford encontrou Leslie sozinha ali em um fim de tarde. Anne e Gilbert não estavam, e Susan, que era esperada naquela noite, ainda não havia chegado.

O céu do norte exibia tons âmbares e esverdeados sobre os pinheiros. O ar estava fresco, uma vez que agosto se aproximava de setembro, e Leslie usava um lenço escarlate sobre o vestido branco. Juntos eles caminharam por entre os canteiros repletos de flores, em silêncio. Owen partiria em breve. Suas férias estavam quase no fim. O coração de Leslie batia disparado, e ela sabia que aquele jardim adorado serviria de cenário para as palavras que selariam a relação ainda indefinida entre eles.

– Em algumas tardes, um estranho aroma passeia por este jardim, como um perfume fantasma – disse Owen. – Ainda não descobri de qual flor ele vem. É fugaz, marcante e maravilhosamente doce. Gosto de imaginar que é a alma da vovó Selwyn fazendo uma visitinha ao lugar que tanto amou. Esta casinha antiga deve ter muitos amigos fantasmas.

– Vivi apenas um mês sob este teto – disse Leslie –, mas eu amo esta casinha como nunca amei a casa onde passei a vida inteira.

– Esta casa foi construída e consagrada com amor – disse Owen. – Lugares assim certamente influenciam aqueles que vivem nela. E este jardim tem mais de sessenta anos. A história de milhares de sonhos e alegrias está escrita em cada pétala. Algumas dessas flores foram plantadas pela própria esposa do diretor da escola, que faleceu há trinta anos. Não obstante, elas ainda desabrocham todos os verões. Veja aquelas rosas vermelhas, Leslie. Como elas se destacam regiamente das outras!

– Eu amo rosas vermelhas – disse Leslie. – Anne prefere as cor-de-rosa, e Gilbert, as brancas, mas eu gosto das escarlate. Elas satisfazem um anseio dentro de mim como nenhuma outra.

– Essas rosas sempre florescem depois que todas as outras flores já murcharam e incorporam todo o calor e a alma do verão – disse Owen, colhendo alguns dos botões lustrosos entreabertos. – A rosa é aclamada mundialmente há séculos como a flor do amor. As cor-de-rosa são o amor esperançoso e expectante; as brancas são o amor morto ou impossível. Porém as vermelhas... ah, Leslie, o que elas representam?

– O amor triunfante – sussurrou Leslie.

– Sim, o amor triunfante e perfeito. Leslie, você sabe... Você já entendeu. Eu a amei desde o primeiro instante em que a vi, e sei que você me ama, nem preciso perguntar. Contudo, eu preciso ouvir isso de você... Minha amada... Minha amada!

Leslie disse algo com uma voz muito baixa e trêmula. Suas mãos e lábios se encontraram; era o momento supremo da vida para os dois. Naquele jardim antigo, com seus muitos anos de amores, prazeres, tristezas e glórias, ele coroou os cabelos brilhantes dela com uma rosa vermelha, da cor do amor triunfante.

Anne e Gilbert chegaram naquele instante, acompanhados pelo capitão Jim. Anne acendeu a lareira com alguns pedaços de madeira trazidos pelo mar, para ver as chamas mágicas. Ao redor dela todos se sentaram e passaram uma hora de boa camaradagem.

– Vendo essas chamas especiais, é fácil imaginar que sou jovem outra vez – disse o capitão.

– Consegue ler o futuro no fogo, capitão? – perguntou Owen.

O capitão Jim olhou afetuosamente para eles e então voltou-se para o rosto vívido e os olhos cintilantes de Leslie.

– Não preciso do fogo para saber o futuro de vocês. Eu vejo felicidade para todos vocês, para Leslie e o senhor Ford, para o doutor aqui e a esposa, para o pequeno Jem e as crianças que ainda virão. Felicidade para todos, embora eu acredite que vocês também terão preocupações e pesares. Eles são inevitáveis, e nenhum lar, seja um palácio, seja uma casinha dos sonhos, consegue detê-los. Só que eles não levarão a melhor se vocês os encararem juntos, com confiança e amor. Vocês serão capazes de enfrentar qualquer tempestade com a confiança como bússola e o amor no comando do leme.

O ancião de repente colocou a mão sobre a cabeça de Leslie e a outra sobre a de Anne.

– Duas mulheres adoráveis e doces. Verdadeiras, fiéis e de confiança. Seus maridos terão a honra em casa graças a vocês, seus filhos crescerão e as bendirão nos anos que hão de vir.

Havia uma estranha solenidade naquela cena. Anne e Leslie se curavam, como se estivessem recebendo uma bênção. Gilbert passou a mão sobre os olhos, e Owen permaneceu absorto, como se estivesse tendo visões. Todos fizeram silêncio por um instante. A pequena casa dos sonhos agregara mais um momento comovente e inesquecível às suas recordações.

– Agora, tenho que ir – disse o capitão por fim, lentamente. Ele tirou o chapéu e observou mais uma vez a sala. – Boa noite a todos – disse e partiu.

Anne, tocada pela melancolia incomum da despedida do capitão, correu até a porta.

– Volte logo, capitão Jim – gritou, enquanto ele cruzava o portãozinho entre os dois pinheiros.

– Sim, sim – respondeu alegremente. Porém, aquela foi a última vez que o capitão Jim se sentou ao redor da lareira da casinha dos sonhos.

ANNE E A CASA DOS SONHOS

Anne voltou para perto dos outros devagar.

– É tão triste imaginá-lo voltando sozinho para aquele farol solitário – disse. – Não há ninguém para recebê-lo.

– O capitão é uma companhia tão boa para os outros que não tenho dúvidas de que também seja uma ótima companhia para si mesmo – disse Owen. – No entanto, ele deve se sentir solitário com frequência e foi um tanto profético hoje, falando com propriedade. Bem, eu também tenho que ir embora.

Discretamente, Anne e Gilbert desapareceram. Depois que Owen partiu, Anne encontrou Leslie parada próxima à lareira.

– Ah, Leslie, eu sei... e estou muito feliz por você – disse, abraçando-a.

– Anne, minha felicidade me assusta – sussurrou. – Parece boa demais para ser verdade, e tenho medo de falar sobre ela, até de pensar nela. Parece que é outro devaneio dessa casa dos sonhos, que desvanecerá assim que eu sair daqui.

– Bem, você não sairá daqui até que Owen venha buscá-la. Você ficará conosco até que esse dia chegue. Acha mesmo que a deixarei voltar para aquele lugar triste e desolado?

– Obrigada, querida. Eu pretendia perguntar se poderia ficar aqui com você. Não quero voltar para lá. Seria como retornar para a frieza e o vazio da minha antiga vida. Anne, Anne, que amiga você tem sido para mim, uma mulher adorável e doce, verdadeira, fiel e de confiança, como resumiu o capitão Jim.

– Ele disse "mulheres", e não "mulher" – sorriu Anne. – Talvez ele nos veja através das lentes coloridas de seu amor por nós, mas podemos tentar viver à altura do que ele acredita, pelo menos.

– Você se lembra, Anne – disse Leslie –, que certa vez eu comentei, naquela tarde na praia, que eu odiava a minha beleza? Naquela época, era verdade. Sempre achei que, se eu fosse um pouco mais feia, o Dick não teria se interessado por mim. Eu odiava a minha beleza porque ela o atraíra. Agora, fico contente por ser como sou. É tudo que tenho para oferecer a Owen, e a alma de artista dele se deleita. Tenho a impressão de que não estou de mãos vazias.

– O Owen ama a sua beleza, Leslie. E quem não amaria? Mas é tolice da sua parte achar que é a única coisa que tem a oferecer. Ele lhe dirá isso, não é necessário que eu diga. Agora eu tenho que trancar a casa. Esperávamos Susan nesta noite, mas ainda não voltou.

– Ah, aqui estou eu, querida senhora – disse Susan, entrando inesperadamente na cozinha –, mais esbaforida que um burro de carga! É uma caminhada e tanto de Glen até aqui.

– Estou feliz por estar de volta, Susan. Como está a sua irmã?

– Ela já consegue ficar sentada, mas obviamente ainda não consegue andar. Como a filha dela voltou das férias, não precisa mais da minha ajuda, e estou contente por estar de volta, querida senhora. A Matilda pode ter quebrado a perna, mas a língua está em perfeitas condições, pois ela fala pelos cotovelos, senhora. Por mais que me doa falar assim da minha irmã, sempre foi boa de papo e ainda foi a primeira da família a se casar. Ela não tinha muito interesse em se casar com James Clow, só que ela não teria suportado rejeitá-lo. Não que ele seja um sujeito ruim; o seu único defeito era dar um grunhido inumano antes de começar a dar graças pela comida. Sempre tirava o meu apetite. E, por falar em casamentos, querida senhora, é verdade que Cornelia Bryant vai se casar com o Marshall Elliott?

– É verdade, Susan.

– Bem, querida senhora, isso não me parece justo. Aqui estou eu, que nunca disse uma única palavra contra os homens, sem previsão de quando vou conseguir me casar. E lá está a Cornelia Bryant, que nunca se cansa de atacá-los, e tudo que ela precisa fazer é apontar o dedo e escolher quem ela quiser. Vivemos em um mundo muito estranho, querida senhora.

– Não se esqueça de que há outro mundo, Susan.

– Pois é – disse Susan com um suspiro pesado. – Só que, naquele mundo, querida senhora, ninguém se casa ou é pedida em casamento.

O CAPITÃO JIM CRUZA A BARREIRA

No fim de setembro, o livro de Owen Ford finalmente chegou. O capitão Jim fora religiosamente ao correio todos os dias durante um mês. Naquele dia, ele não tinha ido, e Leslie trouxe o exemplar dele para casa junto com o dela e o de Anne.

– Levaremos para ele nesta tarde – disse Anne, animada como uma colegial.

A longa caminhada até o farol naquele entardecer claro e encantador ao longo da estrada vermelha do porto foi muito agradável. O sol passou por detrás das colinas do poente, adentrando algum vale que deve ser repleto de pores do sol, e no mesmo instante o grande facho de luz se acendeu na torre branca.

– O capitão nunca se atrasa, nem por um segundo – disse Leslie.

Anne e Leslie nunca se esqueceram do rosto do capitão Jim ao receber o livro, o livro *dele*, transfigurado e glorificado. As bochechas que estavam pálidas ganharam o rubor da juventude; seus olhos se iluminaram como os de um garoto; mas as mãos tremeram ao desembrulhá-lo.

Chamava-se simplesmente *O Livro da Vida do Capitão Jim*, e na folha de rosto os nomes de Owen Ford e James Boyd estavam escritos como colaboradores. O frontispício era uma fotografia do próprio capitão, parado diante da porta do farol, olhando na direção do oceano. Owen Ford a tirara em um dia enquanto escrevia o livro.

– Pense nisso – disse ele –, o velho marujo em um livro de verdade. Nunca senti tanto orgulho em toda a minha vida. Estou prestes a explodir, garotas. Acho que não conseguirei dormir nesta noite. Eu lerei o meu livro até o nascer do sol.

– Vamos embora agora, para que possa começar o quanto antes – disse Anne.

O capitão Jim, que folheava o livro com uma espécie de arrebatamento reverente, fechou-o decididamente e o deixou de lado.

– Não, não, vocês não vão antes de tomar uma xícara de chá com este velho aqui – protestou. – Eu não permitiria, não é mesmo, Oficial? O *Livro da Vida* pode esperar, suponho. Já esperei por ele muito anos e posso aguardar mais um pouquinho enquanto desfruto da companhia de meus amigos.

Ele então colocou a água para ferver e pegou o pão e a manteiga. Apesar da animação, ele não se movia com a mesma energia. Seus movimentos haviam se tornado lentos e hesitantes, e as garotas não se ofereceram para ajudar, entretanto. Elas sabiam que isso feriria os sentimentos dele.

– Vocês escolheram a noite certa para me visitar – disse, tirando um bolo do armário da cozinha. – A mãe do pequeno Joe me mandou uma cesta de bolos e tortas hoje. Benditos sejam todos os bons cozinheiros! Vejam que bolo bonito, com toda essa cobertura e as nozes. Não é sempre que posso receber visitas em grande estilo! Sirvam-se, garotas, sirvam-se! "Bebamos uma taça de bondade pelos bons e velhos tempos"[30].

As garotas não hesitaram em se servir. O chá foi um dos melhores que o capitão Jim já havia feito. O bolo da mãe do pequeno Joe era a última palavra em bolos, e o capitão foi o príncipe dos anfitriões

---

30 Referência ao poema *Auld Lang Syne*, do poeta escocês Robert Burns (1759-1796). (N. T.)

ANNE E A CASA DOS SONHOS

graciosos, nunca permitindo que seus olhos se dirigissem para o canto em que havia deixado o *Livro da Vida*, com todos os relatos da bravura dele. Quando a porta fechou-se atrás de Anne e Leslie, elas não tiveram dúvidas de que ele voltaria correndo para a leitura, e durante o trajeto para casa elas imaginaram o deleite do velho ao se debruçar sobre as páginas onde a vida dele era retratada com todo o charme e as cores da própria realidade.

– Pergunto-me se ele vai gostar do final... do final que eu sugeri – disse Leslie.

Ela nunca saberia. Na manhã seguinte, Anne despertou e deparou-se com Gilbert inclinado sobre ela, totalmente vestido e com uma expressão aflita.

– Você foi chamado? – perguntou, sonolenta.

– Não. Anne, receio que alguma coisa tenha acontecido no farol. Faz uma hora que o sol nasceu, e a luz ainda está acesa. Você sabe que o capitão se orgulha de ligá-la no instante em que o sol se põe e de desligá-la quando nasce.

Anne sentou-se na cama, preocupada. Pela janela, ela viu o facho luminoso brilhar debilmente contra o azul do amanhecer.

– Talvez ele tenha adormecido sobre o *Livro da Vida* – exclamou ansiosamente – ou tenha ficado tão absorto que se esqueceu da luz.

Gilbert balançou a cabeça.

– Isso não me parece do feitio do capitão Jim. Bom, eu vou até lá.

– Espere, eu vou com você – exclamou Anne. – Ah, tenho que ir. O pequeno Jem ainda dormirá por mais uma hora, e eu chamarei a Susan. Talvez você precise de uma ajuda feminina se o capitão estiver doente.

Era uma manhã primorosa, repleta de matizes e sons maduros e delicados ao mesmo tempo. O porto parecia cintilante e sorridente como uma moça; gaivotas brancas voavam sobre as dunas; além do banco de areia, um oceano maravilhoso reluzia. Os campos adjacentes à orla estavam úmidos e frescos às primeiras horas do dia. O vento entrava dançando e assoviando pelo canal, substituindo o belo silêncio com uma música ainda mais graciosa. Se não fosse pelo brilho sinistro da torre branca,

Anne e Gilbert teriam se deleitado com aquela caminhada matinal, mas foi com cautela e apreensão que eles seguiram em frente.

Ninguém respondeu quando bateram. Gilbert abriu a porta, e eles entraram.

A velha sala estava muito silenciosa. Sobre a mesa estavam os restos do pequeno festejo do dia anterior, e a lamparina ainda estava acesa sobre a mesinha de canto. O Segundo Oficial estava adormecido próximo ao sofá, iluminado pelo sol.

O capitão Jim estava deitado no sofá, com as mãos unidas sobre o *Livro da Vida* aberto na última página, apoiado no peito. Tinha os olhos fechados e no rosto a mais perfeita expressão de paz e felicidade, o semblante de quem havia encontrado o que há muito tempo buscara.

– Ele está dormindo? – sussurrou Anne tremulamente.

Gilbert aproximou-se e inclinou-se sobre ele por alguns instantes. Em seguida, endireitou-se.

– Sim, está... Anne – acrescentou ele, com cuidado –, o capitão cruzou a barreira das dunas.

Eles não sabiam precisamente a hora em que ele tinha falecido, mas Anne sempre acreditou que ele conseguiu realizar o desejo de partir no instante em que a manhã avultava sobre o golfo. Seguindo a maré de luz, o espírito dele zarpou sobre o mar da alvorada, perolado e prateado, com destino ao porto seguro onde a Margaret desaparecida o aguardava, além das tormentas e das calmarias.

ADEUS À CASA DOS SONHOS

O capitão Jim foi enterrado no pequeno cemitério do outro lado do porto, muito próximo de onde a pequena dama alva repousava. Os parentes dele ergueram um "monumento" muito caro e muito feio, do qual ele teria zombado se o tivesse visto em vida. O verdadeiro monumento encontrava-se no coração daqueles que o conheceram e no livro que viveria por gerações. Leslie lamentava que ele não estivesse ali para ver o sucesso incrível que alcançara.

– Como ele teria gostado das resenhas... Quase todas foram tão gentis! E ver o *Livro da Vida* no topo das listas de mais vendidos... Ah, se ao menos ele estivesse vivo para presenciar tudo isso, Anne!

Anne, apesar do luto, foi mais perspicaz.

– Era o livro em si que ele tanto estimava, Leslie, não o que poderia ser dito sobre ele, e isso o capitão conseguiu ver. A última noite deve ter sido de uma imensa satisfação para ele, com o fim rápido e indolor que tanto desejava pela manhã. Fico feliz pelo Owen e por você com o sucesso do livro, mas o capitão já estava realizado quando partiu, eu sei.

A estrela do farol continuou sua vigília noturna, pois um faroleiro substituto foi enviado para Four Winds até que o governo onisciente escolhesse, dentre os muitos candidatos para o cargo, o mais adequado ou o que tivesse maior influência. O Segundo Oficial foi para o seu novo lar na casa dos sonhos, onde era amado por Anne, Gilbert e Leslie, e tolerado por Susan, que não gostava muito de gatos.

– Eu posso suportá-lo em nome do capitão Jim, querida senhora, pois eu gostava do velho marujo. Eu me certificarei de que ele sempre tenha o que comer, além de tudo que as ratoeiras pegarem. Só não me peça mais do que isso, querida senhora. Gatos são gatos e, escreva o que estou lhe dizendo, nunca serão mais do que isso, e mantenha esse bicho longe do rapazinho, querida senhora. Imagine que horrível seria se ele roubasse o ar do nosso queridinho.

– É o que eu chamaria de uma "gatástrofe" – disse Gilbert.

– Ah, pode rir, senhor doutor, mas o assunto é sério.

– Gatos não roubam o ar dos bebês – disse Gilbert. – É só uma superstição antiga, Susan.

– Superstição ou não, querido doutor, eu só sei que já aconteceu. O gato da esposa do sobrinho do marido da minha irmã sugou o ar do bebê deles, e o pobre inocente estava quase morto quando o encontraram. Superstição ou não, se eu encontrar aquela coisa amarela rondando o nosso neném, eu o afugentarei com o atiçador da lareira, querida senhora.

O senhor e a senhora Marshall Elliott viviam com conforto e harmonia na casa verde. Leslie estava ocupada com a costura, pois ela e Owen iriam se casar no Natal. Anne tentou imaginar o que faria quando Leslie fosse embora.

– Mudanças acontecem o tempo inteiro. Justo quando as coisas estão realmente bem, elas mudam – disse com um suspiro.

– A velha casa dos Morgan, em Glen, está à venda – comentou Gilbert, sem nenhum propósito especial.

– É mesmo? – disse Anne, com indiferença.

– Sim. Agora que o senhor Morgan morreu, a senhora Morgan pretende morar com os filhos em Vancouver. Ela venderá por um preço baixo, pois um casarão daqueles em um vilarejo tão pequeno como Glen não atrairá muito interesse.

ANNE E A CASA DOS SONHOS

– Bem, é certamente um lugar bonito, de modo que ela encontrará um comprador – disse Anne distraidamente, tentando decidir-se pelo tipo de ponto com o qual costuraria as roupinhas curtas do pequeno Jem. Eles passariam a vesti-lo em roupas curtas na semana seguinte, e Anne já sentia vontade de chorar só de pensar nisso.

– E se nós a comprarmos, Anne? – comentou Gilbert em voz baixa.

Anne deixou de lado a costura e o encarou.

– Está falando sério, Gilbert?

– É claro que sim, querida.

– E deixar este lugar adorável, a nossa casa dos sonhos? – perguntou Anne incredulamente. – Ah, Gilbert... É impensável!

– Ouça-me com atenção, querida. Sei como se sente, pois eu sinto o mesmo. Porém, nós sempre soubemos que teríamos de nos mudar um dia.

– Ah, mas não tão cedo, Gilbert... Ainda não.

– Talvez nós não tenhamos outra chance como essa novamente. Se não comprarmos a casa dos Morgan, outra pessoa a comprará, não há outra casa em Glen que nos interesse e nenhum terreno bom onde se construir. Esta casinha é... Bem, ela foi o que nenhuma outra casa pôde ser para nós, eu admito, só que você sabe que ela é muito afastada para um médico. Sempre soubemos que era um inconveniente, embora nós tenhamos tirado o melhor da situação, e está ficando um pouco apertada para nós. Talvez, daqui a alguns anos, quando Jem quiser um quarto só para ele, ela fique pequena demais.

– Ah, eu sei... Eu sei – disse Anne, com os olhos cheios de lágrimas. – Sei tudo o que pode ser dito contra esta casa e ainda assim eu a amo tanto! E é tão bonito aqui.

– Você se sentirá muito sozinha depois que a Leslie for embora, e o capitão Jim também se foi. A casa dos Morgan é linda, e com o tempo vamos aprender a amá-la. Você sempre a admirou, Anne.

– Sim, mas... é uma decisão tão repentina, Gilbert. Estou desnorteada. Dez minutos atrás, eu nem sonhava em deixar este lugar. Estava planejando o que fazer com ela na primavera, o que fazer

251

no jardim. Se deixarmos este lugar, quem ficará com ele? Ele é fora de mão, então provavelmente alguma família pobre de preguiçosos e vagabundos a alugará e a destruirá... Ah, seria um sacrilégio! Isso me magoaria profundamente.

– Eu sei. Contudo, não podemos sacrificar nossos interesses por essas considerações. A casa dos Morgan vai ser adequada para nós em todos os aspectos essenciais; não podemos perder essa chance. Pense naquele gramado enorme, nas magníficas árvores antigas e no esplêndido bosque ao fundo... Doze acres! Um ótimo lugar para nossos filhos! Há também um lindo pomar, e você sempre admirou aquele muro alto de tijolos ao redor do jardim, com aquela porta. Você sempre achou aquela porta uma coisa de contos de fadas. E a vista do porto e das dunas é tão boa quanto a daqui.

– Não dá para ver a luz do farol de lá.

– Sim, é possível vê-la das janelas do sótão. Há outra vantagem, Anne: você adora cômodos no sótão.

– Não há um riacho no jardim.

– Bem, não, mas há um que corta o bosque de bordos e deságua no lago de Glen, que também não fica longe da casa. Você poderá imaginar que tem a sua própria Lagoa das Águas Brilhantes.

– Ora, não diga mais nada sobre esse lugar, Gilbert. Preciso de tempo para me acostumar com a ideia.

– Tudo bem. Não há tanta pressa, é claro. É que, se decidirmos comprá-la, seria interessante nos mudarmos antes do inverno.

Gilbert saiu, e Anne deixou de lado as roupinhas curtas do pequeno Jem com as mãos trêmulas. Ela não conseguia mais costurar. Emocionada, ela caminhou pelo pequeno domínio no qual reinara alegremente como uma rainha. A casa dos Morgan era tudo isso que Gilbert havia dito, a propriedade era bonita, a casa era velha o bastante para oferecer dignidade, tranquilidade e tradições e nova o suficiente para ser confortável e moderna. É verdade que Anne sempre a admirara, no entanto admiração não é o mesmo que amor, e Anne amava muito a casa dos sonhos. Ela amava tudo: o jardim do

ANNE E A CASA DOS SONHOS

qual cuidara, que fora cuidado por tantas outras mulheres; o brilho do riacho que atravessava indomavelmente um dos cantos; o portão entre os pinheiros; o velho degrau de arenito vermelho; os imponentes choupos-da-lombardia; os dois armários pequenos e singulares sobre a lareira da sala; a porta da despensa da cozinha, que estava empenada; as janelas esquisitas do sótão; a pequena saliência na escada... Tudo fazia parte dela! Como ela poderia deixá-los?

E como aquela casinha, consagrada ao longo do tempo pelo amor e a alegria, fora também consagrada pela felicidade e pelos pesares de Anne! Ali ela passara a lua de mel; ali, a pequena Joyce vivera por um breve dia; ali, a maravilha da maternidade a visitou novamente com o pequeno Jem; ali, ela ouvira a melodia extraordinária da risada do filho; ali, amigos adorados se sentaram ao lado dela diante da lareira. Júbilos e tristezas, nascimentos e mortes tornavam aquela casinha dos sonhos sagrada por toda a eternidade.

E, agora, Anne tinha de ir embora e estava ciente disso, mesmo enquanto ponderava com Gilbert. A casinha tinha ficado pequena demais. Os interesses de Gilbert tornavam a mudança necessária. A clínica dele, por mais que fosse bem-sucedida, era prejudicada pela localização. Anne percebeu que o fim da vivência deles naquele lugar tão amado se aproximava e que deveria encarar o fato com bravura. E como doía o coração dela!

– Vai ser como arrancar alguma coisa da minha vida – soluçou. – E, ah, como eu gostaria que uma boa família viesse morar aqui no nosso lugar ou, ainda, que a casa ficasse vazia. Isso seria melhor do que vê-la tomada por uma horda que não sabe nada sobre a geografia da terra dos sonhos, que não sabe nada da história que dera a esta casa sua alma e identidade. E, se uma tribo como essa se mudar para cá, a casa será arruinada em pouco tempo, pois lugares antigos se deterioram rapidamente se não são administrados com cuidado. Eles vão acabar com o meu jardim e deixar que os choupos fiquem desmantelados; a cerca parecerá uma boca com metade dos dentes faltando; goteiras surgirão no telhado; o reboco cairá; eles enfiarão almofadas e panos nas janelas quebradas. E tudo ficará de cabeça para baixo.

A imaginação de Anne vislumbrou tão vividamente a futura degeneração da casinha adorada que ela sentiu uma dor severa, como se já fosse realidade. Ela sentou-se nas escadas e chorou, angustiada. Susan a encontrou ali e perguntou com preocupação qual era o problema.

– Você não brigou com o doutor, brigou, querida senhora? Se foi isso que aconteceu, não se preocupe. É algo comum entre casados, ouvi dizer, pois não tenho experiência no assunto, porém ele vai acabar se arrependendo e logo vocês farão as pazes.

– Não, não, Susan, nós não brigamos. É que o Gilbert vai comprar a casa dos Morgan, e nós vamos morar em Glen. Isso vai partir o meu coração.

Susan não conseguiu dar muita atenção para os sentimentos de Anne. Na verdade, ela ficou muito contente com o prospecto de morar em Glen. Sua única reclamação sobre a casinha era sua localização erma.

– Ora, querida senhora, isso será esplêndido. A casa dos Morgan é tão grande e bonita!

– Detesto casas grandes – soluçou Anne.

– Ah, bem, você não odiará quando tiver meia dúzia de filhos – comentou Susan calmamente. – E essa casa já está ficando pequena demais para nós. Não temos um quarto de visitas, já que a senhora Moore está hospedada conosco, e aquela despensa é o lugar mais incômodo em que já tentei trabalhar. Há um canto em cada lado que me viro. Além disso, estamos no fim do mundo aqui e não há nada além da paisagem.

– No fim do seu mundo, talvez, Susan, não do meu – disse Anne com um frágil sorriso.

– Eu não entendo a senhora, até porque não tenho educação formal, mas o doutor não está cometendo um erro ao comprá-la, pode apostar. A casa tem água encanada, a despensa e os armários são lindos, e ouvi dizer que não há outro porão igual ao dela em toda a Ilha. Ora, querida senhora, o porão daqui é de doer o coração, como bem sabe.

– Ah, deixe-me em paz, Susan, deixe-me em paz – disse Anne, desamparada. – Porões, despensas e armários não fazem um lar. Por que não chora junto com aqueles que choram?

– Bem, nunca fui boa em chorar, querida senhora. Prefiro animar as pessoas a chorar com elas. Vamos, não chore, ou vai estragar esses olhos lindos. Esta casa é muito boa e serviu aos seus propósitos, mas já está na hora de ter uma melhor.

Susan parecia compartilhar da opinião da maioria das pessoas. Leslie foi a única que compreendeu Anne e também derramou boas lágrimas ao saber da notícia. Então, elas secaram os olhos e iniciaram os preparativos para a mudança.

– Já que temos de nos mudar, quero fazer isso o quanto antes e resolver a questão de uma vez por todas – disse a pobre Anne, com uma amarga resignação.

– Você sabe que vai acabar gostando daquela casa antiga em Glen quando tiver vivido nela tempo suficiente para ter boas lembranças – disse Leslie. – Os amigos a frequentarão da mesma forma que frequentaram aqui, e a felicidade a glorificará. Agora ela é apenas uma casa para você, mas os anos a transformarão em um lar.

Anne e Leslie choraram mais uma vez na semana seguinte, quando vestiram o pequeno Jem em roupas curtas. Anne sentiu o peso da tragédia até de noitinha, quando encontrou outra vez o seu querido bebê no vestidinho de dormir.

– Logo será a vez do macacãozinho, em seguida das calças curtas, e em pouco tempo já terá crescido – suspirou.

– Bem, você não quer que ele seja um bebê para sempre, não é mesmo, querida senhora? – disse Susan. – Bendito seja o coração inocente dele. O pequeno Jem fica uma doçura de roupas curtas, com os pezinhos adoráveis de fora. E pense na praticidade na hora de passar a roupa, querida senhora.

– Anne, acabei de receber uma carta de Owen – disse Leslie, entrando com um sorriso. – E, ah! Tenho boas notícias. Ele diz que vai comprar esta casa para passarmos as férias de verão. Anne, não está contente?

– Ah, Leslie, "contente" não é a palavra certa! É quase bom demais para ser verdade. Não vou mais me sentir tão mal, sabendo que este amado lugar jamais será profanado por uma tribo de vândalos ou abandonado às traças. Ora, é incrível, incrível!

Em uma manhã de outubro, Anne despertou e percebeu que havia passado a última noite sob o teto da casinha dela. Ela passou o dia atarefada demais para sentir remorso e, quando a noite chegou, a casa estava vazia e desnuda. Anne e Gilbert ficaram a sós para se despedirem. Leslie, Susan e o pequeno Jem já tinham partido para Glen com as últimas peças da mobília. A luz do pôr do sol entrava pelas janelas sem cortinas.

– A casa está com ar magoado e ressentido, não acha? – disse Anne. – Ah, como vou estranhar meu novo lar nesta noite em Glen!

– Nós fomos muito felizes aqui, não fomos, Anne? – disse Gilbert, com a voz emocionada.

Anne não foi capaz de responder. Gilbert aguardou no portão entre os pinheiros enquanto ela se despedia de cada cômodo. Ela estava indo embora, e a velha casa continuaria ali, olhando para o mar através das janelas pitorescas. Os ventos do outono soprariam pesarosamente ao seu redor, a chuva cinzenta a açoitaria, a neblina vinda do oceano a envolveria, e o luar iluminaria as trilhas batidas por onde o diretor da escola e a esposa passearam. Ali, naquele porto ancestral, o charme da história perduraria; o vento continuaria assoviando sedutoramente por entre as dunas de areia, e as ondas seguiriam chamando dos rochedos vermelhos.

– Mas nós não estaremos – disse Anne, entre as lágrimas.

Ela saiu e trancou a porta da frente, e Gilbert a esperava com um sorriso. A estrela do farol brilhava ao norte. O pequeno jardim, onde somente as margaridas ainda floresciam, já estava encoberto pelas sombras.

Anne ajoelhou-se e beijou o degrau velho e gasto que cruzara quando ainda era uma noiva.

– Adeus, minha querida casinha dos sonhos.